天才醫女有點黑 2

荔枝拿鐵 著

風文創 1149

目錄

第二十六章

不得不說，韓百戶的訓練強度是真的高，但成效也是相當顯著。

周瑾末世前就練過一段跆拳道和散打、拳擊這些，末世後又有幸跟一個特戰隊的教官學了許多特種兵的作戰技能，但真正讓他快速成長的，還是末世那三年跟喪屍一次次殊死搏鬥中累積的經驗。

他一直堅信，打架這種事，除了天賦外，最主要的還是經驗的積累和穩準狠的心態，加上平時體術的鍛鍊，除此之外什麼套路門派都是花架子。

就比如前世曾經的那些所謂氣功大師、武林高手，還有頻繁上電視的各種門派掌門、親傳弟子這些，不都是幾下子就被喪屍給秒了嗎？

反而是許多除了勇氣外什麼都不會的平常人，為了生存，在一次次與喪屍的作戰中逐漸累積經驗、鍛鍊膽量、強健體魄，反而生存了下來。

就比如他妹！從一個只知道讀書和研究醫術的軟萌妹子？不對，他妹好像從小到大都從沒軟萌過……應該說，從一個只知道讀書和研究醫術的普通女孩，變成一個殺起喪屍來眼睛都不眨，敢拿匕首戳喪屍眼珠子的暴躁丫頭，也不過只用了幾個月的時間。

不變不行啊！不變，要麼就得死，要麼就得變成喪屍，如行屍走肉般的活著。只有在變成喪屍和殺死喪屍之間選擇後者的那些人，才能成為最後的倖存者。

就比如他和他妹！末世三年下來，他們兄妹倆都變得何其多。但能在末世活著的人，哪個又還是原來的自己呢？

雖然末世三年對他們兄妹倆的磨練可以用脫胎換骨來形容，但若是能選擇，誰又願意要這種磨練呢？他反而願意回到末世前，去做那個平時賺賺小錢，有時間就跟同學去旅遊，天南地北去看看的自己呢……但，他回得去嗎？

所以，能穿到這古代來，他們兄妹倆是真的很感恩，只有經過末世後才知道，僅僅是能活著就有多珍貴，多不容易。

能不用再躲躲藏藏，可以放心大膽的看風景的人生，也才是真的人生啊！

在韓百戶殘酷但極其有效的單兵訓練下，僅僅三個月，周瑾就恢復了前世體力的六、七成，個子也長了不少。雖然還是瘦胳膊、細腿，但加上前世對付喪屍時積累的經驗，單挑起來，整個百戶所裡已經難逢敵手，就是跟韓百戶交起手來，也已經不分伯仲，這讓韓百戶驚喜不已。

而周珀這個病秧子也變得健壯起來，三個月的寒冬天氣裡，竟然也只難得的病倒了一次，喝碗薑湯就又好了起來。雖然幾乎逢戰必輸，但單跟幾個文職比，已經算是裡面最強的了。

而且周珀的文筆也不是其餘幾個文職能比的。在一次韓百戶催了不下十次，也沒催來百戶所的過年物資和糧餉，周珀卻憑自己的文筆和熟知的大燕律法，只用一封信就讓上頭乖乖的自動送來他們的糧餉。

因此韓百戶再看見他，也就不嫌他病弱了。

人病弱怎麼了？人有文化啊！能給他要來糧餉啊！你倒是五大三粗，但除了吃得多，有個屁用？

所以，自此後，韓百戶恨不得將周珀這個百戶所裡真正的知識分子用佛龕給供起來，不但不強求他參加練兵了，還差點將自己的貼身護衛周瑾撥給他使喚。

還是周珀自己嚴詞拒絕了，他才作罷。

而周玳雖然功夫不如周瑾，文化不如周珀，但因為韓百戶時常讓他們練習一對一作戰，還規定敗方必須把自己一半的飯食讓給勝方，十多次因為戰敗不得不忍飢挨餓的周玳，最後終於爆發了，變得也奮發圖強起來。

還別說，雖然奮發圖強後的周玳依然打不過那些老兵，但在不斷的摸索中還真讓他摸索出了一種獲勝的辦法——那就是快跑！

人家要來打他就跑，人家不追他了他又去挑釁，人家要打他了他又跑。最後，那些老兵都累得夠嗆，惱羞成怒時，他再用周瑾教他的那些格鬥方法，上去一擊制勝。

還別說，周玳這套自創的辦法特別有用，也不知怎的，周玳天生就比旁人跑得快，再加上最近勤學苦練，三個月下來後，整個百戶所一百五十人，竟沒有一個追得上他！

就連韓百戶都覺得他做自己親衛兵太大材小用了，十分想將他調去當傳信兵。奈何周玳一門心思跟著周瑾，任韓百戶怎麼勸，也占著親衛兵的另一個名頭不撒手。

最後，沒辦法，韓百戶只得在親衛兵的基礎上給他加了個四處傳令的活計，名義上讓他還當自己的親衛，實際上卻是幹傳令兵的活兒。

三人在新兵訓練中的亮眼表現，可謂是讓韓百戶和眾兵士都對他們刮目相看起來，尤其是韓百戶，自此後再也不說他們三個是靠關係進來的軟蛋了，對待他們也越發和顏悅色。

在一次周瑾將前世那位特種兵教官教給他的軍體拳，也手把手的傳授給百戶營裡的眾弟兄後，韓百戶美得甚至背著人連喝了三大碗酒慶祝。

哈哈，他運氣是有多好，才能讓上面託關係走門路的給他送來了仨金蛋啊？這又巴結了上峰，又得了仨寶貝的買賣做起來也太他娘過癮了，以後還請多來點吧，哈哈哈！

就這樣，三個人在軍營都混得不錯，而桃花村這邊，幾家子這幾個月過得也還行。

周理前段時間就去了周瑾給他尋的酒樓，因為厚道肯幹，記帳算帳這些也都手到擒來，頗得張掌櫃看重，不但包食住，每月還給他開了一兩銀子的工錢。這在整個百里鎮都屬於高薪了，白氏婆媳也因此對於鄭氏一家更加感激了。

而其餘人也沒有閒著，因為如今天氣已經大冷，開荒這些事都幹不了，周瑞全就作主買了兩輛騾車，讓周澤盛一起帶著周珞和他二孫子周珙，每日往返桃花村和百里鎮拉腳。

其餘十歲以下的孩子，不論男女，一律被他趕去跟著周澤林繼續讀書，周瑜則跟著她師傅，還是以採集炮製草藥為主。但周瑞豐畢竟年紀大了，腿腳不太好，如今天也冷了，周瑜不敢讓他再上山，就將採藥的活計都接了過來。

但鄭氏卻不放心女兒一個人往山裡跑，雖說周瑜跟她保證了不進去深山，她還是不安心。在她家吃了一個來月閒飯的朱熙見了，說他陪著黑丫頭一起去，鄭氏才稍稍放心。

這段時間，為了掙錢，鄭氏和其餘幾家的女眷們也都將刺繡的手藝給拾了起來，繡了荷包、帕子去鎮上寄賣。不過經過幾次試賣後，眾人卻發覺她們繡的那些帕子、荷包，在這遼東並不受歡迎，都十來天了也沒賣出去幾個。

還是周瑜見了，給她們出了個主意，要她們不如買些粗布做些男士穿的棉衣裳、棉鞋去鎮上寄賣，他們這百里鎮的軍戶千千萬，並不是哪個男丁都有家裡女眷幫他們操持這些的。比起華而不實的荷包、帕子，顯然棉衣、棉鞋這些必需品更重要。

鄭氏幾個都覺得周瑜說得有理，就湊錢託了周澤盛幾個去鎮上給她們買了粗布、棉花這些，回來按著大小尺寸做了幾套棉衣、棉鞋等物去試賣，結果沒有兩天，周澤盛再去鎮上時，那幾套衣服鞋襪就已經賣沒了。

這下眾女眷可都來了精神，忙日夜趕工起來。

周瑜見她們個個熬得眼下烏青，又提議她們將棉衣棉鞋按大小尺碼都畫好了樣板，然後分工合作，誰精通什麼就負責什麼。

結果這麼一調整，效率一下就提高了大半，到如今，雖然還有一些沒有賣完，但幾人已經淨賺了快四十兩銀子了。按人頭一分，每人竟分了差不多五兩銀子！

眾人都激動得不行，尤其是白氏婆媳倆，他們這幾家之中，除了周瑾家就數她們家最窮，雖然一直有周澤林父子照顧，但婆媳倆都是要強的人，不想總靠著周澤林父子幾個。畢竟現在他們家也不容易，尤其是周澤林，整日看病吃藥，還有兩個兒子要養。

因此對於大家一塊兒做衣裳去賣這件事婆媳倆尤其熱衷，對於想出點子讓自家掙錢的周瑜也是由衷的喜歡。

「哎呀！沒想到我們小阿瑜不但醫術好，還長了一個會做生意的好腦子，怎麼就這麼聰明呢？我們這些大人倒都不如她呢！」

白氏的婆婆魏氏剛分完錢就見周瑜帶著跟屁蟲朱熙走了進來，忙一把將小丫頭摟在懷裡，忍不住稱讚道。

「哈哈，要不是阿瑜給我們出的這個主意，我們怎能賺這麼多？這錢是嬸子謝妳的，留著買糖吃吧！」白氏更是直接拿出剛分得的五兩銀子裡的二兩，塞到周瑜手裡。

說起來，她們賺的這銀子就算多分周瑜一份都是應該的，她們能賺這麼多，有一半是因為周瑜出的主意。相比於幹不了多少活卻分走了十五兩的周澤茂媳婦王氏娘兒仨，白氏覺得周瑜更應該分這個錢。

白氏也不是沒有提議過，但奈何王氏幾個誰都不說話，鄭氏也堅決不同意，她才只能作罷。但她卻不想白占這個便宜，因此就想著自己貼補周瑜一些。

這錢周瑜自然是不要的，她給她娘她們出主意也只是不想她娘做無用功，因此就想將銀子掖回去。誰知還沒動，一道尖利的女聲就先響了起來。

「弟妹啊，妳這麼做可就不對了，妳說妳給了瑜丫頭銀子，讓我們怎麼著？這銀子出不出？不出吧，顯得我們小氣；可出吧，瑜丫頭也就動了動嘴皮子，給我們出了個主意，活兒可都是我們幹的，這麼著就想分銀子，可有點讓人不服！」

白氏都不用看就知道說話的是誰，可不就是她最討厭的王氏嗎？心道：妳還不服？老娘還不服妳領著兩個矯情閨女，幹得最少，分得最多呢！

她又一向是個直脾氣，因此當即就頂了回去。

「這銀子是我自己給瑜姐兒的，又沒讓妳出，妳著急個什麼勁啊？再說，若沒有瑜姐兒出的主意，我們還在做荷包、帕子那些，就是累死也掙不著錢，瑜姐兒給我們出了這麼個好主意，我當嬸娘的給她點零花錢也是應該！妳若不服，那乾脆打明兒起妳自己領著妳兩個閨女單幹去吧，到時候掙多掙少，都只妳們娘兒仨分，也省得妳覺得不公平！」

真是得了便宜還賣乖，她才不會慣著這種人！

王氏沒想到自己不過是不想分給周瑜銀子，白氏就不管不顧的折騰了起來，絲毫不顧臉面的趕自己娘兒幾個走，臉上就有些掛不住。

本想立刻帶著自己兩個閨女走，但又一想，憑著自家幹活的速度，別說十天掙十五兩，五兩恐怕都掙不了，就又猶豫起來。

她們家雖還有些銀子，但也不多了，還都攥在她公爹手裡，每月只給他們一家二兩，她們幾個已經好久沒有痛痛快快花過銀子了，她可不想就這麼放棄這筆銀子。

因此，眼睛就直往旁邊人身上瞅，想著不管誰能出來勸勸，也能幫著她解圍。

但剩下的人裡就還有鄭氏、魏氏和劉氏，鄭氏就算再包子，對於針對自己女兒的人，又怎麼可能幫呢？不踩一腳就不錯了。魏氏也一樣，和白氏是一家子，又怎麼可能向著她？

所以，無奈之下王氏只能將求助的目光投向了自己的弟妹，周澤盛的媳婦劉氏。

劉氏此時都要被自己大嫂給氣死了，有心不搭理她，但她下不了臺丟的也是他們家的臉，只能上前一步想著跟白氏鄭氏陪笑幾句，把這事給揭過去。但沒想到王氏服軟了，她大閨女周琀又蹦了出來。

「走就走！當我們稀罕這粗鄙的營生啊！」

周琀氣哼哼的將手裡的剪刀一扔，嚷嚷道。

嚷嚷完，也不顧她娘阻攔，拉起她妹子周玞就往外走去。

路過周瑜的時候還一臉高傲的鄙視了她一眼，譏諷道：「別以為給大家出了個掙錢的主意就了不起，再怎麼樣也改不了妳的粗鄙！女兒家一向講究的是賢良淑德、琴棋書畫這些，都像妳一身銅臭還有什麼意思？」

周玲對周瑜早就不忿很久了。

一個破落戶的窮丫頭，仗著會點醫術就耀武揚威的，若是以前，怕是給她提鞋都不配！偏偏眾人還都捧著她，還聽她的主意做起了什麼售賣棉衣的生意，連她娘都幹得起勁，還逼著她幹。害得她最近拿剪子拿得手都磨出繭子了，以後就算他們家能蒙恩回去，這般粗的手掌，怕是也彈不了琴、作不得畫了！

周瑜對這一場鬧劇實在無語。她這是招誰惹誰了？她進屋後一句話都沒說好嗎？

「玲兒，胡說什麼呢！」

劉氏見了忙上前一步拉著周玲的胳膊呵斥道。莫非得罪人這事也遺傳？怎麼這娘兒倆今兒一個比一個嘴賤呢？而且，她們得罪了誰不行，非得得罪鄭氏家幾個？

要知道，流放路上的後半段，要不是周瑾常常帶著玳哥兒去捉獵物，鄭氏還時常借給他們家糧食，他們一家怕是也得再傷幾個，怎麼可能全鬚全尾的來到遼東？

流放的幾百人宗族裡，一家子一個都沒傷的除了鄭氏家可就只有他們家了！

他們家男人對周瑾有多感激劉氏又怎麼會不知道？周玲這時候諷刺周瑜，若是被她爹或者祖父知道了，不等著找罵挨嗎？

沒想到周玲卻一點也不領她的情，反而甩開她的手臂道：「嬸娘，妳這是也要為了這麼個粗鄙的丫頭罵姪女嗎？姪女哪點說錯了啊？周瑜她一天跟個假小子似的亂竄，這麼粗鄙無理，妳們為什麼還要一天捧著她、巴結她啊？」

周玲恨恨地甩開劉氏手臂，紅著眼圈瞪著周瑜罵道：「還有她出的這個賣男人棉服的破主意，妳們明知道有損婦德，卻還拍手稱讚，個個幹得不亦樂乎？為什麼啊！我們周家可是士林中的領頭人啊？憑什麼要在這兒做這些將來不知道給哪個臭男人穿的衣服啊？」

冒尖遭人妒，窩囊讓人嫌！我忍！

周瑜深呼吸努力勸慰自己。

但真忍不住啊！這個死丫頭！妳願意幹就幹，不願意幹就滾蛋，又沒人強迫妳，妳總瞪我幹麼啊？是覺得姑奶奶眼睛沒妳大嗎？

剛想回她幾句，就聽身後傳來了一個公鴨嗓般的聲音。

「呵呵，憑什麼罵妳？自然是妳該罵嘍！」

周瑜回頭望去，就聽正處於變聲期的朱熙歪著個身子，指著周玲一點也不留情的譏諷帶挖苦道：「就妳這蝦蟆嘴樣子還好意思笑話黑丫頭粗鄙，誰給妳的臉啊？不要笑死小爺好不好？命都快沒了，妳還在這兒跟小爺玩大家閨秀呢？妳既然這麼高貴，那打明兒起妳乾脆別吃飯了，那買飯的銀子太銅臭！不如就喝西北風好了，反正這時候遼東別的沒有，西北風倒是有得是！還不用花銀子，也能成全妳個蝦蟆嘴所謂的風骨！」

這小子嘴真損啊！眾人張嘴傻眼。

總算沒白投餵這小子這麼多天。周瑜則欣慰地點頭。

……什麼？她？蝦蟆嘴?!

被挖苦的周琀一下子跳了起來。「啊！常三郎，你不過是個在周瑾家蹭飯的臭乞丐！竟敢諷刺本小姐？你去死……吧你！」

周琀被朱熙的一句蝦蟆嘴徹底給氣爆炸了，不敢置信自己這麼美的人竟然會被人叫蝦蟆嘴？氣得捂著腦袋直轉圈，猛然看見地上自己剛丟的剪刀，一時氣沖大腦，撿起來就朝朱熙撲了過去。

朱熙正笑得前仰後合，根本沒想到周琀那丫頭瘋起來竟然想用剪子扎他，等發現的時候已經晚了，只能眼睜睜的看著那把剪刀朝自己肚子捅了過來。

幸虧一旁的周瑜及時推了他一把，才讓他躲開周琀的剪刀，但周瑜自己的手臂卻被那剪刀劃了個大口子。

「黑丫頭！」

周瑜被她娘抱在懷裡的時候，默默地想，自己今天出門前若是看看黃曆，上面一定寫著不宜出門，要不她今天怎麼這麼倒楣？無辜被罵不說，還無辜挨了一剪刀！

傷口足足有一指長，雖然不太深，但還是流了不少的血。鬧出這麼大動靜，自然也把幾家子在家的男女老少都驚動了。

兩個小孩見了自家姊姊流了那麼多血，一個哭得止不住淚，一個板著小臉就把周琀的親弟弟周玷給摁地上了，非要揍他一頓不可。

周瑞豐也是心疼得不行，一邊用剪刀小心的剪開周瑜傷口處的袖子好方便上藥，一邊斜眼瞪向間接連累自己徒弟受傷的朱熙。他倒是想瞪周玲，但周玲在白氏跟大家說完事件的來龍去脈後，就被她祖父連拎帶踹的提著去旁邊屋子裡跪著了。

所以周瑞豐只能瞪朱熙，還邊瞪邊罵自己徒弟。

「妳這丫頭平時不挺精的嗎？怎麼還能幹出替人擋刀這種蠢事來！再說，周玲那小丫頭能有多大勁？這小子皮糙肉厚的，捅一剪子又捅不死他，妳替他擋什麼擋？妳看這傷口這麼大，肯定得留疤，這幸虧是在手臂上，還能遮掩，要是劃妳臉上，老夫看妳以後還怎麼嫁人？」

這個死老頭，什麼眼神？他還皮糙肉厚？他比黑丫頭細皮嫩肉多了好嗎？

朱熙被他瞪得心中惱怒，但看周瑜此時傷口留了那麼多血，也沒心情跟周瑞豐計較，一聽他說會留疤，心裡不知怎的突然一揪，有點微微的疼。

「豐老，真的會留疤嗎？」

黑丫頭已經這麼醜了，要是再留了疤，會不會以後真的嫁不掉啊？

算上上次，黑丫頭已經救了他兩次了！要不，他便將就將就，將她給收了，就當報恩？

黑丫頭醜是醜了點，但人有意思啊！留她在身邊應該會很好玩吧？

緊接著，朱熙就被自己的想法給驚到了。

什麼？他剛剛竟然想收了黑丫頭？他怎麼能這麼想！而且，他竟然還……覺得這想法……也還行！

朱熙就這麼陷入收了周瑜的想法裡不能自拔，越想越覺得留黑丫頭在身邊很不錯，畢竟這丫頭簡直太對他脾氣了。

直到身旁周瑜的尖叫聲響起，才將他喚醒過來。

「哎呀！師傅，你幹麼？怎麼能直接給我上藥啊？你好歹幫我清理一下傷口啊！那剪子上可是有鐵鏽的，很容易感染的好嗎？」

周瑞豐一臉無辜。

「老夫這不是幫妳清了嗎？都用濕布擦乾淨了，還要怎麼清？還有，何謂感染？」

周瑜這才冷靜下來恢復理智。

好吧，原來這世界是沒有優碘、酒精的，這時候的人們更不知道其實傷口感染的致死率比傷口本身更高啊！那，要不要試試做酒精呢？

據周瑜所知，這遼東因為苦寒，急需烈酒禦寒，這裡的人們早就發明出了蒸餾技術，也造出了高度數酒，只要能將高度數酒再次蒸餾提純，就能得到酒精。

提純的方法並不難，當初上學時，她跟同學一起做過實驗，用高度數酒提純出酒精。難就難在此時是在古代，雖然能買到蒸餾設備，空間裡也有溫度計，但沒有純度檢測儀，還是很難判斷製出的酒精濃度。

但周瑜覺得，事在人為，只要她多試幾次，一定能找到方法的！

第二十七章

周瑞豐的金瘡藥是他師門秘傳的，十分有效，剛敷上周瑜傷口，血就止住了。不到三天，就已經結了痂，大家見了也才稍稍放了心。

不過對於刺傷周瑜的周玲，周瑞全卻沒有輕饒，尤其是聽說她原本要刺的是朱熙後，更是驚出了一身冷汗，直接將她拖去家裡的廳堂跪著。

要不是實在怕她凍死，周瑞全恨不得讓她跪在當院裡，讓遼東的北風給她吹吹腦子，也好讓她清醒清醒。

她想刺的可是五皇孫啊！這死丫頭是嫌他們家還不夠慘，非得鬧他們家一個滿門抄斬，凌遲處死才行嗎？幸虧周瑜那丫頭幫五皇孫擋了一刀，也給他們擋了一災，順便救了這死丫頭一命啊！

周瑞全差點被自己大孫女鬧的這一齣給嚇死，罰了大孫女還不解氣，又將她挑事的娘一同罰去同她一起跪著。還告誡家裡眾人，沒有他的允許，誰也不准給她們娘兒兩個飯吃，不餓到她們知道好歹（五皇孫同意她們起來後），誰也不准起來！

真是的！怎麼他家竟出這種不省心的玩意兒？專跟閻羅鬧著玩的。

他弟是一個，這貨又是兩個！

最終，周琀母女在廳堂跪了兩天，也餓了兩天，周瑞全（朱熙）才終於開口饒了她們。這還是周瑜怕她們真餓死，幫著說了句話的結果。

但兩母女還是被周瑞全關了禁閉，除了她們自己的屋子和後院茅廁，哪裡也不能去。至於關多久，全取決於朱熙還要在周瑾家住多久了。

當然，這一切朱熙並不知道。

昨天，朱熙終於收到了他祖父給他回的信，送信來的是他祖父的暗衛葉青，也是他祖父特意派來保護他的。他就知道他祖父十分不地道，給他來信的同時竟然一分錢也沒給他捎，害他不得不跟葉青借（硬要）了一百兩私房先用著。

承乾帝這次一共捎來了兩封信，一封是給朱熙的，一封則給了周澤林。

給朱熙的信裡，先是將朱熙給大罵了一通，說他一個做孫子的，不過是挨了當爺爺的一頓打，就玩什麼離家出走的把戲，還讓自己深處險境，險些被毒蛇咬死，簡直是大不肖！但鑒於他已經知道錯了，又被毒蛇咬過一遭，就先原諒他一次，等他回京後再處罰。

不過他也不用急著回京，此時天已大冷，路途難行，還是等來年天氣暖和了再說，且放他一段自由日子。但有時間還是要多給他這個老祖父寫些信，讓葉青安排快馬送回，省得他日夜擔憂云云……一副年邁祖父擔心孫子的口吻。

而給周澤林的信裡，承乾帝卻全然變了一副語氣。

雖然對於周家救了他孫子也表示了感謝，但更多的還是對周閣老的不滿。言明他早就知道周閣老是常颯的人，對於周閣老身為臣子不效忠他而去效忠常颯將軍的行為十分不滿。賜死他一是因為太子新喪，他現在必須穩住胡相，二卻是因為周閣老不服管教，意圖按著自己想法控制他孫子。

還告誡周澤林要對他爹之死引以為戒，這段時間老老實實的伺候他孫子，千萬不要學他爹，意圖摻和他們皇家的立儲之事。

周澤林讀完信後整個後背都直發涼，這才知道，原來他阿爹這些年做的一切早就在承乾帝的掌握之中，承乾帝對於他阿爹想扶五皇孫上位一事更是心知肚明，且早就懷恨在心。

這封信讀後，對於承乾帝的心思縝密、冷酷無情，周澤林有了更加清醒的認識。好在現在五皇孫也無心大位，周澤林倒是不用在報答常將軍和效忠承乾帝之間選擇了，雖然他從來也沒有想過第二種選擇。

而暗衛葉青將信暗地裡交給朱熙後，就化身成一名新發配過來的落魄老頭，也在桃花村住了下來，租住的正是周瑾幾家子住過的李貴姪兒的那間房子。

除了每日時不時的去周瑾幾家附近轉悠，平日就跟這兒的所有老頭一樣，三五成群的窩在誰家裡或下棋、或抽旱煙、或侃大山……

以至於朱熙再一次見到他時，若不是他特意提醒，居然一點都沒認出他來。

前兩天，朱熙跟葉青要完銀子，轉手就給鄭氏送了去。說是前段時間自己有幸與澤林叔談心，也認識到自己的錯誤，雖然他祖父打他是不對，但他也不該因為這麼點事就離家出走，讓家裡祖父擔心。

所以，談心的那天就已經給家中祖父寫了信，還託澤林叔的朋友送了出去，他祖父知道他的消息後特意託人給他帶了銀子過來，作為這段時間自己在周家的嚼用。還跟鄭氏言明，他可能還需要在他們家再叨擾些時日，等天氣暖和了，他祖父才能派人來接他。

當然，這套說辭都是周澤林幫他編的，為的也是滿足他在周瑾家接著住些日子的願望。

鄭氏還挺喜歡朱熙的，見他年紀個頭都跟大兒子差不多，又小小年紀就沒了親爹、親娘，慈母心大發，直言他若不嫌自己家簡陋，想住多久都行，還笑言他一個小孩子家又能吃多少，執意不肯收他的銀子。

朱熙沒辦法，只得抱著銀子去尋周瑜。他想著那丫頭那麼愛錢，總該收了吧？沒想到周瑜也不肯收。

「這銀子於小爺我又沒什麼用，妳家又這麼窮，還總給我買肉吃、做衣服穿，妳收下這銀子怎麼啦？為什麼就是不肯收呢？」朱熙氣哼哼道。

他是真的挺想補償黑丫頭她家的，結果鄭氏不收、黑丫頭也不收。

周瑜這幾天為了實驗將高度酒蒸餾出酒精來，忙得是焦頭爛額，還是聽出朱熙的語氣不滿，才在百忙中抬起頭來，仰著一張被灶間炭火燻黑的臉，燦笑道：「因為我們是朋友呀！招待朋友在家住幾天還收銀子，那成什麼了？」

朱熙看著那張黑臉愣了。

原來是因為，他們是朋友嗎？所以，她救他、護他，為了她不惜留下傷疤，任由他在他們家裡蹭吃蹭喝，都是因為，他們是朋友啊！

這以後的許多許多年，朱熙老得已經忘了許多事，但黑丫頭頂著一臉黑灰的這張笑臉，他卻牢牢的記在了心裡，一刻都沒有忘記。

同時一起記住的，還有那句——因為我們是朋友呀！

日子過得很快，一轉眼，一個月又過去了，再有十來天，就是春節了，他們幾家到遼東後的第一個年就要來了。

周瑾幾個此時剛入營還沒有兩個月，還在新兵訓練期，已經託周澤茂捎了信回來，今年過年肯定回不來了。

鄭氏幾個都想得不行，尤其是小周瓔，都已經哭過好幾次了，說她大哥要是再不回來，她就要將他給忘了！

可能怕自己真的忘了，周瓔還煞有介事的拿了根炭筆，趴在炕桌上畫了張周瑾的畫像。還別說，雖然筆法很稚嫩，但畫上少年翹著嘴角似笑非笑的神態簡直跟周瑾一模一樣，周瑾每次陰陽怪氣都是這副表情。

就因為這張畫，讓周瑜發現了她小妹極高的作畫天賦，於是當晚就偷偷捧了三個她娘做的肉包，並周瓔畫的這幅畫進了空間，去慰問她老哥的腸胃，順便商討小周瓔接下來的培養問題。

兄妹倆早就約定，每日晚上亥時若是沒有什麼事，就都去空間裡看一眼，好通通彼此之間的資訊。若是有什麼事錯過了，也留張紙條給對方，省得對方擔心。

也因此，一家子都思念周瑾時，就只有周瑜一點也不思念。

她都要煩死了好嗎？每天都要給這傢伙偷拿她娘做的飯食，不拿這傢伙就半夜自己去廚房偷吃！害得她都被她娘狐疑的盯了好幾次，還在飯桌上隱晦地提醒她要是餓就放開了吃，女孩子飯量大點也沒事，正長個子的年紀，不用不好意思！

可……根本不是她吃的好嗎？

周瑾此時已經在空間裡等了有一會兒了，還簡單沖了個澡，怕被同屋的周珀聞出來，也沒敢用洗髮精和沐浴露。此時正躺在床上蹺著二郎腿看筆記型電腦上他存的西遊記。末世時沒有網路，他就存了些經典老片，都是什麼西遊記、三國演義、水滸傳這些……還有些漫威英雄電影什麼的，平日無聊或者壓力大時，他就看看。

見他妹進來，周瑾第一眼就看向了她手裡捧的包子，忍不住抱怨。

「怎麼才三個啊……」

軍營裡的飯食也就比泔水強一點，他全指著他妹每晚給他捎的吃食解饞呢！

「你還想要多少啊？為了給你攢這三個包子，我晚上都沒吃飽好嗎?!」

周瑜沒好氣的將包子和周瓔的畫扔她哥懷裡，自顧自的去空間的廚房裡給自己煎了兩個雞蛋。

他們的露營車空間是恆溫空間，且擁有無限使用的能源，既不用擔心水、電、氣這些會用完，也不用擔心放進空間的食物會損壞。

因此兄妹倆前段時間就抽空將原本雜亂的空間給重新整理，將裡面的物資都分門別類的放好。至於那些曾經在流放途中讓兄妹倆不至於挨餓的壓縮餅乾、罐頭之類的，都被他們嫌棄的扔到了角落裡。

末世時兄妹倆吃了好幾年這些東西，如今又有他們娘做的飯菜比較，便對這些都嫌棄。

一同被掃進角落的還有周瑾的那些熱兵器，除了還剩下十幾發子彈的一把槍和上次打獵的那兩把弩，剩下的一樣也沒留，都放進角落的櫃子裡。

沒有彈藥，那些留外面也沒用，當鐵疙瘩丟嗎？

露營車裡的小廚房也被他們給清了出來，周瑾還趁著軍營的午休間隙，喬裝後跑去百里鎮的集市買了許多菜蔬、肉蛋之類的回來放到空間裡，以備不時之需。

不過，兄妹倆雖然都會做飯，但廚藝都有限，因此，做的時候並不多。

周瑜也將自己的那些化妝品、藥品都檢查了一遍，還讓周瑾去鎮上給她買了幾個木製的小貨架，將那些藥品按照種類、用途都放到貨架上，其餘成箱的優碘這些，也都擺到幾個貨架旁邊。還別說，這麼一收拾，露營車空間頓時寬敞了許多，也更像個房間了，不再像以前連個踩的地方都沒有。

而此時，兩兄妹就坐在收拾好的餐桌旁，一人捧著三個包子，一人端著煎蛋，一邊吃，一邊討論起小周瓔的教育問題。

周瑾看見周瓔的畫作，果然感動得不行，小丫頭竟然連他耳朵上的小痣都畫進去了。就覺得還是他小妹有良心，不像他妹，壓根兒就不知道他耳朵上有顆痣！

所以，周瑾當即同意了周瑜的建議，決定不惜財力物力，也要把他小妹給培養成畫家。

第二天，周瑜就將想要讓她小妹學畫的想法跟她娘說了，鄭氏對兒女向來一視同仁，當即就掏了五兩銀子，讓周瑜跟著周珞幾人的騾車去百里鎮給周瓔買各種畫具，順便再買些年貨回來。

而周瑜此次去鎮上，還有一件事要辦，那就是去同濟藥鋪看看她的酒精銷量。要是還可以，她就想等過了年，將這酒精也做成買賣，或者將做法直接賣出去也行。

半個月前，經過反覆實驗，周瑜終於找到了蒸餾出百分之七十五度酒精的準確方法。隨後就以曾經在一本無意中看過的古書上，看過這種酒精製法和作用為由，逼著師傅跟她一起用受傷的雞鴨又做了幾日的實驗。最終得出用這種酒精給醫用刀具和傷口表面消毒後，能大大減少傷口潰爛發膿情況發生的結論。

而且，周瑜還告訴她師傅，那本古書還說，這種酒精除了用於殺菌消毒，加水稀釋後，還可以用來預防久躺病人的褥瘡、物理退熱等等。

周瑞豐對他徒弟憑著些許記憶，就真能做出酒精這種東西，十分驕傲且推崇。都不用周瑜催，就自發的帶著這種酒精去了百里鎮，找新交的好朋友，同濟堂的石老大夫推薦兼吹噓去了。

這一去就住在了同濟堂，其間只讓周珞給周瑜捎了一次信，讓她再給他送幾十瓶酒精過去，說是石老大夫的藥鋪要進貨。

周瑜去鎮上，整日閒得無聊的朱熙自然也想跟著，鄭氏也願意讓他一起去，周瑜一個小丫頭跑鎮上去她總不放心。

所以，等周瑜收拾好，朱熙已經在門口等著她了，手裡上下掂著個錢袋子，笑咪咪的道：「黑丫頭，既然妳和嬸子都不肯收小爺……我的銀子，那我請妳去鎮上吃好吃的啊！」

周瑜看著他那個不到一個月就去掉一半的錢袋子，無語的望了望天。

這位可真是個敗家子啊！自他祖父託人給他捎了一百兩銀子後，這位就成了消費狂魔，整日五兩、十兩的讓周珞幾個給他往回捎東西，要不就自己跟車去鎮上買。買回來也不見他多稀罕，玩一陣就又扔，甚至有一次還讓周珞給他捎了一整頭殺好的豬回來，說他要請客，請幾家子所有人吃一頓全豬宴。

所以，周瑜覺得就算自己不讓他請，他那袋銀子也堅持不了多久了。

乾脆，花完得了！

「行啊，我聽說迎賓樓的溜肉段和炙羊腿好吃，我們去嚐嚐？順便再去看看周理堂哥。」

「好啊！到時候我們給阿璃、阿瓔也帶些回來！」

朱熙就喜歡周瑜這種不扭捏的性子，聞言自然應好，然後兩人就一人揹著個筐，笑嘻嘻的去找周珞幾個坐車了。

俗話說，有錢沒錢，好好過年。如今臨近年關，去置辦年貨的人自然不少。等周瑜兩個到的時候，周珞幾個的兩輛騾車上已經坐滿了人，周瑜見周珞特意在他那輛車上，給他們留了位子，忙拉著朱熙坐了上去。

坐好了才發現，兩人旁邊坐的竟是新搬來的葉老爺子，因這位常去找周瑞全下棋，幾家子的小輩如今都已經跟他很熟了。

於是，周瑜就笑著朝他打了聲招呼。「葉爺爺，您老也去鎮上買年貨啊！」又見一旁的朱熙只會沒禮貌的傻坐著，還用手肘頂了頂他胳膊，小聲提醒道：「趕緊叫人呢！」怎麼這麼不懂事呢？

哪有主子跟奴才打招呼的？但眼下朱熙也只能咬牙道：「葉、爺爺好！」

葉青差點出了一身汗，乾笑道：「哎，您……也好！」

迎賓樓的溜肉段的確很不錯，炙羊腿也烤得恰到火候，周瑜兩個都吃得甚是滿足。兩人飽餐一頓，將白氏讓他們給周理捎的東西交給周理堂兄後，就徑直去了同濟堂。

作為整個百里鎮最大的藥館，石岩石老大夫又是整個百里鎮公認醫術最好的大夫，同濟堂的生意一直特別好，就跟後世那些大醫院一樣從來不缺病人。

而且周瑜聽她師傅說，同濟堂的這位石老大夫為人寬和，絲毫沒有故步自封、藏私不傳承的短見，十分願意將自己的醫術傳揚出去。百里鎮其餘醫館的大夫大都受過他的指點，因此其餘醫館裡有看不了的疑難雜症，那些大夫也都願意推薦到同濟堂來。

對於這麼個又有醫術、又有醫德的前輩，周瑜早就想見見了。

於是一進門就跟店裡夥計說了自己來歷。那夥計正是上次接待周瑾的那位，也是石岩的姪孫，名叫石斛，這幾年一直跟著他叔祖在同濟藥鋪邊打雜邊學習藥理。

一聽周瑜說是周瑞豐徒弟，石斛眼都亮了，忙將手邊顧客讓給別人接待。自己則帶著被他的熱情噴得一臉茫然的周瑜兩個往旁邊自家的醫館走去，一邊走還一邊熱情的道：「妳就是豐老那個研究出酒精的女徒弟啊？哈哈，可算把妳給盼來了！真沒想到妳竟然這樣小啊？我還以為妳最少也得四、五十……哈哈，沒想到竟然是個小妹妹啊！」

這傢伙是自來熟嗎？見了她這麼興奮到底是為了什麼啊？

周瑜決定還是問問，要不她心裡總覺得怪怪的。

「呵呵，這位大哥，你說早盼著我來是什麼意思啊？」

「噢，那個啊，哈哈，妳還不知道吧，我的幾位師叔已經等妳很久了。妳要是再不來，幾位師叔怕是就要去妳家裡找妳了！」

周瑜更茫然了，這時候的找到妳家裡去可不是什麼好話，多半下一句就是，將妳家的鍋給砸了之類的，總之不會有好事。

「你說你的幾位師叔要找到我家裡去？為何啊？」

她又沒得罪他們，甚至連認識都不認識，幹麼找到她家裡去啊？

「啊？哈哈，看樣子妳是真不知道啊！」石斛見周瑜一臉疑惑，又笑道：「也沒什麼大事，就是妳師傅這幾天都要將妳給吹上天了，我師叔他們不服氣，正合計著哪日見了妳要跟妳比個高低呢，正好妳就來了。哈哈哈！」

周瑜覺得有這師傅簡直太倒楣了。

你說你個當師傅的，自己吹自己不行嗎？整日拿她去說嘴幹麼啊？四處給她樹敵很好玩嗎？這是一個當師傅的該幹的事嗎？人家師傅都是疼徒弟，她師傅倒好，專門坑徒弟！就算他老人家嫌棄徒弟是個女的，也不用這麼給她拉仇恨值的啊！

第二十八章

周瑜一聽說因為她師傅的口無遮攔，鬧得人家石老大夫的徒弟都要跟她比試了，氣得不行，轉頭就想走。

什麼師傅？誰是他徒弟？誰愛當誰當，她可沒有這麼丟人現眼的師傅！

但朱熙一聽說有人要跟周瑜比試，卻眼冒綠光，如同喝了蜜一般，整個人都精神、興奮了，只想等著看好戲。哪裡會給周瑜臨陣脫逃的機會啊？見她想走，都不用石斛攔，他就先將周瑜攔住了。

還連拉帶拽推著周瑜往前走，邊走邊鼓勵道：「黑丫頭，妳怕什麼？妳要相信自己，有小爺給妳在後面打氣呢，跟他們幹就是了！小爺看好妳！」

周瑜很想說她一點都沒有被安慰到。

但，可能不管情不情願、樂不樂意，人總是要被迫去面對一些社死的瞬間吧……

當周瑜被朱熙推進同濟堂的一瞬間，石斛就大聲喊了起來。「豐老的女徒弟來了！」

然後，周瑜就見十幾個正在給患者診斷的大夫，「嘩」的一聲就都站了起來，目光齊刷刷的朝她射了過來。

那一刻，周瑜真的想死，或者乾脆先把她師傅給掐死！

「呵、呵呵……大家……」

周瑜只得禮貌且不乏謙恭的想擠出張笑臉來，好緩和緩和氣氛，但，身後的朱熙卻一把推開了她，跑她前面先叫囂道：「喂！你們中都有誰要挑戰黑丫頭啊？有種站出來讓小爺瞧瞧！」

好吧！周瑜現在不只想掐死她師傅了，她還想掐死這貨，順便再找個地縫鑽進去。

就在這時，門口的紛亂聲突然響起，就見一個一身儒衫，大概十四、五歲，急得雙眼赤紅的少年抱著個六、七歲，捂著脖子直翻白眼的小姑娘徑直闖了進來！

「大夫！大夫呢！快、快……救救我妹妹！」

同濟堂的眾大夫見了也顧不得找周瑜掐架了，急忙都圍了過來，正在屋裡探討醫術的周瑞豐和石岩也聽見動靜走了出來。

眾人見石老大夫來了，忙都讓到了一旁。

「這是卡住異物了啊！」石岩看見少年懷裡的小姑娘面色潮紅，口唇發紫，雙手都捂在喉嚨上，嚇得驚呼。從少年手中接過小姑娘就給她拍起後背來，這要是異物吐不出來，頃刻間這小丫頭的命就沒了！

「剛我跟我妹妹正在街上買東西，她突然就被糖葫蘆給卡住了……」少年邊哭邊朝石岩作揖道：「大夫，求求你，快救救我妹妹吧！」

石岩自然也想救人，但對這種卡住異物的情況他還真沒有什麼好辦法，見小姑娘已經快不醒人事，也沒力氣咳嗽了，也是急得不行。正著急，就聽一旁豐老的那個女徒弟朝他喊道：「快把她給我！」

喊完也不管他答不答應，那女徒弟就將小女孩一把給奪了過去。

然後就見她立刻從背後抱住小姑娘，一手握拳，拳眼放在被噎住小姑娘的肚臍上方一點，另一手則抱住拳頭，然後連續且快速的往後上方拽起小姑娘來。

小姑娘的哥哥見自己妹妹在這個節骨眼上，竟被一個比他還小很多的丫頭給搶走，氣得立刻就要上前跟周瑜撕扯，卻被石岩一把拉住了。

「等等！她在救人！」

石岩見周瑜面上雖慌亂，卻一直按著自己的方法行事，立刻明白她這是要用這種方法將小姑娘咽喉中的異物給弄出來，忙攔著少年不讓他搗亂。

既然石老大夫都說了周瑜是在救人，別人自然也不敢攔了。一時間，屋裡靜得落針可聞，大家都提著一顆心，隨著周瑜提拉小姑娘的動作，一下又一下的跳動。

也不知做了多少個後提動作後，就聽小姑娘喀一聲，將剛卡在氣管裡的半塊糖葫蘆給吐了出來。

緩了幾口氣後，小姑娘哇一聲哭了出來。

小姑娘的哥哥頓時覺得渾身一軟，險些癱倒在地，眼淚跟著就滾了下來。眾人這才齊齊鬆了一口氣，然後又齊齊的朝著救人的周瑜看了過去。

就見眼前的小丫頭也就十一、二歲，穿著一身普通的棉布衣衫，梳著個全大燕這個年紀的小姑娘都愛梳的雙丫髻，長著一張並不太白皙的臉。這樣普通的一個姑娘，若是放人群裡，頃刻就能被淹沒，但現在，她的身上彷彿發著光，在眾多打量她的眼睛裡，站得怡然自得。

隨後，少年就抱著哭得泣不成聲的妹妹，直接跪倒在周瑜面前，也不管周瑜比他年紀還小，連猶豫都不帶猶豫的，一個頭就磕了下去。

「多謝恩公救了我小妹！」

周瑜根本來不及攔，一下就愣住了。

……這、這也太實誠了吧！這頭磕這麼大力，她看了都疼。

「不用，不用，我是醫者，治病救人乃是醫者本分，不用行這麼大禮！」

周瑜急忙去攔，對這時代動不動就下跪這一點，還真有些不習慣，因此執意將人給拉起來，對少年百般想要上門致謝也都婉拒了。最終少年只得對著周瑜行了一禮後告辭而去，周瑜也終於鬆了一口氣。

然而，以石老大夫為首的同濟堂大夫們又都圍了上來。

半個時辰後，當周瑜終於跟石老大夫和他的徒弟們講明白了哈姆立克急救法的原理並教會他們怎麼用之後，才終於在眾人的包圍中脫身，得以帶著朱熙一起去石老大夫的專用辦公室裡喝口茶。

不過，這麼一折騰倒也有些好處，起碼石老大夫那些徒弟們對她是心服口服了，那個什麼所謂的比試也沒人再提，倒是讓周瑜鬆了口氣。

在石老大夫和她師傅的雙重目光中連喝完三小杯綠茶後，周瑜才終於緩過了一口氣，自打救人後，她就一直在說話，連一口水都沒有喝，渴死她了！

結果，還沒喝完，就聽石老大夫又對著她誇。

「哈哈，小友果然是長江後浪推前浪，我們這些老骨頭都要被小友給比下去了啊！前幾日妳師傅跟老朽吹噓，說他徒弟是難得一遇的醫術天才，老朽還有些不信，今兒一見卻是心服口服了。不論是剛才的急救法子，還是前幾日妳做出來的那酒精，都是於小處見真章，有大作用的啊！也讓老夫大開眼界了，哈哈！」

周瑜被石老大夫誇得有些心虛，心道自己哪有那麼強啊？不過是沾了來自後世的光，腦子裡比這時候的古人多了幾千年的知識罷了。

她不好意思將這些功勞都安在自己身上，忙謙虛道：「您老謬讚了，其實無論是酒精還是剛才那個急救的法子，都不是晚輩自己想出來的。不過是小時候跟著哥哥去淘換東西時無意中得的一本古書上記載的法子，今兒也是見那小姑娘被卡住，才突然想起來。所以，晚輩也不過是拾人牙慧而已，實算不得是晚輩的功勞。」

反正那酒精的做法她跟她師傅說的也是出自這本「古書」，周瑜也不介意給這本「古書」裡再多加個急救法子。

周瑞豐是聽周瑜說過這本「古書」的，自然也知道這本珍貴的「古書」已經隨周家的抄家不知所蹤了。但石老大夫卻不知道啊，聞言忙問起周瑜這本古書的下落及名稱來。

周瑜已經跟周瑞豐說過下落，此時自然也是這麼說，至於名稱，周瑜只能臨時想一個了。想著剛她所用的急救法子是哈姆立克急救法，為表對哈姆立克先生的尊重，又不想聽起來突兀，反正英文名字都是音譯，就用諧音給那本古書取了個《海姆醫術》的名字。

「唉！沒想到世上竟有如此大能，簡直堪比華佗、扁鵲啊！沒能拜讀這位海前輩的醫書，真是老夫平生所憾……」石老大夫聽周瑜說那本古書已經不知所蹤，忍不住扼腕嘆息道。

「可惜啊！太可惜了啊！」周瑞豐也是哀嘆連連。十分遺憾這位海姆前輩如此高才，卻沒在歷史上留下多少痕跡，就連唯一的醫書還因為他們抄家而不知所蹤了！唉！

兩人這兒正遺憾著，就聽一旁的朱熙「噗」一聲就笑了出來，立刻雙雙氣憤的朝他瞪了過去。

但朱熙哪裡是個會看人臉色的啊？也壓根兒沒看見兩人灼灼的目光，只顧著一邊啪啪拍著凳子腿，一邊兀自笑個不停。

周瑜也被他笑得一頭霧水，忍不住好奇的問道：「你笑啥呢？」

然後，就聽這貨邊笑邊抖著肩膀道：「哇……哈哈！唉唷喂，黑丫頭，妳說那個人取個什麼名不好，非得叫海姆？哈哈哈，他怎麼不叫海鮮呢？噗哈哈哈！」

石老大夫、周瑞豐給氣得嘴角直抽，心中齊念：聰明人不能跟傻子生氣，容易傷身！

這貨連個海姆都能自己腦補出海鮮笑成這樣，若她說哈姆他不是得哈哈笑死？

周瑜無奈地望天。

接下來眾人都不再搭理朱熙，自顧自在屋裡討論起醫術來。正討論著，就聽石斛過來通報，說是複州衛的總醫官來了。

石老大夫聽了就站起來朝周瑜笑道：「剛只顧著跟妳討論那急救術和酒精的作用，倒是忘了跟妳說了，妳做的那個酒精前幾日我已經推薦給軍中的程醫官，想來他這次過來也是因為這事。碰巧妳和妳師傅都在，待會兒正好一塊兒聽聽。」

周瑜沒想到石老大夫竟然已經幫她把酒精推銷給軍中醫官了，還是位衛所總醫官，一聽就很有實權。

就想著若是她那個酒精能賣到軍中去，到時候肯定能掙不少銀子。聽石老大夫說完自然點頭應好，還忙整理一下自己的衣裳，想著一會兒等那位程醫官到了，她一定要好好表現，爭取能拿下這個大訂單。

但沒想到等那個程醫官踏進屋子的時候，竟然是她師傅先驚叫了起來。

「小師弟！怎麼會是你？」

原來，來的這位程醫官竟然是周瑞豐的師弟，也就是周瑜的師爺白衍收的最後一位，也是唯一一位親傳弟子——程子遇。按禮，周瑜應該叫師叔的。

周瑜曾聽她師傅不止一次的說起過他這位小師弟，直言他才是位真正的醫術天才。十歲多就在家自學醫術，十四歲拜師，短短三年就得了他師傅真傳，並不斷地研究創新，發揚光大，於醫術上已經超過了他們所有的這些師兄。

但三年前他師傅仙逝後，這位小師弟就外出遊歷了。後來周家被抄後，兩人就斷了聯繫，沒想到竟然能在這遼東遇到。

「五師兄！」程子遇也沒想到會在這地方見到同門師兄，忍不住也是一陣驚喜，忙拉著周瑞豐訴說起往日情來。

周瑜也是通過二人的談話才得知，原來他的這位小師叔十來歲時父母就接連生病死了，也是因為他父母的病，讓他萌生了學醫的想法，立志要成為一名醫者。因此，他父母留的積蓄幾乎都被他用來買醫書自學。

後來拜師她師爺後，因為父母雙亡，家產也因為他總買醫書，幾乎被他敗光了，就一直跟著她師爺一起生活兼學習。師爺去世後，才遵循師爺遺志踏出師門，開始四處遊歷。

據程子遇所說，這幾年他從南到北，走過大燕的許多地方，一直是邊遊歷邊研究醫術，就這麼走走停停的，直到前年才來到遼東。

當時正趕上韃子犯邊，藍庭將軍正帶兵與韃子交戰，大燕的戰士們為了護衛領土不被侵犯，個個浴血奮戰，打得韃子抱頭鼠竄的同時，自己這邊也是傷亡慘重。程子遇身為醫者，見了這種慘狀，立刻和眾多醫者一起，義不容辭的投入救治傷員的隊伍中去，也因此認識了同濟堂的石老大夫。

也是那一次，程子遇才真正懂了身為醫者的重要性和職責所在，毅然決然的參軍，擔任起專門救治軍中將士的醫官。因為醫術高超，漸漸的他的官也越做越大，如今已經是整個複州衛的總醫官了。

聽聞複州衛的總醫官竟然是自己師叔，周瑜自是喜得不行。為了自己的酒精銷路，在師傅招呼自己過去介紹的時候，急忙諂媚的迎了上去，惹得一旁的朱熙忍不住翻了個白眼，心裡也有些鬱悶。

黑丫頭這副笑得見牙不見眼的樣子，可從沒對他用過，這個叫程子遇的又是個什麼東西？竟然要黑丫頭這麼巴結他！不就是個複州衛總醫官嗎？不就是長得白白淨淨有些好看嗎？不就是渾身上下都透著一股儒雅溫和氣質嗎？有什麼了不起的！

他還是玉樹臨風的五皇孫呢！他跟人說了嗎？

程子遇此次來同濟堂的確是為了周瑜的酒精來的，前幾日石老大夫託人送了幾瓶酒精和一封信給他，並在信中寫明酒精的用途和療效。他試了幾次，果然有用，於是忙找上門來，想要為軍中多購置一些這種酒精。

卻沒想到這酒精竟然是他師姪，也就是眼前這個十來歲的小丫頭研製出來的。

眼下人就在跟前，他忍不住就詢問起這個師姪對醫術的見解來，結果越聊眼睛越亮，看著周瑜的目光也越發灼灼。

這丫頭簡直是個寶貝啊！好多關於病症的見解他都沒有想到過，難怪小小年紀就能製出酒精呢！

周瑞豐見狀，在一旁又將周瑜今兒救人時用的急救方法跟程子遇吹噓了一遍，程子遇看向周瑜的眼睛就更亮了。

「哈哈，小師弟，我這徒兒比你當年如何？你沒想到世上竟然還有跟你一樣的醫術天才吧？我這徒兒今年還不到十二，比你當年拜師時還小些呢，哈哈！」

周瑞豐忍不住又得意洋洋起來，讓周瑜整個人都不好了。

你這老頭，可夠了啊！這一天天的，能不能少吹噓她一點啊？她還指望眼前這位小師叔幫她賣酒精呢，可不能讓她師傅給得罪了啊！

「嘿嘿，小師叔，你別聽我師傅瞎吹，我哪兒比得上您呢？就是這酒精的製法也是參考書上記載，我不過是加以實踐而已，也是為了讓廣大患者少受些感染之苦。」

周瑜擺出一副為國為民的樣子，又將話題引回到酒精上，心中祈禱——

快點跟她談酒精買賣吧，別聽她師傅說廢話了！

卻沒想到她這位新任師叔比她想像的耿直多了，聽了她的自謙竟然真的點頭，還一臉嚴肅的說道：「論對醫術的鑽研和對藥材的用法，妳比我當年確實差多了，不過妳不用氣餒，這可能也跟妳沒有見過許多患者，經驗太少有關。加上五師兄的醫術也就平平，這才耽誤了妳。」

程子遇負手仰頭。「我當年也是行萬里路後，才發現自己也是空有一堆藥理、病理的知識，卻缺乏實踐經驗，對有些病症有時候還不如一些走街串巷的遊醫有辦法。因此我才開始收集各種醫書，查看大量病例，讓自己短時間內積累更多經驗，但即使這樣，也還是需要不斷的學習和完善自己。」

周瑜頓時覺得她這位小師叔耿直是真耿直，這情商低也是真的情商低，再怎麼樣也不能當著她師傅的面就評價她師傅醫術平平吧？

難道老天爺對天才都是如此？給他開了一扇窗，就必然給他關了一扇門？

周瑜忍不住看了看一旁師傅已經黑如鍋底的臉，立刻就低下了頭，心道：可不關她的事，一會兒他們師兄弟打起來，可別波及到她啊！

沒想到她小師叔根本沒感覺出自己哪裡說錯了，見她低頭，還不滿的看了一旁她師傅一眼，又接著對她道：「妳不用怕妳師傅，我說的都是事實，妳師傅的醫術若看些普通病症還夠用，碰上那些疑難雜症就不行了，而且他現在都一把年紀了，再怎麼樣努力，醫術也精進不了什麼。倒是妳，小小年紀倒是頗有靈氣，很有些我當年的影子，再跟著妳師傅學，反倒會被他給埋沒了。依我看，不如妳以後就跟著我學好了，我現在雖然在軍營任職，但每隔十日就會休沐一日，用來教妳也足夠了。」

說著，程子遇一臉以後妳就跟著我混的笑容，從懷裡掏出一把鑰匙來，遞到了周瑜手裡，又道：「而且我家裡還有許多我收集的醫書，和我的一些筆記心得，我不在時妳也可以先看。我家就在軍營旁邊不遠，我將鑰匙給妳，那院子我也不住，只請了一對老夫婦照管，妳跟我學醫時也可以住在那裡。有什麼不懂的，可以記下來，等我休沐過去的時候再給妳一一解答。」

周瑜都聽傻了。

這人是不是也太自說自話了？她答應了嗎？就這樣直接給她鑰匙？她敢答應嗎？她哪敢接他那把鑰匙啊！

於是周瑜不但沒接，還一甩手將他伸到面前的手給甩開了，轉頭朝她師傅保證道：「師傅，我可沒想認他人做師傅，在我心裡，我的恩師可就只有您老人家一個啊！」

她師傅就算再重男輕女，總是瞅著她唉聲嘆氣的，卻也一直真心教她、護她，從心裡以她這個弟子為榮，要是她為了學什麼更好的醫術就背叛他，那可不行！

第二十九章

周瑞豐剛才真的要被他小師弟給氣死了。

被自己師弟當著徒弟的面評價他醫術平平就算了，他於醫學一道的天賦不如他這個小師弟他認，但他好不容易收了個好徒弟，他小師弟這話裡話外都想要撬他牆腳又是什麼意思？幸虧他的徒兒平時氣人歸氣人，關鍵時刻還是站在他這兒的。

此時見徒弟向自己求助，周瑞豐上前兩步就將徒弟拉到一邊。正想教訓他小師弟幾句，就又被他小師弟給截斷了話頭。

程子遇義正詞嚴的朝他道：「五師兄，師傅以前可常跟我們說，這醫之一道最忌諱的就是故步自封。你這可比故步自封更糟，你看你現在明明已經沒有教這丫頭的本事了，為何還要困著這丫頭不撒手呢？要知道你這樣做，可是要耽誤她的前程，甚至耽誤了將來能被她救治的那些病患的性命啊！」

好哇！你小子嘲笑起你師兄來還沒完了是吧？他都六十好幾的人了，今兒要是讓他師弟當著他徒兒的面把他給教訓了，他一張老臉乾脆扔地上得了。真是，小兔崽子！幾年沒教訓你，就忘了你是老幾了是吧？

周瑞豐越想越氣，於是拿起門邊放著的笤帚疙瘩，就朝程子遇打了過去。

他邊打還邊罵道：「別以為你小子將話說得道貌岸然，老夫就不知道你心裡打的什麼主意？你也不想想你可是老夫看大的，你個臭小子想什麼，老夫能不知道？你想搶老夫徒弟就明說，做什麼一直貶低你師兄我？我打死你個不知道尊師敬長的玩意兒！」

一旁的朱熙看得眼睛發亮。

打得好，他也早看這個一直忽悠黑丫頭的小子不順眼了！

一旁的周瑜嘴角直抽。

原來這位剛那樣不惜得罪人的一番話，不是情商低，而是故意的啊？目的就是搶她去做他徒弟嗎？不會吧……那麼飄飄欲仙、溫和沈靜的樣子，怎麼會是這樣的人呢？

周瑜有點不信，但馬上程子遇就在周瑞豐笤帚疙瘩的攻勢下，直接承認了他的確就是那樣的人，剛那樣說話也的確是因為眼饞他師兄收了個好徒弟，想據為己有而已。

周瑜這下無語了，果然外表是會騙人的啊！

誰知她本以為師傅不會同意她拜師，但打完程子遇後，卻直接替她接過了程子遇家裡的鑰匙，同她道：「妳小師叔說得對，於醫術一道為師確實也沒什麼好教妳的了，他的醫術比為師強百倍，以後妳就跟妳小師叔好好學吧！」

「師傅，我……」周瑜被她師傅突然的舉動鬧得有些不知所措。

師傅這是讓她改拜她小師叔為師嗎？那怎麼行？

「哎呀！妳這丫頭是不是傻？為師只是讓妳跟他學，又不是讓妳拜他為師。妳就是將他的醫術都學會了，不還是我徒弟？他到什麼時候也只是妳師叔啊！」

周瑞豐見周瑜一臉不知所措的樣子，嫌棄地一拍她腦袋，小聲提醒。

「對啊！師傅，我可以身在曹營心在漢啊！」周瑜終於明白了師傅的意圖，也興奮道。

剛被打完的程子遇臉都黑了。

你倆這厚臉皮的師徒還能再大聲點嗎？

片刻後，周瑞豐和程子遇終於商量好了周瑜的教學方案，接下來，終於說到酒精上來了。

因為這會兒覺得周瑜也是自己人了，對於酒精，程子遇就開門見山道：「我這次過來的確是想要採購阿瑜做出的那酒精，但我剛才聽阿瑜說，她製出的那些酒精數量並不多，以後她還要跟我學醫，哪有空操持這些？所以依我之見，倒不如由我出面聯繫供應軍中藥品的商戶，阿瑜直接將酒精方子賣給他們，既能掙一筆錢，也省得把自己陷到裡面出不來，反而沒了學醫的時間。」

因為程子遇租住的院子離桃花村頗遠，程子遇還將軍中給他配置的馬車讓給了周瑜，以後就由他的車夫負責接送她，預防碰上惡劣天氣的時候，還給他們預留了一間屋子。

當然這都是後話了，這會兒的周瑜已經決定聽從她小師叔的建議，直接將方子給賣了。

反正她對於成立作坊做生意掙錢也不熱衷，也的確想將精力多放在研究醫術上面。

日子就這麼一天天過去了，轉眼就過了年，但遼東的天氣卻還是沒有暖和起來，都已經二月初了，又下了一場大雪。

周瑜和朱熙還有周瑞豐三個已經被困在程子遇的小院三天了，不過因為小院吃的、用的都齊全，還有一對老夫妻管著灑掃做飯，幾人住得倒也怡然自得。

周瑜自然是一天埋進書房的醫書裡，除了吃飯睡覺輕易不會出屋子。周瑞豐也是除了吃飯睡覺，就是炮製藥材，或者跟老夫妻兩個中的老孫頭下盤象棋，侃侃大山之類的，只有朱熙百無聊賴的。

這天，天終於放了晴，周瑜幾個也就收拾行李打算回去了。

朱熙覺得再過幾日他祖父大概就要派人來接他了，自己這一走恐怕要很久才能再見到黑丫頭一家子，給銀子他們肯定不要。再說，黑丫頭的酒精方子剛賣了五百兩，他們家如今也不缺錢。就想著回去的路上路過百里鎮的時候，給他們買點禮物。畢竟自己在周家白吃白喝了好幾個月，也不能太沒良心不是？

所以，朱熙一個人遛達著出了門，偷偷去了旁邊的院子，又坑了已經悄悄租了旁邊院子的葉青一百兩，揣在了懷裡。

結果剛回了院子，就見院子裡亂哄哄的。一打聽，原來是周瑜師傅收拾好快要出門的時候，意外跌了一跤，雖然不嚴重，但腳還是扭了一下。周瑞豐當即就決定他不回去了，反正過個七、八天周瑜還會再來，又有朱熙和車夫陪著，他少跑一趟也沒事。

周瑜見他確實摔得不重，又有老孫頭夫婦照看著，也就放了心，同意她師傅留下，自己和朱熙先回去。

於是，回去的馬車上就只有朱熙、周瑜和前面駕車的車夫王祥三個，不過周瑜和朱熙一向聊得來，這一路倒也不覺得無聊。

結果，走到快中途的時候，兩人正聊得起勁，就聽馬車外面突然亂了起來。周瑜兩個忙掀了馬車簾子去看，就見路上的行人匆匆忙忙的都往他們的反方向跑。

幫他們趕車的車夫王祥此時已經勒停了馬車，不等他們詢問就一臉倉皇的朝著二人道：「姑娘、公子，不好了，前面村子有韃子過來打草穀了！他們說，已經有韃子朝我們這邊過來了！」

所謂的打草穀，就是韃子的騎兵過來大燕的邊境燒殺搶掠，所到之處，常常屍橫遍野、雞犬不留。所以，周瑜兩個一聽打草穀，都是悚然一驚。

朱熙立刻吩咐王祥道：「趕緊掉頭，往回走！」

程子遇的小院就挨著複州衛的軍營不遠，他們得趕緊回去報信才行。

王祥聽了急忙掉轉馬頭，猛揮著皮鞭趕著馬車往回跑，朱熙和周瑜也不約而同的抓緊了馬車的車廂。但沒想到韃子的騎兵來得極快，幾人的馬車也就跑出了百十米，就聽見後面嘈雜的馬蹄聲，然後就有百姓們的慘叫聲傳了過來。

「公子，韃子的騎兵追過來了！我們的馬車跑不過他們啊！」王祥邊趕著馬車，邊焦急的喊道。

周瑜急忙掀開車簾往後看去，就見那群韃子的騎兵距離他們還有二、三百米，頃刻間就能追上他們，忙對著趕車的王祥喊道。

「這樣不行！王叔，趕緊停車，我們進林子！」

離大道不遠就有一處山林，對方是騎兵，在山林裡極不方便騰挪，若是他們能在韃子的騎兵到達前逃進山林，或許還有救。

王祥聞言忙勒停馬車，三人立刻跳下車，想往不遠處的山林奔去。

旁邊騎馬一直喬裝跟著朱熙的葉青見了，急忙下馬拉了最後面的朱熙一把，低聲道：「主子，屬下可以騎馬帶你先走！」

「不用，帶著我你也跑不快，你趕緊騎馬先去報信。」朱熙肅著臉吩咐了一句，就越過他去追周瑜了。

周圍的百姓見了，也都跟著他們往林子跑了起來。

葉青是奉命來保護朱熙的，哪敢丟下他獨自去報信啊？猶豫了一會兒也騎馬跟了上去。但因為周圍的百姓一衝撞，又有人想搶他的馬，這麼一打岔，再抬起頭時，紛亂的人群中，哪裡還看得見朱熙他們的影子？

葉青嚇得頓時出了一身冷汗，忙控制馬匹也朝樹林奔去。

剛周瑜那丫頭說要進樹林，只要他趕到他們前面到了樹林邊，找起人來就容易多了。

但誰也沒想到韃子的騎兵竟來得這樣快，就在葉青想騎馬趕緊奔去樹林的時候，十幾名韃子的前鋒已經衝進了紛亂地奔跑的人群，開始揮舞著屠刀收割起人命來。這下子，慌亂的人群更亂了，有個老婦人還差點跌倒在葉青的馬蹄下，幸虧葉青躲得快，才沒有把她給踩死。

沒辦法，在人群裡騎馬狂奔太不方便了，葉青只得棄馬，抽出暗藏的短刀，也隨著人群焦急地朝樹林奔去。

若是五殿下有個好歹，他就算自戕謝罪，恐怕今上也得將他的屍體給大卸八塊，讓他落不得全屍啊！

此時，周瑜正拉著朱熙猛奔，身後百姓的慘叫聲和韃子騎兵興奮的嗷嗷聲，讓第一次見識這種場面的朱熙忍不住頭皮發麻，步伐不免就有些踉蹌，要不是周瑜拉著他，已經不知道跌倒幾次了。

反觀周瑜，臉上卻不見絲毫慌亂（畢竟前世被喪屍追都習慣了），淡定得似乎那些慘叫聲都是來自外太空，跟她毫無關係。

她只一個勁兒的拉著朱熙跑，還呵斥一旁忍不住想回頭看的朱熙。「別回頭！快跑！」再三十來米就是山林了，只要跑進去，他們就有救了！

周瑜緊咬著嘴唇在心中吶喊，強迫自己不去聽身後人們絕望的哭喊聲、呼救聲，只拉著朱熙的手專心跑著。末世裡這些情景她見多了，自然知道這種情況下就算她想救人也救不過來，只能先保住自己的性命再說。

那片山林已經近在眼前了。

還有二十米、十五米、十米……馬上就到了！

「啊！唉唷！」

就在周瑜兩人距離前面樹林還有十米，馬上就要邁進去的一剎那，一直跟在兩人身邊跑的車夫王祥突然慘叫一聲跌倒在地，而他身後十幾米外，一個韃子騎兵已經看見了他，正揮舞著彎刀嚎叫著朝他衝了過來……

王祥嚇得不行，想要趕緊爬起來，但驚慌之下兩條腿都發軟，剛爬起來就又跌倒在地，只能眼睜睜看著那個韃子騎兵揚著彎刀朝自己奔來，嚇得閉上了眼睛。

周瑜亦同樣閉了閉眼睛，猛地將拉著的朱熙往前一推。

「常三郎！你先跑！」

然後，周瑜抽出靴子裡常備的匕首就朝那個揮舞彎刀的韃子奔了過去。她可以麻木且冷血的對陌生的人群視而不見，但讓她眼睜睜看著已經相處過一段日子的熟人慘死在屠刀下，她周瑜——還做不到！

「黑丫頭！」

朱熙被這番變故驚得不輕，本能的想去捉周瑜的手，但終究沒有抓住，只能眼睜睜看著周瑜就彷彿一隻倔強且渺小的飛蛾，正帶著滿身的雷霆殺氣，悲壯的朝獰笑著舉起屠刀的惡魔衝了過去。

朱熙心裡咯噔一聲，想喊些什麼，但發現自己竟然連聲音都發不出來了。

那一刻，朱熙覺得，那個一天連名帶姓喊他常三郎的愛笑丫頭，那個這幾個月一直陪在他身邊的玩伴，他馬上就要失去了。

他整顆心就跟要掉了似的慌亂起來。

但，周瑜沒死！

只見她沉著冷靜的避過了那韃子騎兵砍過來的一刀，然後高高的躍起，雙手緊握住匕首，猛然朝那騎兵身下駿馬的脖子扎了過去。

那馬劇痛之下，嘶鳴一聲就往一旁倒去，馬上的韃子騎兵也隨之跌了下來。還沒等他翻身滾起，周瑜就一個箭步上去，用手裡的匕首朝他的眼珠子直接刺過去。

「啊！」那韃子一聲恐怖的慘叫，嘰哩咕嚕的喊了句什麼，就嚥了氣。

一切都發生在電光石火之間，朱熙甚至都還沒反應過來，周瑜已經帶著滿身被噴濺的鮮血，和剛撿的韃子的彎刀，朝著同樣還愣神的朱熙喊道：「常三郎！你還愣那兒幹麼？還不趕緊救人！」

這貨真他娘是個傻子！讓他先跑也不跑，不跑也罷，又愣在那兒杵著，一點忙也不幫！

朱熙這才在慌亂中回過神來，再看周瑜就有些瑟縮，被罵了也難得沒有回嘴。

這丫頭也太猛了！以後他還是少惹她點吧！

不過因為黑丫頭還活著，朱熙還是長鬆了一口氣。見她喊自己，慌忙上前幫著將同樣呆愣的王祥拉了起來，帶著他往林子跑去。

周瑜也忙一手拿著匕首，一手拿著被她殺的那韃子的彎刀，跟在他倆後面。

幾人剛奔進樹林，身後幾十個韃子騎兵就趕到了，其中一個一臉絡腮鬍的韃子見了地上剛被周瑜殺死的韃子屍體，跳下馬就抱著那屍體悲憤的大哭起來。一眼看見不遠處剛邁進樹林裡的周瑜手中提著的彎刀，登時紅了一雙眼，就指著周瑜奔逃的方向，一陣嘰哩咕嚕的命令。

接著，那些韃子就都下了馬，朝周瑜幾個追了過來。

「糟了，妳剛殺的那人是那個韃子頭兒的兒子，那頭兒剛都看見妳了，現在要殺了妳報仇呢！」朱熙小時候是學過韃靼話的，雖然不太會說，但聽得懂。

她怎麼這麼倒楣！

周瑜聽了險些兩眼發黑，又看著周圍人如避蛇蠍般的避開她，讓出了個缺口。

「常三郎！你能再喊得大聲點嗎？」

「瑜姑娘，小心！那群韃子要射箭了！」旁邊的王祥回頭看去，就見一群韃子已經在搭弓引箭，急忙提醒周瑜道。

「王叔！你趕緊跟常三郎往西跑，我去引開他們！」

周瑜說完，將匕首往朱熙手裡一掖，就故意揮舞著手裡彎刀，帶著一身我有外掛，我不怕誰的英勇，獨自往山林的西面跑去。

娘的，等一會兒跑進前面草叢她就進空間，可不跟這群韃子玩了！

韃子的箭矢帶著冷冽的風聲在周瑜的身後穿梭，周瑜儘量繞著樹奔跑，邊跑邊回頭朝那群韃子看去。眼見那群韃子已經全都邊射箭邊朝她追了過來，心中大喜，決定再跑一段，等將這群韃子引得離逃散的人群再遠一點，她就可以逃進空間，也就徹底安全了。

但……側後方隨著箭矢帶來的風聲一起傳過來的呼吸聲和腳步聲又是什麼鬼？那群韃子怎麼可能這麼快就追上她？

周瑜驚得不輕，急忙朝右後方看去，剛才光注意左後方的韃子了，就沒注意自己另一邊，結果就看見右後方不知什麼時候，常三郎竟然跟上了自己。

見她看過去，常三郎那傻子就揮舞著她給的匕首，朝她喊道：「黑丫頭妳別怕，小爺在後面陪著妳呢！」

「常三郎，你跟著我幹麼！不是讓你往西跑嗎？」周瑜忍不住怒吼道。

你他娘跟著我，我還怎麼進空間啊？

「妳個小丫頭都能捨命救人，我堂堂……男兒，又怎麼能眼睜睜看著妳去送死？而且，妳不是說過，我們是朋友嗎？朋友就該要活陪妳一起活，要死也陪妳一起死啊！」朱熙邊跑邊一臉英勇的喊道。

江山是他們朱家的江山，百姓也是他們朱家的百姓，他一個堂堂皇孫看著百姓被韃子屠戮，卻什麼都不敢做就已經夠窩囊了，現在連黑丫頭都敢為了那些百姓以身犯險，他好歹是個男人，又怎能眼睜睜看著？

所以，當周瑜打算獨自引開韃子的那一刻，他就毅然決然的跟了上來。

但周瑜卻一點也不為他的英勇感動，只覺得這貨簡直傻透了。要不是現在不能停下來，她恨不得將這貨立刻捶死。哪來的豬隊友啊？她現在都要愁死了！

後面的幾十個韃子已經越來越近，身後的箭雨也越來越密集。就算前面的林子再怎麼茂密，面對這麼密密麻麻的箭雨和緊追不捨的韃子，她也很難帶著常三郎跑掉啊！

本來她打算將韃子引遠一點就進空間的，但這會兒多了個常三郎可怎麼辦啊？

不管他？由著他死光自己逃命？周瑜連想都沒想過。常三郎再怎麼說也是為了保護她才跟過來的，雖然並沒有起什麼好作用，但她也不可能丟下他不管，他們可是朋友啊！

但……這種情況下又怎麼管呢？難不成帶他進空間？

真這樣，讓她哥知道了，一定氣得立馬弄死她，再弄死常三郎好滅口！

那，要不她趁著常三郎不備先進空間裡，將她的弩和新配的迷魂藥拿出來？然後再出來救常三郎？畢竟有了那把弩和迷魂藥，她的勝算也能大一點……

至於事後常三郎是否會懷疑她那些東西是哪兒來的，到時候怎麼辦，周瑜也不想思考了。

現在還是保命要緊吧！大不了她就咬死武器是她撿的，迷魂藥是她為以防萬一配的，別的全死不承認就是了。對，就這麼辦！

周瑜覺得只要她進空間時不被常三郎看見，藉口可以等以後再想辦法編。

第三十章

周瑜一邊暗自做了決定，一邊將口袋裡常備的牙籤掏了一根出來，先扔進前面一處茂密的草叢裡，然後就想趁常三郎不備躲到樹後去，好進去空間。

「黑丫頭！小心！」

就在周瑜想要躲到樹後之前，一枝羽箭徑直朝她飛了過來，周瑜忙想用手裡彎刀去挑那枝箭，卻被旁邊的朱熙先她一步，一個飛撲，將她連人帶刀一塊兒撲到了草叢裡。

雖然這一撲讓周瑜將將躲過了那枝羽箭，但周瑜也因為這猛然一撲，驚險無比，差一點就被自己手裡的彎刀給抹了脖子。

而且，這一耽擱，等他們倆手忙腳亂的爬起來時，剛還在七、八米外的韃子們，已經近在眼前。

周瑜忍不住給旁邊的常三郎豎了豎大拇指。

真是——世上豬隊友何其多，她的加倍又開鍋啊！

看著眼前獰笑著朝他們倆團團圍住的韃子，周瑜默默的拍了旁邊的常三郎一把。

「你怕不怕？」

「怕個……鳥！」

「那你哆嗦什麼？」

「小爺冷！」

「哈哈，你是不是會說韃子話？」

「啊？幹麼？妳要想跟韃子求饒妳去，小爺不能去！」

「不是，我是讓你跟那個韃子頭兒說，姑奶奶過會兒就來取他狗命，讓他洗乾淨脖子等著，今兒肯定讓他跟他兒子團聚去！」

「啊？妳確定？」

「嗯！確定！」

「好！反正都要死了，還怕個毛！」

朱熙一挺胸膛，躲草叢裡將周瑜的話大聲喊了，頓時惹來對面嘰哩咕嚕一陣哄笑。

「他們說什麼？」

「我不想說。」

「說！」

「他們說讓咱們倆先洗乾淨屁股等著！」

「罵他們！將你所有會的髒話都使上，罵過去！」周瑜怒氣沖沖道。

「妳真確定？」朱熙邊努力控制自己的哆嗦邊問，覺得周瑜這什麼破主意，難道還能將對方罵死不成？但想著他們就要死了，還是不忍拂了她的意，就真的用僅會的幾句韃子常用的髒話，朝對方罵了起來。

周瑜見朱熙罵完後，剛還在引弓射箭想將兩人射成刺蝟的韃子們突然就停了手，那個一臉大鬍子的韃子頭兒憤怒地指著他倆喊了句什麼，那些韃子就都舉著彎刀朝他們桀桀笑著走了過來。

「他們要幹麼？」周瑜納悶的問朱熙。

朱熙顫著嗓音答道：「他們……要將咱倆大卸八塊！」

「那你還不接著罵他？就說等一會兒姑奶奶就去剜了他眼珠子！」

朱熙覺得周瑜可能是被即將到來的死亡嚇瘋了，才會變得這麼歇斯底里，忍不住拉著她的手安慰道：「阿瑜，妳是不是也有點怕死？妳別怕啊，黃泉路上……我陪著妳呢，而且，那裡有我爹我娘，還有……我大哥，他們都特別厲害，咱倆死了……也肯定能特別好混。」

這下周瑜倒有點感動了，見常三郎抖得打擺子，還能忍著怕安慰她，不忍心再嚇他，也拉著他的手，安慰道：「那好，等你有空了就燒紙，告訴你爹娘和大哥，讓他們在那兒再給你打個百八十年江山，等咱倆壽終正寢了，再去找他們玩啊！」

朱熙目光複雜地看了周瑜一眼，覺得她真的可能被嚇瘋了。然後在韃子冷笑著揮舞幾十把彎刀砍過來的時候，一把將周瑜護在了身下，隨之也恐懼的閉上了眼睛。

別怕！黑丫頭，很快就會過去了！

「露營車座椅。」

周瑜在韃子氣得哇哇叫著撲過來的時候，嘆了一口氣，將抱著自己的朱熙帶進了他們的露營車空間裡。

朱熙正閉目等死，卻突然感覺自己似乎飄了一下，然後屁股就坐到了一個軟綿綿的東西上，心道：他莫非是靈魂已經出竅，如今已經進了地府？但被砍死原來都不疼的嗎？而且他感覺這地府好亮堂啊！

朱熙忍不住就想睜開眼看看，但眼睛剛睜開個縫，就被噴了一頭一臉的黑色汁水。

這地府的歡迎方式好特別啊！

正躲空間裡喝咖啡吃肉乾的周瑾，被突然出現在他對面的朱熙給嚇了一跳，驚得噴了口中的咖啡。

周瑾立刻指著對面的朱熙質問道：「我靠！周瑜，妳怎麼將這貨給帶進來了！」

周瑜一眼看見她哥也在，本來想自己拿著武器去報仇的心思立刻歇了，直接跟她哥求救起來。「哥！有一群韃子想殺我們！」

「操！在哪兒！」

片刻後，當周瑜跟她哥說清楚韃子的人數、位置以及他們被追殺的緣由後，周瑾就將他妹摁到了座椅上，安慰道：「妳好好的在這裡歇會兒，在我回來前哪兒都別去，哥這就去給妳宰了那群韃子出氣！」

「哥！你要一個人去嗎？」周瑜忍不住問道：「要不要我跟你一起？那群韃子可有好幾十人呢，說不定附近還有。」

「不用，我們百戶正在那附近帶著我們巡視農耕呢，我想辦法將他給引過去，妳只要好好給我看著這貨就行了。」周瑾指指一旁已經看露營車空間看得呆若木雞的朱熙，咬牙道：「我沒回來前，不許妳放他出去！」

周瑜點點頭。「好吧！」

周瑾見她應了，這才閃身出了空間，徒留已經開始發愁怎麼樣才能保住「常三郎」小命的周瑜，和眼睜睜看著周瑾在面前消失，被嚇得快要暈過去的朱熙二人。

良久後，朱熙終於緩過一口氣來，怯生生的問坐自己對面的周瑜。

「黑、不，周……小姐，請問您和周瑾公子，是精怪……還是神仙啊？小爺、啊呸！小的可沒有……沒有絲毫看不起精怪的意思，就是問問……」

神仙？精怪？這傻子腦洞好大啊！

「我現在還不能回答你，一會兒我哥回來你問他吧！」對於怎麼跟常三郎解釋他們的空間這一點，周瑜也不敢拿主意，只能等她哥回來再決定了。

「待會兒等我哥回來後，你可得好好說話，態度一定要端正，回答也一定要誠懇，要不我怕他直接……」周瑜做了個抹脖子的手勢。

「好……好……」朱熙哆嗦道：「那周瑜小姐，看在我們相交一場的面子上，妳待會兒一定要幫我美言……幾句啊！」

周瑜小姐？哈哈……笑死了！這貨會這麼稱呼她，一定是被嚇壞了吧？

周瑜惡趣味的看著抖得比剛才面對韃子屠刀時還厲害的常三郎。

到底還是有些不忍心看他這副被嚇得臉都白了的樣子，見桌子旁邊還放著她哥剛才沒來得及收起來的即溶咖啡，就給朱熙和她自己也一人沏了一杯。

先將一杯送到朱熙面前，道：「你也別太緊張，先喝口咖啡暖暖身子吧，你瞧自己抖成什麼樣子了？」

朱熙忙乖巧地接過熱氣騰騰的咖啡，先端著杯子焐了焐手，被滾燙的陶瓷杯子一暖和，心裡的緊張也去了些，手也終於不哆嗦了。他又捧起杯子吹了吹氣，就聞到一股焦糖香味瀰漫開來，心想這叫咖啡的還挺香。

然後，他小心翼翼的抿了一口。

噗！這什麼玩意兒？好苦啊！

他看周瑜津津有味的樣子，皺著眉實在忍不住說了。

「阿瑜！你們精怪界都是整天不喝水，喝藥的嗎?!」

周瑾這邊，匆匆忙忙的出了空間，稍微整理了一下衣衫，才朝他們在田邊臨時搭的帳篷走去。

韓百戶正百無聊賴的又拿著塊布巾擦拭他的那桿銀槍，見他進來，就隨意的問道：「你小子這是又跑哪兒去了？」

「沒去哪兒，就是去田邊那頭轉了轉。」周瑾也裝作一副百無聊賴的樣子坐在韓百戶旁邊，抱怨道：「這一天天的可真沒勁啊，除了看地還是看地，早知如此，您還不如把我留在營地裡訓練呢！」

「你當老子愛幹這個啊？」

韓百戶對周瑾的抱怨深有同感，他心裡也是對這些俗事厭煩得很。

想他一員猛將，不應該只用在戰場殺敵就行了嗎？憑什麼還得一天天的操心這些沒完沒了的破事啊！不操心還不行，到時候交不上糧食，受罰的還得是他。

周瑾見自己的話起了成效，忙斜著眼開始勾引道：「百戶，這會兒也沒什麼事，要不咱們去百里鎮耍一圈？我聽說你那老相好春桃姊又不搭理你了？嘿嘿，你知道這是為什麼嗎？」

韓百戶一提起這個就來氣。「還能為什麼？因為老子他娘的沒銀子唄！」

「嘿嘿，您這話可就不對了，照您這麼說，西四胡同的那個窮書生，百花樓和芬芳館的好幾個頭牌姑娘，為何都甘願倒貼銀子養著他？還將他養得白白胖胖，整日綾羅綢緞的？他可比你窮多了！」

「因為他他娘的長了副好皮囊，是個小白臉唄！」韓百戶又怒道：「你小子整天窩軍營裡怎麼知道這麼多？還有，你總提那些讓人著惱的事幹麼？還嫌老子不夠煩啊！」

「哈哈，還不是聽那些老兵哥哥們念叨的。」周瑾笑道：「百戶，屬下這幾天琢磨了一會兒，覺得您不受春桃姊待見可能跟您平日太低調有關，您想啊，春桃姊跟著您，總得圖點什麼吧？」

「要麼圖您的錢，嗯。」周瑾上下打量了韓百戶一眼。「您沒有。」

「要麼圖您的貌。」又打量了一下。「呃……您雖然還行，但明顯比不過那些小白臉，那她就只能圖您的勢了！」

「你小子莫非想讓老子為了個窯姐兒仗勢欺人？老子可不幹！」韓百戶頓時怒道。

「那倒不是，也用不著，再說跟百里鎮那些個旁的百戶比起來，您的勢也不怎麼樣。」周瑾在韓百戶的怒吼中淡定道：「屬下就是覺得您的英武之氣，只有穿上甲冑時才能體現出來，一旦您穿上戰甲，那些旁的百戶和小白臉立刻就被您比得連渣都不剩，哪個也沒您有英雄氣概！平日裡那些普通衣衫根本襯不起，尤其那些綢衫，您穿上就跟個土包子似的，也難怪春桃姊會嫌棄您，那根本就不是您的風格啊！」

周瑾露出諂媚的笑。「屬下覺得，只要您穿著那身甲冑帶著屬下們騎馬去那芬芳館門前轉上一圈，讓春桃姊見識見識您的威風，那絕對會對您另眼相看！這女人啊，可不光都喜歡小白臉，那蓋世英雄若到了跟前，小白臉還算個屁啊！沒聽話本裡都唱的美女愛英雄嗎？您聽哪個話本唱美女愛小白臉啊？」

「真的？老子穿甲冑真比那些小白臉好看？」韓百戶聽了立刻來了精神，怕周瑾忽悠他，忙問一旁的周珀。「是嗎？」

「黃沙百戰穿金甲，不破樓蘭終不還。征戰沙場的英雄，自然比那些小白臉好看。」周珀淡笑道。

曾幾何時，他也曾為自己有幸當選京都十大美男子沾沾自喜，但經過家破人亡的洗禮，這會兒的他覺得那就是一個臭小白臉榜單，深為自己曾經的沾沾自喜羞愧不已。

「哈哈哈！」周珀的話顯然更讓韓百戶信服，當即就吩咐周瑾。「那還等什麼？傳令跟來的弟兄們趕緊收拾，我們這就騎馬去那芬芳館路過一番，哈哈哈！」

說完，韓百戶忙美滋滋的去穿自己的甲冑了。

周珀這才走上前，朝著似笑非笑的周瑾道：「你這是想幹麼啊？」

「呵呵，沒事，就是閒得無聊，想去百里鎮轉一圈了。」周瑾答道。

只是去百里鎮的那條路，正好是那群韃子的必經之路而已！

半個時辰後，當韓百戶一行五十來人跟韃子四十來個拖滿糧草物資的騎兵隊伍相遇的時候，韓百戶眼都亮了，頓時忘了他此行是要去芬芳館的。

還他娘去什麼芬芳館？等他宰了這群韃子，立了戰功、得了賞賜，他還逛什麼芬芳館啊？還是趕緊娶個白胖媳婦，給自己生個大胖小子才是正經。

「弟兄們！這段時間的訓練可不是讓你們白練的，考驗你們的時候到了，這群韃子就是老天給你們送來練手的！聽我命令，各小隊按平時訓練的隊形，跟著我往前衝啊！」韓百戶高聲命令道。

「是！」隊伍裡的老兵們立刻興奮的應和道。

新兵們雖然因為第一次面對敵人有些發怵，但以前每次訓練，韓百戶都是讓四、五個老兵帶著一、兩個新兵一塊兒訓練的，雖然新兵們當時個個被老兵們打得嗷嗷叫，但此時人人都被一、兩個老兵護著，個個安全感大增。

一聽那些老兵喊：「新兵蛋子們！別害怕，跟哥哥們衝啊！」新兵們也就將牙一咬，衝了上去。

近兵作戰，那些弓箭戰馬什麼的自然都用不到了，即使是騎兵也基本上都是下馬作戰，拚的是刀刀見肉的近身肉搏。

這時候韓百戶這邊的組隊打法就發揮了優勢，所謂組隊打法其實就是周瑾當時帶著十八名少年打山匪的加強版。三個人為一個小隊，一個善使長槍的和兩個善使短刀的為一隊，不管對方多少人，都是三個一起上，打完一個再打一個。

這種方法對付明顯優於自己隊伍人數的敵人自然沒什麼用，但對付人數相差不多且已經疲憊不堪的韃子小隊時，就分外見效了。加上周瑾教給大家一些前世特種兵的近身格鬥術，這場仗的結局就可想而知了，自然是韓百戶這邊取得了絕對性的勝利，且只輕傷了五人，一個也沒死。

隨後，當韓百戶正帶著眾人打掃戰場，收繳物資時，一行五十來人的韃子小隊又出現在他們的視野，韓百戶忍不住就哈哈笑了起來。

今兒是他娘的什麼黃道吉日啊？簡直出門大吉啊！

周瑾正在韃子隊伍裡找他妹說的那個大鬍子頭頭，正想著怎麼找不到，這會兒看見奔來的另一隊韃子騎兵，領頭的明顯長著滿臉大鬍子時，也笑了。

這個追著他妹跑了小半座山，最後把他妹和常三郎逼進空間的貨，原來在這兒呢！

韓百戶才剛發起進攻命令，周瑾就帶著滿身的殺氣帶頭朝他的目標撲了過去，徒留下韓百戶在那兒驚詫不已。

這貨不應該保護他嗎？怎麼衝得比他還積極？

但見周瑾都衝了，韓百戶也忙帶著周玳衝殺上去。

那個韃子首領也不是個弱的，雖然不明白眼前這個漢人為何一看見他就朝他衝過來，但管他呢，一個小崽子，還沒一頭肥羊沈，宰了就是！

所以也沒有下馬，只淡定地坐在馬上等著周瑾到來。

周瑾到了近前，也沒什麼多餘招式，反正那些他也不會，就只握著手中的長刀凌厲的朝那韃子砍了過去。

這把長刀是周瑜將酒精方子賣了後，託周澤茂給周瑾捎了二百兩過來，周瑾就是用其中的一百兩打了這把刀。今兒因為要對付韃子，周瑾特意將這把刀帶在身邊。

大鬍子見周瑾攻了過來，也忙抽出彎刀用力擋去。

雖然他不將眼前少年放在眼裡，但也知道戰場輕敵的後果，因此也是使了八分力，又占著居高臨下的優勢，本覺得用不了兩招就能將這個漢人崽子剁了。卻沒想到兩人的刀一對上，一股壓迫之力就襲了過來，竟然震得他的手掌一陣陣發麻，險些將手裡彎刀扔出去。

這小子好大的力氣！大鬍子震驚了。

周瑾的手掌其實也有些麻，但他沒表現出來，而是越發表現得跟個殺神一般面無表情，接連著一刀又一刀的向那韃子劈去，力圖先在氣勢上壓過對方。

那韃子第一招就失了先機，當周瑾第二刀、第三刀劈過來的時候，也只能招架，沒有還手之力。而且，自認對敵無數的他，對面前這小子的怪招式竟然沒轍，甚至感覺這小子的招式比他這個草原人還無拘無束，似乎就是在無數的對敵中自己練就的打法，簡直是想怎麼打就怎麼打。

這讓大鬍子十分頭疼，沒過幾招，他的戰馬就被這小子給弄死了，他也被逼下馬來。到了這時候，剛還勝券在握的大鬍子其實已經慫了，急忙趁自己屬下衝上來保護自己時退了回去，上了自己屬下的一匹戰馬，想著先逃出去再說。

「撤！趕緊撤！」

大鬍子真覺得今兒要凶多吉少了，急忙喝令手下們趕緊保護他先撤走，但韓百戶哪會讓他逃跑，直接用槍挑了正跟自己對打的韃子，就帶著人圍了上來。

周瑾則在韓百戶幾個圍攻大鬍子屬下的時候，又開始追著大鬍子猛打，一刻鐘後，終於趁他一個不備，將他也給弄死了。

眾韃子見自己的主將死了，更加無心戀戰，加上前頭被周瑜和朱熙的突然消失嚇得不輕，沒多久就被韓百戶的隊伍給全數殲滅了。

這次，韓百戶這邊傷了十來個，死了三個新兵。

不過，這對久經沙場的兵士們來說，根本不算事，除了新兵們，其餘的老兵只哀傷了一下，立刻又興奮的打掃起戰場來了。

每次戰役結束，除了那些大件的糧草物資、翡翠珠寶得上交，一些小的銀子、銅板這些他們總能自己落下一些的，韓百戶向來對這事睜一隻眼閉一隻眼，所以那些老兵才會這麼積極。

畢竟這幾年戰役忒少，他們發財的機會也不多了，不過其中有一個老兵在搜那個大鬍子身上的時候，發現了一塊金牌，這種東西他自然不敢私吞，急忙捧著交給了韓百戶。

韓百戶身旁的周珀見了那牌子，雙眼猛然一縮，立刻接過去細細看了起來。

「怎麼，你小子還懂韃子的字？」韓百戶驚喜道，但讓他更驚喜的還在後頭。

周珀開口道：「恭喜百戶大人，剛周瑾殺的那個韃子是如今韃靼大王的親弟弟，韃靼的西院大王！可是隻大肥羊啊！」

第三十一章

周瑾這一忙活就忙活到了快晚上，才終於有空，閃身進了空間。

朱熙見他突然出現，又被嚇了一跳，又看他臉色陰沈，想著剛才周瑜交代他的話，忙站起來訕訕的先跟他打了聲招呼。

「呵呵，瑾哥，你來了……」

「這本來就是我的地方，我為什麼不能來？倒是你，如今知道了我們兄妹的秘密，讓我可拿你怎麼辦呢？」周瑾板著一張臉，陰森森的朝朱熙說道。

朱熙立刻被嚇得低了頭，怯怯道：「瑾哥你放心，我、我是不會將你們是精怪的秘密說出去的！」

雖然他也不知道周瑜帶他來的這個地方是什麼地方，也並不知道他們兄妹倆到底是什麼精怪，但不妨礙他先保證了再說。

周瑾沒想到他會這樣答，聞言愣然的愣了一下，朝著對面的他妹使了使眼色。

這小子說的精怪是什麼鬼？他竟然懷疑我們是妖怪？

周瑜就朝他聳了聳肩，用口形對他說了「飛天遁地」四個字。

當初你第一次見到空間，不也以為那是飛天遁地嗎？常三郎如今把你當妖怪，也沒什麼好奇怪的。

兩人默契十足，沒說話也將對方的意思猜透了。

周瑾不禁摸摸鼻頭，怎麼他妹總是拿「飛天遁地」這點奚落他呢？他嚮往「飛天遁地」怎麼了？就是這時候讓他在空間和「飛天遁地」裡面二選一，他也會選「飛天遁地」好嗎？能上窮碧落下黃泉的招式，多威風！多酷啊！

不過，周瑾覺得這會兒不是跟他妹辯論這些的時候，還是先處理常三郎這個變數要緊。

於是周瑾又朝朱熙冷笑道：「呵呵，雖然我們兄妹不是你口中所說的精怪，但想殺你也易如反掌！既然你如今都知道我們的秘密了，那就更不能留你了。」

他知道什麼了？朱熙一頭霧水，又聽見周瑾說他們不是他以為的精怪，心中更納悶了。如果兩人不是精怪的話，那是什麼啊？怎麼能突然把他變到這地方來？

剛才朱熙以為周瑜是精怪，短暫的恐懼過後，他竟然發現自己對周瑜是隻精怪這件事似乎已經接受了，就覺得不管周瑜是什麼，只要她骨子裡還是他認識的「周瑜」，是那個第一個願意把他當朋友的黑丫頭，那她就一定不會害他。

但他還是有一絲絲好奇，周瑜到底是個什麼精怪，也一直在心裡暗自猜測來著，覺得像兔子精、花精、狐狸精這些溫柔嫵媚的，都不像周瑜的風格，但他又不想周瑜是蛇精、豹子精、老虎精這些，說實話……如果是，他還是有點害怕。

結果，猜來猜去也沒猜出來，這會兒聽周瑾說他們不是精怪，納悶的同時，又特別好奇他們到底是什麼了。

不是精怪的話難道是神仙？說實話，朱熙覺得不太像。哪有神仙整日說髒話的啊！雖然黑丫頭在她娘和她弟妹面前表現得很溫婉，但面對他一天的出口成髒好嗎？

那不是神仙，也不是精怪，難道是借屍還魂？

思及此，朱熙覺得有點像。他這些日子總跟周瑜一塊兒玩，周瑜有時候總給他一種她不是他們這裡人的感覺，她懂好多他不知道的東西，也從不愛守他們這兒的規矩，還常常在沒外人的時候，對那些規矩嗤之以鼻。

於是朱熙又嘴欠的的問道：「那你們是什麼啊？神仙？還是鬼魂？」

周瑾嘴角一抽。這小子腦洞真夠大啊！但不得不說，他猜得八九不離十，他們兄妹可不就是來自異世的兩縷異魂嗎？

「你甭管我們是什麼，你就只需知道，憑我們的能耐，想要你的小命簡直輕而易舉。」周瑾坐下彈了彈指甲，朝朱熙笑道：「不管你是什麼王公貴族或是大家公子，小爺想讓你三更死，你就絕對活不到五更！」

懂了，原來周瑜她哥是閻羅轉世啊！既然她哥是閻羅，那周瑜可能就真的也是一隻鬼了……唉，還不如是精怪呢！

「阿瑜，我不在乎妳是鬼還是人，真的！妳是什麼我們都是朋友啊！」朱熙一臉同情的朝周瑜說道。

……這貨到底在想些什麼啊？周瑾、周瑜面面相覷。

「你還是先顧顧你自己吧！算了，我跟你在這兒廢話什麼啊?!」周瑾被朱熙你跟他說柴米油鹽，他跟你談碧海藍天的談話模式給徹底激怒了，站起來轉了一圈就將他掛牆上的斧頭拿了下來，一邊在手裡上下掂量，一邊冷笑道：「要不是阿瑜帶你進來，想來你小子這會兒已經死了，倒不如我將你殺了，再扔回那片山林裡，裝作是韃子殺你的好了。反正剛那群看見我妹帶你進來的韃子都已經被我給滅了，你再一死，這世上知道我們兄妹秘密的人就再也沒有了。」

朱熙看著那斧子鋒利的刀鋒，和刀鋒下映射的周瑾那張猙獰的臉，才終於有些怕了。

「呃！別、別啊，瑾哥，有話好好說，我們無冤無仇的，再說阿瑜跟我交情挺好的，嬸子和阿璃、阿瓔也挺喜歡我的，你放心，你們是鬼的事我真的不會說出去的！」

怎麼又他娘的繞回來了！

「你到底是怎麼就篤定我們是鬼了？」周瑾終於被朱熙滿腦子跑火車的腦迴路給氣著了，也不想跟這貨繼續兜圈子了，太累！直接用斧頭指著他道：「實話告訴你吧，我們跟你一樣也是人，只是身負一點常人沒有的異能，這種異能，不到萬不得已，我們是不會輕易動用的。但為了防止有些噁心人覬覦我們的異能，幹出些傷害我們家人、朋友的事來，我們只能將自己身負異能的秘密藏起來，不讓任何人知道，包括我們的家人。但如今……這一切都被你知道了，為了防止你有壞心，我就只能除掉你了！」

「我保證真的不會說出去的！」

「我覺得還是殺了你一了百了！」

那這談話還怎麼繼續啊？

朱熙只能苦著一張臉朝周瑜看去，想讓周瑜幫他求情。

周瑜既然將他帶到他們的秘密基地來了，應該不會真看著他死吧？

結果，周瑜居然愛莫能助的朝他攤了攤手。

朱熙只能繼續自救。「呃……瑾哥，就算你殺了我恐怕也不能一了百了。你不是一直懷疑我身分，知道……我和澤林叔關係匪淺嗎？其實你猜得沒錯，我的確不叫常三郎，我的原名叫朱熙，是承乾帝……的五皇孫，已故太子的第三子。周閣老名義上……是我父王的老師，但其實是受我外公所託，去太子府教導我大哥和我，所以我跟澤林叔才、才會那麼熟。你也知道，我祖父一直不喜歡周閣老和周家人，所以，就算你殺了我且把我弄得像是被韃子殺的，以他老人家的脾氣，恐怕也會遷怒你們家的，就算你們有異能，也不好救全族的人吧？與其這樣，不如信我一回，我保證……」

朱熙百思也想不出別的辦法跟周瑾求饒了，只能老實的將自己的身世給交代，結果，還沒說完就被打斷了。

「你說你是誰？」

這次不是周瑾問了，而是一旁一直袖手旁觀，看她哥恐嚇常三郎看得津津有味的周瑜臉色鐵青的質問。

周瑜簡直震驚極了。怎麼也沒想到她的好朋友常三郎其實一直在騙她，甚至連常三郎這個名字都是假的，世上根本就沒有常三郎這個人。

「阿瑜，妳別生氣啊，本來我早就打算將自己的身分告訴妳了，但澤林叔說我的身分……越少人知道越好，不讓我說。不過我已經打定主意，等我回京前就將這一切都告訴妳的，沒想到會出今天這事……」朱熙急忙朝周瑜解釋道。

但周瑜顯然不想聽他解釋，氣得一扭頭就坐一邊去了，還直言道：「哥，我覺得也是殺了這小子更乾脆！」

「好。」周瑾面上嘿嘿一笑，舉起刀。

「喂！黑丫頭，妳不能這麼不講義氣啊！我雖然沒有告訴妳身分，但妳也沒告訴我妳的身分啊！咱倆就算扯平了還不行嗎？」

朱熙被周瑾直接提著脖領子壓到了牆上，見眼前的殺神一身血污的拿著把斧子抵著自己脖子，又見周瑜現在一點也不想護著他的樣子，這下真慌了，忍不住就朝周瑜嚷嚷起來。

「而且，我待妳那麼好，還想著回京時將妳也給帶回去呢！妳怎麼能這麼沒良心啊？」

「你說誰沒良心？加上這次我妹救你幾次了，你都是怎麼報答她的？帶她回京，去那裡幹麼？給你當丫鬟麼或小妾嗎？這就是你的報答？」周瑾身為男人，一下就聽懂了朱熙話裡沒說的齷齪心思，直接挑明怒斥。

這貨竟然敢想讓他妹去給他為奴為婢，還一副恩賜的樣子，簡直太該死！

若是說一開始周瑾只是想嚇唬朱熙，讓他不敢將他們的事說出去，那現在周瑾就是真的想要揍死這傢伙了。而且，他也真的這麼做了，直接一邊一拳，揍在他那雙一直看向他妹的眼睛上。

讓你小子再用那種齷齪眼神看我妹，娘的，先將你打瞎再說！

周瑜也沒想到常三郎，不……現在這貨叫朱熙，竟然動了讓自己給他做妾的心思，虧自己還把他當好朋友！也是氣得不行，直接站起來走過去，也對著他的臉搧了幾巴掌。

「去你娘的做妾！就你這樣的，八抬大轎抬姑奶奶，姑奶奶都不會嫁給你！」

朱熙頓時被兄妹倆的左右開弓給摧殘得一張臉都腫了起來，疼得眼淚鼻涕都下來了。

但他實在不明白兩人為什麼突然都打他，是不想周瑜給他做丫鬟或小妾嗎？可是以周瑜的身分也不能給他做正妻啊！他倒是對這些身分無所謂，但他祖父肯定不會同意的。

所以，只好又捂著生疼的嘴巴，斷斷續續、口齒不清、苦口婆心的跟兩人解釋道：「瑾哥、阿瑜，不是小……不是……我不想要妳當正妻，實在是、是泥身分不行……妳放心，我……一定會對泥好的！」

能不能不要不理他啊？他都已經不嫌棄周瑜是個……「奇怪」的人了，被揍了還這麼求她，做得還不夠嗎？

然而這話聽在周瑜耳朵裡，就是一個富二代帶著莫名優越感，朝她施捨的說：喂，小丫頭，跟少爺混唄！少爺除了不能給妳名分，妳要什麼少爺都能給妳！

這種被看輕感頓時令她覺得挺沒勁的，虧她還一直將這貨當朋友呢！原來在他心裡，自己從來沒有被平等對待過……

「行了，哥，你也別揍他了，放他走吧，以後我就當再也沒這個朋友了。若是他敢將我們的秘密說出去，那你愛怎麼處置他，就怎麼處置他好了，我肯定不會再攔著你了！」

所謂道不同，不相為謀。周瑜覺得對於這種永遠不懂得尊重女性的封建社會紈袴子弟，她還是離他越遠越好，要不然，見一次她就想揍他一次。所以，她就當她那個叫常三郎的朋友已經死了好了。

反正……他也從來沒有存在過！

周瑜決定不再認朱熙這個朋友後，就自顧自的閃身出了空間，去了桃花村村頭的草叢，打算沿著小路走回家去，反正她哥會將一切都安排好，有她哥在，她就什麼都不用想了。

這一天下來她覺得好累，只想趕緊回家去睡一覺。

而空間裡，周瑾也沒了嚇唬朱熙的心思，直接跟他說道：「等一會兒出去，你就說你和阿瑜從韃子手裡逃脫了，躲藏了許久才敢出來，旁的一概不許說，要不然我就真的不能留你了！你也看到了，我們兄妹隨時隨地想去哪裡就去哪裡，想殺你也是易如反掌！所以，出去後，給我老實點知道嗎？」

朱熙現在滿心裡都是周瑜的那句，以後不再當他是朋友的話，就想著趕緊去找周瑜問問，她為何突然就不想跟他做朋友了？若是她想當他的正妃才能繼續跟他做朋友，那他就去求他祖父好了，雖然有點難，但若是他以死相逼，想來他祖父也會同意的，又不是沒有辦法，何至於不理他呢？從小到大，他可是就她這麼一個聊得來的朋友啊！

所以，對於周瑾的威脅也只是本能的點了點頭，周瑾還以為他聽懂了，於是也拉著他去了桃花村外的那個草叢，本想再囑咐他兩句，結果朱熙一到了那草叢裡，看清是什麼地方後，就急忙越出草叢，撒丫子就朝周瑾家跑去了。

……這小子不會去告密了吧？

周瑾傻眼一瞬，但又搖搖頭，覺得但凡朱熙不真是個傻子，就不會在這時候將他們的秘密說出去。至於以後，周瑾決定再看看，若是朱熙這幾天有一點不對勁，那他就不得不殺了他以絕後患了。

而朱熙真的只是忙著跑回去繼續找周瑜解釋，結果還沒到家，就碰上了跑得衣襟都散亂的周澤林和還是一副商賈打扮風塵僕僕的葉青，兩人一見他就忙圍了過來，上下打量起他來。

「五殿下！你沒事吧？可急死屬下了！」葉青見朱熙還活著，還能跑，一顆心頓時放下了一半，剩下的一半就看承乾帝知道此事後如何處置他了。然而，一半的心剛放下，馬上又被朱熙的豬頭臉給嚇到了。

「哎呀！殿下，你的臉這是怎麼了啊！」

可壞了！五殿下要是被毀了容，那他同樣會死得很慘啊！

葉青心慌意亂，今兒他被人群衝得跟五殿下分散開後，又被幾個韃子圍了，等他將幾個韃子都殺了，一抬頭，哪裡還有五殿下的影子？

他急忙順著山林去尋，逃跑的人群他倒是追上了，但在人群裡卻怎麼都沒找到五殿下和周瑜丫頭的影子。

還是他認出了給周瑜丫頭趕車的車夫，一番詢問之下才知道，周瑜那丫頭為了引開韃子獨自朝山林的另一邊逃了，而五殿下竟也跟著去了。

葉青急忙返回東邊的山林去找，結果什麼也沒找到，只有韃子的幾枝殘箭還留在原地，其餘的不管是韃子還是五殿下和周瑜丫頭，都不見了蹤影。

葉青抱著僥倖的心理又急忙往桃花村趕，但因為他丟了馬，只能跑去百里鎮又高價買了一匹。所以等他到達桃花村的時候，天已經黑了，距離朱熙兩個失蹤已經過去了快一天的時間。

但葉青到了桃花村後卻絕望的發現兩人根本沒有回來，這下可把葉青嚇壞了。只能去求助周澤林，將自己的身分跟他說了，想讓他給自己出個主意，要不要動用附近軍隊，幫忙去找人。

周澤林一聽也是嚇壞了，若是朱熙出了事，他將來也沒臉下去見他阿爹和常將軍了。但他到底比葉青冷靜，聽了葉青的話，立刻分析出，若是葉青沒在東邊山林找到兩人的屍體，那就說明人多半還活著，要麼就是逃了，要麼就是被韃子抓走了。
兩個平民小孩子，韃子抓了也沒什麼用，多半不會費那個力氣。除非朱熙自報身分，那些韃子才可能拿他當人質，但既然想拿他當人質，一時半會兒就不會殺他。倒是阿瑜那丫頭，如果朱熙被人當了人質，那她恐怕會凶多吉少，不過那丫頭一向機靈，沒準兒也能為自己求得一線生機……
所以周澤林就建議葉青先去跟軍方打個招呼，留意韃子那邊的動靜，葉青急忙想去按周澤林的意思辦，結果剛出門，就看見周瑜回來了。
兩人急忙上前去問周瑜常三郎的下落，結果周瑜只淡淡看了他們一眼，就譏笑道：「常三郎是誰？澤林叔，真的有這麼個人嗎？我可不認識。」

第三十二章

周澤林雖然被周瑜給懟了，但兩人也從周瑜的語氣裡聽出朱熙應該也沒有死，只是可能被周瑜知道了真實身分。忙順著周瑜來的路尋過去，就發現了正在往回跑的朱熙，兩人急忙迎了上去。

周澤林也被朱熙的一張腫臉嚇得不輕，忙詢問是怎麼弄的？難道是韃子打的？但被打成這樣應該是被捉住了吧，竟然還能跑出來？

周澤林百思不解。

朱熙也知道兩人擔心自己，忙先安慰他們幾句，按周瑾讓他說的經過，簡單跟兩人說了，至於臉上的傷，他只說是自己逃跑時慌不擇路下撞樹上給撞的。

「只要能回來就好，沒事就好！」周澤林雖然有些不信撞樹能腫整張臉，但覺得只要人活著回來就好，於是忙連聲安慰朱熙。

朱熙又跟兩人說了幾句，這才得以繼續往周瑾家趕去。結果到了周瑾家，就見自己的行李物品都已經被周瑜給扔到了門口，幾家子的人也都被周瑜扔東西的動靜給驚動了，紛紛出來看。

而周瑜則板著一張小臉，扠著腰站在自己屋門前等著他呢。見他來了，就隔著院子當著幾家人的面直接朝他喊道：「我們家這間小廟恐怕容不下您這尊大神，你還是趕緊回你的錦繡窩裡去吧！從此我們橋歸橋，路歸路，誰也別說認識誰，恕不遠送！」

說完，周瑜也不管旁人怎麼想，一扭身就回屋去了。惹得幾家人都詫異的面面相覷，不知道這兩個孩子是鬧哪樣。

依著朱熙的性子，被周瑜當眾打臉，一定會頂風回一句——不認識就不認識，誰怕誰！

但這一刻，朱熙站在周瑜家門口，捂著腫得不行的臉，卻不敢說出這句話。好像只要他這邊不應，跟周瑜就沒有決裂，還是好朋友。

所以，他只能默默收拾行李，想等周瑜消氣再說，可收拾著收拾著，又覺得很委屈。明明他想帶周瑜回京也是為了她好，想讓她跟自己去過好日子的，就算他想讓她當丫鬟、小妾是他不對，可也不用跟他絕交吧？

朱熙想著想著，眼淚就下來了。

周澤林見了一頭霧水。你倆這齣戲角色演反了吧？

最終，朱熙只能悻悻跟著周澤林回了他們家，住在周澤林平時用來教孩子的書房裡。他不想跟周珞住一塊兒，那傢伙見他被打成豬頭，又跟周瑜鬧掰了差點沒樂死。

第二天，周瑜好好睡了一夜後，就將情緒給消化好了，該幹麼幹麼，除了不再提「常三郎」這個人，一切都照常。反而是朱熙，整個人都沈默起來，除了每日都去找周瑜，又每次都被她視而不見外，對什麼都提不起興趣來了。

這天，朱熙又在周瑜去找草藥的時候跟在她後面，見周瑜還是對他愛理不理，實在忍不住就將她給攔下來。

「周瑜，我們倆好好談談好不好？妳別總不理我，我哪兒做錯了，妳說出來，我改還不行嗎？」

「常三郎！不，應該叫你五皇孫對吧？」周瑜見朱熙又是一副委屈得不能自已的樣子，直接給氣笑了。「你是不是覺得你堂堂皇孫，這麼低聲下氣的求我一個平民小丫頭，我還不給你臉，你特別委屈？覺得我特別不知道好歹？」

「我沒有，我從來都沒有看不起妳，一直拿妳當我朋友啊！」朱熙見周瑜終於肯搭理他了，頓時來了精神，忙好聲好氣道。

「朋友？合著你家對待朋友的方式，都是收了做自己的丫鬟、小妾，當奴才伺候你的啊？還什麼你從來沒看不起我？你這句話本身就是看不起我！哼哼，你的臉皮是有多厚，還是有多蠢而不自知，怎麼有臉這麼想的？我周瑜哪點不如你，還讓你看不起？我學醫術，能治病救人，還能自己掙銀子，可以靠自己養活自己！你會什麼？刨了你那個皇孫身分，你什麼都不是！離了你那個好爺爺，一下就能餓死你！」

周瑜瞇起眼瞧著朱熙。「我沒有看不起你無能，一直拿你當朋友，是因為我覺得你再廢物，起碼待我這個朋友還有顆真心。可你呢？跟我隱藏身分就算了，我能理解，你竟然還想讓我去當你的小妾，還一副恩賜的樣子？你哪來的臉敢這麼想，憑你就是個廢柴嗎？」

周瑜越說越氣，怒氣沖沖罵完眼前的廢柴，扭頭就往山裡去了。

都說了橋歸橋，路歸路，這貨還非得上趕著來找罵，那她還猶豫什麼？

徒留下朱熙愣在那裡，腦海裡來來回回迴盪那句——憑你就是個廢柴嗎？

原來，在黑丫頭心裡，他就只是個廢柴嗎？也對，離了京都，離了他祖父，他又還會什麼呢？若不是好運的遇到周瑜兄妹倆，他這會兒早死八百回了……

他還文不成、武不就的，連個策論都看不懂，甚至連件衣服都自己穿不好。面對韃子屠戮百姓，除了在心裡罵娘，什麼也不敢做，還得靠黑丫頭護著，他是有什麼臉在別人面前自稱什麼小爺？

這麼想來，他又有什麼臉說讓黑丫頭當自己小妾是為她好啊？別說讓她當小妾了，就是將她娶回去當正妃，難道他就護得住她嗎？

朱熙整個人都因為周瑜的這番話不好了，站在原地好久都一動不動，讓藏在暗處一直看護他的葉青都害怕起來，忍不住上前查看他的情況。

「殿下，您沒事吧？」葉青小心翼翼的問道。

「葉青，你都聽到了吧？」朱熙先是茫然的朝他看了一眼，認出是他後才開口問道：「你說，是不是不光阿瑜，其實在許多人心裡也都這麼想？覺得我就是個廢物？」

「呃……殿下，瑜丫頭也是一時氣惱，您別往心裡去……」葉青笨嘴拙舌的開口勸道。

「我沒怪她，其實阿瑜說得也沒錯，刨了我的皇孫身分，我其實真的什麼也不是……」朱熙又默默朝周瑜的方向喃喃道。

這是因為跟瑜丫頭鬧掰給氣傻了？

葉青尷尬地站在一旁，也不知怎麼勸解。

許久後，天整個都黑了，葉青覺得周瑜肯定已經從別處下山了，才忍不住又期期艾艾的開口。

「殿下，要不我們先回去，明兒再接著來……」

「不用了，她是不會再理我了！」朱熙沈默了許久後，才開口道：「葉青，去準備東西吧，明日我們就回京！」

朱熙走得無聲無息，只留了一封信給鄭氏，並附了一張一百兩的銀票。信中一句也沒提周瑜，只對鄭氏一家表示感激，說以後有機會一定報答。

鄭氏看完信，忍不住用手點了自己大女兒的額頭一下。

「妳這孩子，就不能忍忍脾氣，明知道三郎那孩子也沒有什麼壞心，有什麼話不能好好說，何必非要鬧得這麼僵？」

周瑜確實知道朱熙沒什麼壞心，甚至他那身分能這樣，在這年頭已經是個好人了，但她依然還是那句，道不同不相為謀，一點也不覺得自己這麼做有什麼錯。只是每當自己一個人炮製草藥或研究醫書的時候，沒有常三郎在身邊聒噪，她總感覺少了些什麼似的，莫名覺得心裡空落落的。不過周瑜把這種感覺當成了只是不習慣而已。

就是小貓、小狗養幾個月還會有感情呢，何況是人呢？況且兩人思想不同調，價值觀天差地別，注定處不長久，既然早晚要分道揚鑣，那早點分總比晚點分好。

她一直是寧缺毋濫的性子，或許她這性子真的不適合交朋友吧？周瑜想，要不她也不會兩輩子都沒有一個朋友了。

不過，如今她也想開了，沒朋友就沒有吧，自己就這麼一個人也挺好的，至少不會被騙啊……

日子就這麼一天天的過著，轉眼一年就過去了。

自打暖和後，鄭氏幾個的棉衣生意就做不了了，周瑜就提議幾人乾脆合夥開個成衣作坊。也不用接那些富人生意，就還將主客流瞄準在那些大頭兵上，按著京都賣的那些騎裝的樣子，將那些肥肥大大的粗布衣裳改良，設計出幾款穿著又便利、又結實的男式騎裝，專門賣給那些兵士。

白氏幾個聽了周瑜的主意自然又是一頓誇，也真的湊了銀子按周瑜的主意幹了起來，並將桃花村那些會針線活的女人們都雇了。

成衣作坊的改良男裝一經推出後，果然特別受那些兵士歡迎，漸漸的，百里鎮的兵士們幾乎人手一件她們作坊的衣服，都快成了統一軍服了。

一年下來，鄭氏、白氏幾個可沒少賺，除了工人工資，每人已經分了二百兩銀子了。桃花村的婦人們也都很滿意，鄭氏幾個都很厚道，給的工錢也高，若是好好幹，一個人掙得比他們一家子種一年地掙得都多，也因此，如今桃花村的女人們腰桿都挺直起來。

而且因為鄭氏幾個的生意，還讓她們發現了一個銷售天才，那就是周珞。

作為文壇泰斗周閣老最為疼愛的小孫子，周珞同學偏偏沒有繼承他祖父的好文才，於讀書一道十分無緣，卻沒想到倒是個做業務的奇才。

原本最初鄭氏幾人是將她們做的衣服託了周澤盛運去鎮上幾家成衣鋪寄賣的，周澤盛是個不通俗物的，練了這麼多日子還是不行，每次去就是按他媳婦劉氏要求的將那些衣物往指定的鋪子裡一丟就不管了，賣得好不好，賣不賣得了，他一概不問。

有一段時間，鄭氏就發現衣服的銷量少了很多，周澤盛的媳婦劉氏就問周澤盛有沒有發現原因，周澤盛是一問三不知。還是周珞私下暗暗調查才發現，原來是那幾家成衣鋪見鄭氏幾個作坊裡的衣服賣得好，就聯合起來將每套衣服的賣價往上多提了十文，想著從中多掙些利潤，根本沒按一開始雙方說好的價錢賣。

價錢高了那麼多，銷量自然就少了。鄭氏幾個都生氣，但又沒有辦法，總不能她們自己去賣吧？

最終，又是周珞想出了主意，找了十幾個常年在鎮上走街串巷的貨郎，只要他們交些押金，也就是衣服的成本錢，就可以將他車上的衣服拿去賣，不拘他們拿去哪兒賣，只要將衣服按他定的價錢賣了，每件衣服就給他們提十文錢，鞋子則提五文。若是賣不了，就將衣服或鞋子還原封不動的拿回來，只要他檢查沒有破損，就將押金退給他們。

那些小販每日跑一天也就掙個三、四十文，只要賣兩套衣服這錢就都出來了，關鍵是還不用自己進貨押銀子，那些小販個個精得跟猴似的，這麼好的買賣又怎麼會不幹呢？

於是他們紛紛交了或三件、或五件、或十件的衣服押金，拿了相應的衣服，跑到自己熟悉的地方去推銷了。

第二日一大早，小販們都將手裡的貨賣完了，周珞幾個還沒到，他們就等在路邊了。

周珞按每人拿的衣服數量給他們付了提成，又問他們今兒還拿不拿貨？小販們又不傻，東西賣得好，自然還拿貨，且拿得都比昨天還多一些。

自此後，鄭氏幾個做的衣服就不再讓那些成衣鋪代賣，而是都交給周珞，讓他再帶到鎮上，交給他手底下那些小販們去推銷。

一年下來，周珞手底下的小販已經從最初的十幾個，變成了幾十個。而周珞也不再跟著周澤盛跑什麼騾車了，跟鄭氏幾個每件衣服要了三文、棉鞋二文的提成，帶著堂兄周珙一起，做起了鄭氏她們作坊的代理人來。

鄭氏幾個本有心多給兩個孩子一些提成，畢竟她們以前給那些成衣鋪的提成比周珞給小販的提成本身就貴了五文，也就是說周珞不光給她們賣了貨，還替她們省了錢，幾個大人又怎麼能讓孩子們白辛苦呢？

奈何周路說，就這些提成他也能掙得盆滿鉢滿，死活不多要了。

鄭氏幾個以為他就是說說，但沒想到，他不但說到，還真做到了。

周珞跟鄭氏幾個談定提成後，就和他堂哥周珙一起湊銀子在鎮上最大的早市租了個大攤位，憑著手上掌握的幾十個推銷員，常常不到半天就能將那些貨賣完，幾乎鄭氏她們的作坊出多少貨他就能賣多少貨。

剩下的時間，他又另外進了旁的貨去賣，雖然掙的提成比小販還少，但他賣得多啊，幾乎每日都有一兩多銀子進帳。所以，一年多下來，周珞和鄭氏幾個，還真不知誰掙得更多了。

其實作為閣老府最受疼愛的小公子，周珞什麼好東西沒見過，他其實一點也不愛錢。但他就是愛這種掙銀子的快感，愛數銅板時發出的清脆聲音，對做生意這事簡直樂此不疲。

後來周瑜因為夏天就要到了，靈機一動就想起了做蚊香賣，也是和周珞合夥的。

因為幾家人合夥的買賣有兩個，也幾乎雇光了桃花村所有的男女勞力，所以，不光幾家子新分的田地沒有人去開荒，李貴他們那些開好的荒地都種得稀疏起來。

倒是周瑜，因為年初大家討論開不開荒的時候，見著後院的菜園子，突然就想起他們的空間裡前世最後一次收集物資時的那些蔬菜，她記得好像有乾辣椒，還有幾個洋芋和番茄等等，這些都是這個世界沒有的。

要是她能種出來，豈不賺翻了！

轉念就想到她哥賣小鏡子的教訓來，覺得辣椒和番茄若是種出來可能還好，而洋芋，作為能解決糧食危機的一種農作物，就算她能種出來，恐怕也留不住。

不過周瑜覺得說這些都還為時尚早，就她那幾個辣椒、洋芋、番茄種子，若想發展成有規模的種植，最少還得三年以上的時間。所以，她決定，以後的事情以後再說，如今還是先將東西給種出來。

於是，她就在後院菜園子裡找了塊空地，將那些辣椒、番茄、洋芋，按照她前世記憶中的栽種方法，小心翼翼的栽種了下去。

鄭氏問起她栽的是什麼時，她又將她哥糊弄宋衙役的那套說辭給搬出來，只說是在百里鎮，從碰上的一個海外商人那裡買的蔬菜種子，她也不知是什麼，聽那個番人說很好吃，一時好奇，就買了一點回來試著種種。

因此，鄭氏聞言也沒有說什麼，在打理菜園時，還常常給周瑜種的那些奇怪蔬菜澆澆水、施施肥、捉捉蟲什麼的。

因此到了這年的秋季，周瑜就收穫了一小簸箕的小紅辣椒、幾十個番茄、七十幾個洋芋。

周瑜實在忍不住嘴饞，拿了五個番茄、五個洋芋、一把辣椒，藉口說那個海外商人賣她種子時，用蹩腳的漢語跟她說了這幾種菜的做法，比劃著指點她娘做了番茄炒蛋、紅燒肉燉洋芋、酸辣洋芋絲、辣子雞丁這幾道菜，最後還做了個番茄雞蛋湯。

飯桌上，當久違的食物味道充斥味蕾時，周瑜覺得簡直太滿足了，也深深為周瑾沒有在家表示遺憾，替他多吃了一碗。

這天，鄭氏和周瑞豐連同兩個小孩也都吃得香甜無比。

在這一年期間裡，周璃的學業也越發好了，周澤林甚至斷言，再學上兩年，他就能下場去試試了。當然，這還得在周瑾能升任總旗的前提下……

上次韓百戶因為接連殲滅了兩股韃子小隊，其中還包括一位悲催的韃靼西院大王，不但自己被上面賞了三百兩銀子，提了副千戶不說，連帶著他上面的千戶都受了封賞，對他也和顏悅色了起來。

作為親手斬殺韃子西院大王的周瑾，也因為作戰勇猛被韓百戶提成了小旗，旗下也有十個兵士能管了。

同他一起提起來的還有周玳，倒不是周玳也作戰勇猛，而是因為韓百戶從上次韃子過來搶糧草後，他發現自己這個離韃子出沒的位置僅僅四十多里的百戶營，竟然對此事一無所知！

所以，韓百戶深感羞愧，就特意撥了十個耳目靈敏、身手敏捷的兵士，又成立了一個探查小旗，專門負責平日在附近或出征的時候探查敵情，而周玳因為在這方面特別突出，就被韓百戶撥去當了小旗。

周珀則因為幾次跟上峰打交道的精彩表現，被上面的長官給看重，直接把他從韓百戶的軍營調走，雖然如今還是在複州衛的軍營裡繼續擔任文書，但權力比起在韓百戶的軍營時早已不能同日而語。

韓百戶一開始對周珀的離去很不捨，但因為周珀如今主管著給各營所發配糧草物資，對韓百戶這個曾經的上官自然多有照顧，自周珀走後，韓百戶的百戶所比他在時物資糧草還充沛，且每次都不用韓百戶點頭哈腰的去催。

因此，韓百戶對他的離去也就很快釋然了，只是跟人提起他時，總愛吹一句。「那位曾經是老子的行軍文書，是老子一手提拔起來的……」

第三十三章

時光荏苒，轉眼這已經是周家族人被發配到遼東的第四個年頭了。

去年的秋季，周瑜的新菜蔬又迎來了一次收穫，洋芋的種子也從幾十個變成了幾大筐。周澤林已經知道周瑜種出了好幾種大燕沒有的菜蔬的事，也一一試吃過了。番茄和辣椒這兩樣他雖然覺得很好吃，但沒有太在意，可對於飽腹性極好，產量也極高，可以當糧食吃的洋芋，他卻格外重視起來。

不但勒令幾家人對於洋芋的存在一律保密，還在周瑾回來的時候特意將他叫過去密談。密談的結果就是，幾家人共同花錢找人挖了個地窖，專門用於存放周瑜剛收穫的那幾筐洋芋，為了以防萬一，周瑞全還特意把地窖上了鎖。

周瑾特意讓周澤林知道洋芋的存在，就是打算將洋芋當成幾家的共有物，並借助周澤林的人脈，儘量換取最大的好處，因此，自然什麼都聽他的。

等到這年的四月下旬，周澤林就將幾家子後園的一畝半菜地都騰了出來，除了種半畝辣椒、半畝番茄外，剩下的一畝都種了洋芋。

等這年的秋季，洋芋又一次迎來了收穫的季節。

因為洋芋保密的事，周瑞全幾個也不敢找人幫手，只能幾家子的老少一起上，一起挖洋芋。半天過後，一畝地的洋芋終於收完，過秤一秤，一共有三千五百多斤。

這麼多的數量，讓眾人都目瞪口呆。

畝產三千多斤的產量，擱在後世自然不算什麼，據周瑜所知，後世洋芋的畝產量差不多有五、六千斤，甚至能達到八千斤以上。但在這個畝產糧食才一、二百斤的遼東，三千多斤的產量，足以用驚人來形容了。

周澤林同周瑞全甚至驚得都說不出話來，手都抖了起來。

於是，這天晚上，在幾家子都飽餐一頓洋芋大餐，個個都吃得肚圓後，剩下的幾千斤洋芋又被周瑞全給鎖進了地窖裡。

等過幾天周瑾回家時，周澤林又請周瑞全和周瑾過去密談。最終，三人一致決定，將他們種出洋芋這件事直接上報給承乾帝。

雖然周澤林如今提起承乾帝就想到他阿爹的死，卻也知道，這洋芋只有抓在體恤百姓、深知百姓疾苦的承乾帝手裡，才能真正的惠之於民，也才不至於落到那些蠹國害民的蛀蟲手裡。而且，他們周家這時候只有向承乾帝展示臣服，才得以喘息，也才不會讓承乾帝對他們趕盡殺絕。

何況，周澤林也希望用這份功勞，給周家的未來謀劃點什麼。

於是，就又由周澤林執筆，給承乾帝寫了一封奏章，將這洋芋的畝產量和種法，各種食用方法都寫在上面，連同一小筐包裹好的洋芋，一同送去了京都戶部一位曾經的周閣老朋友的手裡。這個朋友跟周閣老平時交往不多，但不妨礙兩人互相欣賞，而且極其忠於承乾帝，藉由他將洋芋呈給承乾帝，周澤林覺得最合適。

至於為何沒有直接寫信給朱熙，還是因為怕承乾帝誤會他們與五皇孫交往過密，反而給五皇孫惹麻煩。

信寄出去後，剩下的就是等待了。

周家幾家子又回到了按部就班的生活，轉眼就到了十月。今年遼東的冬天似乎比往年更冷一些，才剛十月中就已經下了兩場大雪，整個桃花村都被大雪覆蓋，如銀裝素裹一般，好看是好看，就是太冷了些。

今兒本該是周瑜去跟她小師叔學醫術的日子，但因為大雪就沒有去成，只能窩在自己屋裡的炕上看醫書。

這兩年除了學習醫術之外，他小師叔也常帶著她去軍營出診，讓她見識了許多疑難雜症，累積了不少的經驗，當然為了方便，周瑜一般都是女扮男裝的。

可能是一直都往外跑，周瑜還是一直沒有白起來，不過她也向來不在意這些，覺得如果積累許多醫學經驗的代價只是用白皙的膚色去換，那她還可以更黑一點。

因為冷，鄭氏特意早早起床，將快要燃滅的幾個屋子的火牆火炕又繼續燒了起來，然後才同幾個孩子一起吃了早飯，就匆匆去了成衣作坊，這兩年她和白氏幾個的成衣作坊一直挺忙的。

小周璃今年已經九歲，吃過早飯後，就自覺的領著拿好自己畫板、畫具的小周瓔去隔壁周澤林家讀書練畫了，家裡就只剩下周瑜一個人。

周瑜窩在暖暖的炕頭蓋著褥子看醫書，看著看著就被撲面的暖意熏得迷糊了起來。迷迷糊糊中，她聽見院子外面似乎傳來一陣陣紛亂的嘈雜聲，周瑜覺得可能又是她妹偷跑出去外面畫雪景、堆雪人什麼的，被她小弟發現捉住教訓了。想著就她小弟那越發囉嗦的樣兒，她妹肯定又該倒楣了。但她實在懶怠睜開眼去勸，眼皮就跟有如千斤重般沈得緊，只想就這麼睡過去。

最近她也確實太累了，總是來回奔波，既然今天難得空閒，她打算美美的睡個回籠覺。

「阿瑜！」

迷迷糊糊中，周瑜又感覺自己屋子的門似乎被人推開了，好像有人在叫她，但這個聲音讓她覺得好熟悉又好陌生。

熟悉的是，這個聲音雖然不是破鑼嗓，但那語調跟曾經總是在她耳邊聒噪的某人好像，總愛拖著一點點向上的尾音。陌生的是，那人一向很少用這種語調叫她阿瑜，他更愛扯著個破鑼嗓子，微微上抬尾音，喊她——黑丫頭！

這人是誰啊？這麼討厭，這時候來擾人清夢……

周瑜本不想理他，但門口大開下的寒風還是將她吹得清醒過來。使她本能的睜開眼，想去看是誰這麼不要臉，竟然進屋不知道關門。

不知道這遼東的天氣能凍死人啊？而且不關門也就算了，怎麼還能一直掀著棉簾子呢？但屋外的皚皚白雪卻刺痛了她的眼，讓她看不真切，周瑜本能的捂住眼睛，閉眼緩了一下，才微微透過指縫朝門口站著的人影看去。就看見一個身量頎長，身著大紅羽紗鶴氅的白皙俊秀少年，正眨著一雙睫毛精般的杏仁眼，朝她笑得甘甜。

「你誰啊？」

朱熙一路從京都趕到遼東，沒有被路上的暴雨澆死，也沒有被遼東的積雪凍死，卻整個凍僵淋透在周瑜的一句「你誰啊」裡，本來熱烈炙熱的情緒就如同被澆下了一盆冰水，真真是涼到了心裡。

原來只有他在心心念念，而她已經將他給忘了個徹底嗎？

可笑他這兩年無時無刻不在反省自己，一直努力變得不那麼廢柴，好成為她眼中希望的朋友樣子；可笑他跟祖父鬥智鬥勇了近一個月，才得以被允許跟著來了遼東，好說出兩年來一直想說卻沒機會說的那句抱歉；可笑他快馬加鞭，不顧青霓姊阻攔，也要頂風冒雪的前行，就為了能早一刻看見她。

結果，她竟然不認得自己了？

「喂！周瑜！妳還有沒有良心？我千里迢迢的、頂風冒雪的來看妳，妳不搭理我就算了，做什麼裝不認得我？妳知不知道為了妳，我騎馬騎了快一個月，大腿都要磨爛了！臉都要被寒風颳出口子了！妳竟然還裝不認識我？」

朱熙氣得眼圈都紅了。難道周瑜真的想一輩子都不再認他這個朋友了嗎？即使他已經改了很多，她也不肯再給自己一個機會了嗎？

周瑜被說得傻眼，總算認出人來。「常三郎？呃？不對，你是朱熙？」

「嗚……可不就是我嗎？阿瑜，妳終於肯認我啦！」朱熙驚喜道。

周瑜吸氣呼氣，各種深呼吸企圖冷靜。但……算了！她忍不了了！

「朱熙！你小子到底騙了我多少啊？你以前是不是易容了？原來以前不光是你的名字，連你的臉都是假的對嗎？」

朱熙一下子被說得理虧，臉頓時白了。

自己怎能這麼蠢？竟然把自己當初易容的事給忘了，還在這兒怪罪阿瑜？這下好了，阿瑜以後更不會理自己了！

「哈哈哈，小阿熙，你的心上人竟然這麼好玩嗎？你怎麼不早說？難怪你這麼心心念念的，一直催我趕路呢！」

朱熙正在門口尷尬，結果，就聽身後傳來一陣銀鈴般的笑聲。朱熙急忙想去堵住來人的嘴，怕她口不擇言，說出讓周瑜更生氣的話，結果，還是晚了一步。

得了，這下徹底沒戲了！他這些年辛辛苦苦的努力全白費了！就憑他青霓姊這張破嘴，他就是求周瑜原諒他，他青霓姊也能給弄黃！你瞧瞧她說的那是什麼話啊？什麼他的心上人啊？什麼心心念念啊！

呃……就算他真的一直這麼想，但這些話能說嗎？阿瑜連聽說要當他的丫鬟都能氣死，聽了青霓姊的這些話豈不得氣炸了？

朱熙一邊懊惱著讓沐青霓跟過來，一邊小心的去看周瑜臉色，卻沒想到周瑜不但沒生氣，還一臉疑惑的問沐青霓。

「請問妳又是誰啊？」能不能進別人家先自我介紹啊，不要上來就先聊天好嗎？

「哈哈，小丫頭還挺有意思！」沐青霓上前幾步朝著周瑜伸出手，笑道：「妳叫阿瑜對吧？我叫沐青霓，妳可以跟小阿熙一樣叫我青霓姊！」

這還差不多，還算有個客人的樣子。

總算來了個正常招呼，於是周瑜也禮貌的伸出手去，結果就感覺被一股大力扯著往炕下摔去。

周瑜急忙用腳去蹬背後牆壁，左手也用力扒住炕沿，才將將穩住身形。

「這就是妳來人家家裡作客的禮貌嗎？」周瑜跟隻螳螂似的趴在炕上，咬牙問道。

「哈哈，小阿瑜，這兩年我整日的照看著妳的小阿熙，都要被他給煩死了，作為報答，妳是不是得陪我玩玩啊？」

沐青霓咯咯笑道，左手一動，就又朝周瑜的脖頸抓來。

什麼叫她的小阿熙，還有陪我玩玩又是什麼鬼？這人是不是神經病啊？

但見她都攻過來了，周瑜只得一撐左臂，在炕上翻了一圈，又趴在距離剛才位置大概一個人身量的地方，才躲過沐青霓的手掌。

「不錯，身手靈活，但力氣略有不足。」沐青霓點點頭，又化爪為掌，朝著周瑜的後腦劈去。

還來？這人為什麼要一直跟她打架啊！明明她今天只是想睡個回籠覺而已！

但這會兒也由不得她說了算了，周瑜只能往炕上一滾，狼狽的躲過她的又一擊。

「不錯，能屈能伸，不是個傻的！」沐青霓又讚了一句，又去抓周瑜雙臂，這下周瑜躲不過了，乾脆就著她一抓的力道往炕下躍去，結果被沐青霓一個橫摔又給扔回了炕上。

周瑜被她摔得齜牙咧嘴，也惱了，氣得狠瞪了旁邊的朱熙一眼。

你帶來的這什麼人啊？怎麼上來就打人？

他就知道讓青霓姊跟來會糟糕，果然！

朱熙也急了，見周瑜被她打得狼狽不堪，急忙上前接下沐青霓的招式，他這兩年一直跟沐青霓練武來著，如今在她手底下走個幾十招已經不成問題。

周瑜在朱熙攔住沐青霓後，終於得以鬆口氣，站炕上喘了會兒，就往袖子裡掏去。

然後屏住呼吸，將拿出來的紙包打開，朝著正與朱熙纏鬥的沐青霓頭頂就兜頭兜腦的撒了下去。

真是，老娘打不過妳，還毒不死妳嗎？

她這番動作是在沐青霓背後、朱熙的面前做的，因此她撒藥粉的動作朱熙看得清清楚楚，急忙在她撒藥粉的同時也屏住了呼吸。

沐青霓的感官何其靈敏，在周瑜撒落藥粉的同時就感覺到了，急忙本能的朝一旁躍去，這一躍雖然避過了大部分藥粉，但還是有些被她吸了進去。

呵呵，沒想到她整日的打燕，卻在這麼個小丫頭手裡被啄了眼……

然後，沐青霓就眼睜睜的見炕上的小丫頭，朝她翹起嘴角，伸出了三根手指。

「三，二，一。」

隨即沐青霓就感覺眼前一黑，暈倒過去。

呼……世界終於安靜了！

周瑜為總算歸來的安寧露出笑容。而朱熙抱著被毒暈的沐青霓，看著站在炕上笑得洋洋得意的周瑜，突然記起，好像他的阿瑜不是他們這兒的人。但他故意將這件事忘記，也從來沒有將她不同於他們的這點放在心上，對他們兄妹倆的事更是跟誰都沒有提起過，就怕他說了，他的阿瑜就再也不會理他，或者從此消失在他的生命中。

青霓姊說，他這是在還不懂相思的年紀卻害了相思病，他卻覺得，自己只是離開了她才懂得，原來思念也會讓人生病。

「阿瑜，我姓朱名熙，年歲十六，曾經蠢不自知，自以為是，讓本真心待我之人寒透了心。」朱熙半跪在地，抱著暈得不省人事的沐青霓，仰著頭，在灼灼的雪光裡，問周瑜。

「現願將真心重新託付，不知姑娘可否再給在下一次機會？」

「……請你說人話！」

「阿瑜，我知道錯了，不該不尊重妳，還拿讓妳做我丫鬟、小妾來噁心妳！我太蠢了！自己什麼都不是，居然還敢瞧不起妳。這兩年我反省了很多，以後我保證再也不會那樣了，也不敢再騙妳了！妳能再給我一次機會，讓我跟妳做回朋友嗎？」

周瑜瞪著這個變得好看，腦袋卻還是一樣蠢的人，咬牙切齒道——

「不——行！」

京都乾清宮，承乾帝拿著一份名單，遞給了底下一個三十多歲的中年人。

「你看看。」

中年人忙躬身接了，仔細的看起來，然後低頭站得更躬身了一些。

「哼哼！三天二十人，要麼上奏、要乞骸骨歸鄉、要麼要病退，還全是六部的人！老子不過是讓他們把侵吞百姓的吐一點出來，於他們來說不過是九牛一毛，他們就給老子鬧這個，這是嫌老子沒餵足他們，在老子這兒施壓呢！哼哼！真當老子拿不動刀了嗎？」

承乾帝冷笑道，又罵低頭站著的中年人。「行了，少跟老子在這兒裝模作樣了，趕緊給你爹出出主意啊！」

中年男人這才抬起一張過於俊秀的臉來，笑道：「義父，您不是已經有主意了嗎？要不也不會氣成這樣啊！」

「臭小子！就你知道！」承乾帝又笑罵了一句，然後突然又板起臉來，悵然道：「如今雲貴初平，遼東未定，老子除了學韓信，練個忍字，也沒別的辦法了。唉！要是你大哥還活著，老子如今何至於此啊？」

承乾帝說著說著就紅了眼眶，底下的中年人聽了，眼淚也立刻就下來了，撲通一聲跪倒在地。「義父，還請您保住龍體啊！大哥若是在天有靈，也不願看您老人家如此啊！」

「行了行了，不提那沒良心的了！」傷感了片刻後，承乾帝才用手隨意抹了抹眼淚，揮揮手，示意底下的中年人起來，才接著道：「還是說說你吧！風兒，你回來也有些時日了，青霓那丫頭也不小了，她的婚事你有打算沒有？」

原來，底下站著的這中年美男正是承乾帝的義子，西平侯沐風，沐青霓的父親。

「你也知道，你義母生前本來打算讓她嫁到我們家，當朕的長孫媳婦的，但奈何她去世不久，英兒也去了，這才沒成……要不，你讓她考慮考慮熹兒？或是老四家的煦兒也行，朕聽聞那傢伙武藝如今越發地好了。熙兒如今也不錯，那小子自從遼東回來後，跟變了個人似的，就是他現在滿心裡都是那個鄉下丫頭，他又比青霓丫頭小了點，朕估計青霓丫頭也看不上他，唉！」承乾帝接著嘆道。

可拉倒吧！您那幾個孫子也就去了的大皇孫朱英還好些。現在那些？就是您把他們都搬出來讓我閨女挨個兒挑，我閨女也一個也看不上！

沐風腹誹，但面上卻不敢這麼說，只能委婉拒絕道：「臣答應過青霓，以後擇婿讓她自己說了算的。」

承乾帝聽了頓時怒其不爭道：「哼！這父母之命媒妁之言，哪有你這樣的？讓孩子自己作主？就青霓丫頭那性子，她能看得上誰？整日只知道研究什麼行兵作戰，排兵布陣的，朕倒是多了一位弓馬嫻熟的女將軍，可這麼下去，早晚得拖成老姑娘！」

拖成老姑娘也比嫁給你那幾個孫子強！

但沐風只能開玩笑道：「這可就是您老人家不對了，怎麼能得了便宜還賣乖呢？我家青霓剛從雲貴回來，您就將京都護衛營的差事給了她，還將五殿下也扔給她管教。如今，您不放心遼東，又將我閨女給扔了過去。哪有您這樣的，一邊嫌棄我閨女整日鑽研兵書、醉心練武，一邊卻用人用得比誰都勤。」

承乾帝一下子理虧，頓時尷尬道：「嘿嘿，朕這不是准了藍庭病退回京後，怕新去的耿忠文太過於守成，這才讓青霓丫頭去幫朕盯著些嗎？哈哈……」

第三十四章

沐風也就是說說，哪敢真怪承乾帝呢？再說他自己的丫頭自己知道，若是真讓她跟著那群閨秀去繡花，她倒寧願去戰場殺敵。再說，承乾帝派給她的複州衛，前面還有陽寧衛、萬州衛、益州衛擋著，除了一些零星的騷擾，根本沒什麼安全問題，所以也就哈哈一笑，同承乾帝聊起別的來。

「臣聽青霓說，五殿下這次鬧著跟去遼東，又是為了他的那個小救命恩人？」

「可不是！跟我鬧了一個月，到底讓他得逞了。」承乾帝總站著有些累了，隨意的坐在身後的大案上，指了指一旁的凳子，讓沐風也坐了，才又道：「不過那小丫頭也是能人，會解蛇毒就算了，還能在好幾十個韃子圍攻下帶著熙兒給逃了，而且周澤林呈上來的那洋芋據說也是她家先種出來的。熙兒這次就是打著親自押送那洋芋種子的名義鬧著去遼東。哼哼！臨走還坑了老子五千兩，說是老子雖然是皇帝，但也不能白要那小丫頭家的東西，還說那小丫頭製了個什麼玩意兒隨手就賣了五百兩，老子只給一千兩也太小氣，鬧著非要老子出一萬兩！老子哪有那麼多錢？最後被他鬧得沒法子，只能將私庫的五千兩老底都給了他，他這才滿意了。」

承乾帝想起五孫子前些日子的鬧騰就頭疼，氣哼哼的跟沐風抱怨。

沐風已經很久沒見過朱熙了，在他心裡那就是個小屁孩，還是看一眼就想揍他的那種。前兩年聽說承乾帝將他丟給她閨女管教後，他還擔心承乾帝這是變相的想讓他閨女嫁給他孫子，現在聽說那小子心裡有人，頓時狠鬆了一口氣。

他管那小子喜歡的那丫頭是好是壞呢？只要不惦記他閨女就成！

於是沐風立刻幫朱熙說起好話來。

「哈哈，五殿下知道不白拿百姓東西不是好事嗎？您老還生什麼氣啊？正好，這幾年，臣在雲貴也算發了些小財，趕明兒就給您老將您那五千兩補上，您就別再心疼您那點銀子了。」

也難怪他義父對胡相一群不滿呢，堂堂大燕皇帝，整個私庫也才五千兩，而胡相那個寵妾光買釵子，在玲瓏閣就能一次豪擲二萬兩……

「光補上可不行，青霓丫頭可跟朕說了，你小子這幾年可是掙得盆滿缽滿，送回來的珠寶連裝箱時都要扣不上蓋了。趕緊多孝敬你爹一點，起碼得將老子的私庫也裝滿才行！」承乾帝笑罵道。

誰家閨女這麼坑爹啊？沐風頓時垮了臉，卻只能咧著張比哭還難看的臉，應了聲好。

承乾帝被他這德行逗得大樂起來，剛又發了筆橫財，心情大好。又想到若是周澤林呈上的那洋芋果真如他信中所說，產量那麼高的話，那過個三、五年，他就再也不用為百姓吃不飽飯發愁了！頓時覺得再忍受一下胡相一群也沒什麼。

「哈哈哈，你說周家這次這麼識時務，朕要怎麼賞他們才好啊？本來朕想著周家那小丫頭那麼得熙兒喜歡，乾脆就將那丫頭接過來，好好養個幾年，以後給熙兒做個側妃什麼的，也算給周家的恩賜了。可那小子偏不幹，還說什麼朕再提這事他就接著離家出走，或者待遼東再也不回來了！真真把人氣死！哈哈……」承乾帝說著生氣，但一想到他孫子當時那急赤白臉樣，又忍不住笑起來。

「要臣說，這些小兒女們的事您老就別摻和了，等他們求到您面前的時候再整治他們也不遲，要不萬一錯點了鴛鴦反倒不美了。」沐風乘機勸道。

最好也別總打我家青霓的主意了。

承乾帝覺得也對，便問道：「那你說這洋芋的功勞該怎麼賞？若那洋芋的產量果真如周澤林所言那麼高，那對於整個大燕來說，都可謂是大功一件。這份功勞都足夠朕赦免周家，讓周澤林官復原職了。朕若是小氣，恐怕那些士林中人知道了，又要罵朕。可周家剛被朕發配過去才多久，這會兒就讓他們回來，朕自打臉面不說，胡相他們肯定還會出來生事，當年要不是他們逼迫，太子又突然薨了，朕也未必會殺周里安……」

沐風見承乾帝又提起太子，忙又安慰了幾句，這才又說回到周家的賞賜上，閃了閃眼睛道：「依臣之見，反正驗證那洋芋是否高產至少還需要一年多，您不如趁這時間，看看周家後輩裡有沒有能提起的人。與其將這恩賞單給周澤林一人，讓他回京官復原職，倒不如分散給那些周家後輩，那些後輩起來了，周家離復興也就不遠了。而且，只是幾個後輩，您再提拔，官又能高到哪兒去？想來胡相他們也不會放在眼裡。」

遼東自十月中那兩場大雪後，就稀稀落落的一直沒有停，下了足足有半個月。進了十一月，剛停了兩天，就又是一場暴風雪。這次暴風雪比上次的兩場雪加一起都大，一夜過後，地面的積雪就足足有一尺深。

新上任的韓德弓韓千戶在一個月前就已經被調往了複州城，擔任起複州城西門的防衛工作。而剛被他提拔成總旗的周瑾自然也是隨行。

「聽說今年不光我們這兒，整個草原也是冷得緊，暴雪不斷，韃子的牛馬羊可最怕凍了，每年他們那兒遭了災，總免不了來禍害我們大燕的百姓，今年我們這個年，怕是不會好過嘍！這回也不知道哪兒的百姓又要遭殃了！」

一個老兵一邊在牆上磕打著靴子上的雪泥，一邊跟旁邊一塊兒站崗的少年兵士說道。

那少年兵士是個新兵蛋子，剛入營不久，最是少年意氣的時候，聽了老兵這話頓時叫囂道：「來就來，正好老子還沒殺過人呢，來了正好拿那群韃子開刀！」

「哼！」老兵不屑的瞅了他一眼，譏笑道：「嘿嘿，到時候你小子別尿褲子就成。」

「那不可能，到時候你就瞧好吧！」新兵蛋子顯然沒聽出老兵的譏諷，還朝老兵揚了揚頭，接著又笑嘻嘻的問老兵。「王叔，我們這兒新來的那位女將軍你看到了嗎？嘖嘖！她可真帥啊！那戰甲一穿，棗紅馬一騎，就跟那話本裡的花木蘭一模一樣。」

老兵對此卻不屑一顧。「呵！你說上面是有多不重視我們複州衛啊？就算我們的複州城靠後方，也不能派個女娃娃來統領啊！光長得好看有個屁用？也就你們這些年輕後生拿她當個寶！要我說，來那麼個擺設，還不如多給弟兄們發把刀來得有用呢！」

新兵蛋子沒應這話，因為他就覺得來個女將軍比發把刀頂用，多好看啊！

與此同時，韓千戶也在罵娘。

「操！老子是有多倒楣，剛調來就被個女人管！還他娘的一來就給老子下馬威，說什麼我防衛有漏洞？老子打仗的時候，那丫頭還在吃奶呢！也不知哪來的臭婊……啊！操！你他娘輕點啊！」

周瑾將他妹給他配的金瘡藥狠狠的撒在韓千戶後背的鞭傷上，看他疼得齜牙咧嘴，終於閉上了他那張不乾不淨的臭嘴，才滿意的拍了拍手上沾上的藥粉，坐在一旁的椅子上和趴著的韓千戶對視道：「頭兒，你挺精的一個人，怎麼連新官上任三把火都不知道？這時候你往前當什麼出頭椽子啊？再說，人家沐指揮使哪句說得不對，你那套換防機制中間明顯有一處空防，雖然時間微乎其微，但萬一我們內部有奸細，那處就可能是敵人的突破口！屬下都已經跟你說過兩次了，你總是不當回事，人家沐指揮使好好的跟你說，你還對人家好一頓譏諷，逼著人家不得不拿你開刀，您覺得有意思嗎？」

「喂！周瑾！你小子怎麼能胳膊肘往外拐呢？老子才是你上峰！別忘了，你能升任總旗全靠老子提拔你的！」韓千戶被周瑾懟得無言以對，頓時惱羞成怒的嚷嚷道：「是不是你看那丫頭長得漂亮，想背叛老子去投奔她啊？告訴你，沒門兒！」

「請你不要一沒理就無理取鬧！我們就事論事，要是沐指揮使是個男的，你還敢跟今兒似的跟她對著嗆嗎？或者說，要是她是男的，你這麼藐視長官，她打了你，你還敢這麼不服氣嗎？」

周瑾瞇起眼睛，韓千戶沒回應，仍是一臉氣哼哼，他又道：「今兒這事，本就是因為你打心眼裡看不上人家沐指揮使是個女的才自找的不痛快，可你連她的作戰能力到底如何都沒見過，就因為人家是個女人而貶低人家，是不是有點過了？」

「老子見個屁，這戰場本來就不是她個丫頭片子該來的地，讓她統領老子，老子就是不服！出門一說，人家都是某某猛將旗下，就老子被個丫頭片子管，老子的臉往哪兒擱？」韓千戶依舊不服氣道。

「屬下覺得你這頓打還是挨得輕，既然你這麼瞧不起女人，當初有本事你別吃你娘的奶啊？別被女人生、讓女人養啊！」

周瑾被他氣惱了，說完起身就往外走，臨到門邊又回頭道：「還有，我的總旗位置是這兩年我憑戰功掙的，跟您提拔雖然有點關係，但關係真不大。」

說完，周瑾一掀門簾就出去了。

嘿！這小子什麼時候還有脾氣了！

韓千戶被說得一愣一愣的，不禁摸摸腦袋。

周瑾從屋子出來，就去了西門的城樓，那裡有一段是他旗下的巡防區。到了城樓底下，周瑾誰也沒驚動，悄無聲息的就摸了上去。剛到了樓梯口，就聽一個兵士喝道：「什麼人！」

然後一聲口哨聲就響了起來，隨後一把長槍就朝他刺了過來。

幾秒鐘後，七、八個人就手持長槍都湧了過來。

周瑾這才出聲。「是我！」

十來個兵士這時候才看清了周瑾面容，忙收了槍，立正道：「總旗！」

周瑾笑著朝眾人點點頭，道：「嗯，都做得不錯，夠警醒！」

眾人就都憨笑起來，其中一個機靈的就道：「總旗，您讓人給我們做的鴨子毛襖子簡直太暖和了，還輕便，穿上藤甲都感覺輕輕鬆鬆的。」

另一個憨厚的則在一旁撓頭道：「暖和是暖和，就是有些往外鑽毛。」

結果就挨了機靈的一巴掌。「不會說話就別說話！」

惹得旁邊眾人又都笑了起來。

前段時間，周瑾想到將士們巡邏時十分苦寒，就讓她娘她們幫忙將後世禦寒的羽絨服給仿製著做了出來。雖然用了兩層粗布還是有些鑽毛，但保暖度卻很好，比厚重的皮襖也輕便許多。

周瑾又簡單和眾人說了幾句，就讓他們趕緊回去繼續堅守崗位了，只剩下最早發現他的那個兵士，他的巡防區就在此處，所以就沒有動。

周瑾又朝他笑道：「六子，你媳婦這幾天就快生了吧？我妹子這段時間都住在程醫官租的小院裡，我已經跟她打過招呼了，你媳婦若是發動了就讓你娘去找她，別自個兒在家裡生，連個穩婆都不找。」

叫六子的聽了忙笑著回道：「總旗放心，俺娘託人給俺捎信說，瑜姑娘昨兒就去過了，給俺媳婦摸了脈、看了胎位，說是都挺好的。還交代了俺娘，說一發動就去叫她，不拘白天晚上的。」

「哈哈，那就好，那我可就等著吃你孩子的滿月酒啦！」周瑾這才放了心，又囑咐道：「不過就是生個丫頭也不許惱啊！不管男孩、女孩都是自己的骨肉，而且比起男孩，女孩守著父母的時候本就少。在這個世道，活得比我們男兒更不易，更應該疼愛些才對，我旗下的兵可不興有重男輕女那一套啊！」

「嘿嘿，總旗放心吧，俺媳婦倒是盼著生個兒子，可俺更稀罕丫頭哩！」六子憨憨的笑著，心想能跟著他們頭兒可真好啊，衣食住行都幫忙安排好不說，連家裡都幫著操上心。

周瑾交代完六子，就又去別的地方巡視了，並沒有注意，在去往城牆的樓梯側面，一個一身黑色戰甲的女子正靠坐在那裡。

「活得比男兒更不易嗎？」女子仰著頭，輕聲嘟囔了一句。

這世上真這麼想的男人又有幾個呢？

這幾日，周瑜都住在程子遇的小院裡，忙著同他師叔一起試著將繁瑣的中藥湯劑，製成更加簡便濃縮的中成藥或藥丸。

因為天氣太冷，她師傅年紀也大了，最近幾次過來周瑜都沒有讓她師傅跟著。不過因為周瑾如今就在複州城，還升了總旗，手下管著五十個兵，所以她最近每次來回，她哥都會派人護送，家人倒也放心。

這天，周瑜忙活完手裡工作，活動了一下僵硬的脖頸，覺得肚子有些餓了，才驚覺一上午已經過去，剛想出去看看今天中午吃什麼，就聽見外面咚咚咚的敲門聲。

旁邊屋裡的老孫頭急忙小跑著去開門，剛一打開，就見一個少年揹著個渾身是血的人奔了進來。

「二壯，怎麼是你？你揹的這是？」老孫頭被二壯背後那個血葫蘆似的人唬了一跳，急忙問道。

少年是他們這條街王獵戶家的小兒子，名喚二壯的，故此老孫頭認得。

「孫伯，程醫官可在？快請他來救救我大哥吧！」少年忙喊道。

「你大哥？」老孫頭仔細看了一眼少年背後揹著的男子，可不正是二壯的大哥大壯，頓時也是急得跺腳。「大壯這是怎麼了？哎呀！偏偏主家今兒剛回了軍營！」

「啊？」那少年聽了都要哭出來了。「那怎麼辦？」
「你先別急。」
老孫頭看看二壯背後的大壯，又看了看站在門口的周瑜，猶豫著要不要讓她先給看看。但又覺得依大壯這一身的傷，要看傷必定是要脫衣裳的，生怕周瑜一個姑娘家不便。
「瑜姑娘，妳看這……」
周瑜想著一會兒人得進屋檢查，這會兒都已經在門口幫著打簾子了，卻見孫伯還磨磨蹭蹭的，忙催促道：「孫伯，趕緊幫著將人揹進來啊！還等什麼呢？」
「欸欸！」孫伯聽了忙應了，忙領著二壯往屋裡走，邊走邊安慰急得不行的二壯道：「瑜姑娘的醫術都是跟我們主家學的，我們主家也誇她看病看傷都看得好。你放心吧，你大哥若還有救，瑜姑娘一定能給他看好的。」
那二壯也不過才十五、六歲，如今已經慌了神，將自己的大哥按周瑜的要求放到屋裡的病床上後，就要往地上跪，哽咽著喊道：「瑜姑娘，妳趕緊看看我大哥吧！」
「你先起來，莫哭！我先看看再說。」周瑜一邊迅速的洗了手，戴上口罩，一邊吩咐孫伯。「孫伯，你去幫著孫嬸燒一鍋開水，然後迅速晾到常溫後，趕緊端進來。」
然後周瑜就急忙上前大概查看了傷者的瞳孔和心跳，見瞳孔沒有擴大，心跳雖微弱卻還有，先鬆了口氣，又朝二壯問道：「你能跟我說說你哥是怎麼受傷的嗎？」
周瑜嘴裡問著，手上也沒停，從醫藥箱拿了把剪刀，先剪開傷者的衣物。

「嗚……我也不知道，今兒我大哥和我爹一早就去山上套兔子了，誰知中午的時候，我大哥就自個兒一身傷的暈倒在山腳下，被拾柴火的盧嬸看見了，我這才急忙將我哥揹過來……」

周瑜邊聽著二壯說話，邊檢查起大壯身體上的傷來。其實不用檢查，她就已經先看見了位於左肩的一處箭傷。但剪開病人衣物後發現，病人身上竟然還有大大小小無數的擦傷，而且肋骨也斷了幾根。

這是遭遇了什麼啊？竟然又有箭傷，又有疑似墜落摔傷的？

自打周瑜來了複州城，朱熙每天都會帶著複州城各種好吃好玩的，去她待的小院看她一次，不過每次都不敢多待，幾乎都是放下東西就走。

此次他來遼東是打著押送洋芋種子的名義過來的，最多待到明年二月就得押著周家地窖裡的那些洋芋回去了。這一走，恐怕又是一、兩年不得見了。

因此，朱熙很珍惜這些日子的時光，千方百計的想在這段時間裡，能和周瑜重歸於好。

但好像效果並不那麼好，唉！

「阿瑜，我來啦！今天我給妳買了魯記的糟鵝，記得妳愛……」

朱熙一進院子就像往常一樣揚起一張笑臉喊道，但立刻就感覺到了有些不對勁。今兒這個小院大門洞開不說，平時他一招呼就會迎出來的孫伯也沒出現，而且院子裡好濃的血腥味。

「阿瑜！」

朱熙首先想到出事了，急忙朝周瑜平時鼓搗藥材的屋子跑去。結果進去後一眼就看見周瑜拿著把鐵鉗子，一臉納悶的看著他。

朱熙頓時鬆了一口氣，但馬上就發現在周瑜旁邊的床上，此時正躺著一個幾乎全裸的男人，只在某羞羞處蓋了塊薄布。

好刺眼睛……

第三十五章

「喂！你來得正好，快幫我摁住他！」周瑜正想去喊孫伯進來幫忙摁住病人好拔箭，就見朱熙進來了，也不管心中那點嫌隙，忙招呼道。

難得周瑜願意喊他，朱熙只得硬著頭皮走了過去，心中默念：阿瑜是個大夫！是在救人！她那麼愛醫術，他要是連這關都過不了，他倆準沒戲！

然後就默默地和那個叫二壯的少年一起，分別摁住了床上男人的兩邊手腳。

「摁住了？千萬不要讓他劇烈掙扎。」

周瑜囑咐二人道，見兩人都點了頭，才先小心的用手裡鉗子剪斷了箭枝的一部分尾羽，然後用刀在傷口處劃了個丁字，將箭頭給暴露出來，然後又說了一句。

「要拔了，摁好啊！」

隨後就乾淨俐落的一使力，將箭頭給拔了出來。

正在昏迷中的大壯，也隨著箭頭的拔出劇烈掙扎，朱熙二人急忙奮力摁住他，但隨著他剛才的掙扎，搭在某處的布巾也有些移動了。

周瑜一眼看見，面不改色，隨手又給他蓋了回去。

又蓋、蓋上……了！

朱熙感覺心裡有點堵。

拔完箭後，剩下的工作就是消毒縫合和肋骨復位了，鑒於朱熙已經知道她空間的秘密，隱藏也是白費功夫，因此周瑜只支開了二壯，讓他去藥房給自己買兩味她這兒沒有的中藥，就閃身進了空間。片刻後，她拿了一瓶沖洗傷口用的雙氧水出來。

沒辦法，這人的傷口太深了，用酒精估計得疼死，酒精又會傷害細胞，不利於傷口恢復，只能用雙氧水來清洗消毒，這才恢復得快。

「朱熙，我師叔不在，一會兒就由你給我打下手，我讓你遞給我什麼東西，你就趕緊拿給我。」周瑜又說道。

朱熙還愣怔在周瑜剛才的閃進閃出裡，若不是再次親眼看見，他都覺得兩年前發生的一切就跟他作了一場夢似的。聽見周瑜叫他，才慌忙回神，按周瑜的吩咐，站在她旁邊打起下手來。

這一忙就忙了一個多時辰。

一個多時辰後，周瑜終於將大壯的所有傷口都處置完，又讓孫嬸幫著熬了服藥，餵他喝了，才長吁了口氣。至此，她能做的都已經做完，也做到最好了，大壯能不能好起來，什麼時候能清醒，就全靠他的意志力和身體素質了。

忙了這麼久，周瑜也是累了，將大壯交給二壯照看，讓有事就叫她後，就獨自去了旁邊的廳堂坐著休息。

一直坐到肚子突然咕嚕的響起來，她才恍然驚覺自早上喝了碗粥後，還沒吃過飯。正猶豫著是再這麼慵懶一會兒，還是先去廚房找點東西吃，就看見朱熙端著個托盤進來了，上面擺著一盤熱氣騰騰的糟鵝、一小碟花卷和一碗白綠相間的蔬菜粥。

「哪，中午給妳買的糟鵝，我讓孫嬸給妳熱了熱，可能沒有剛出鍋時好吃了，妳湊合先吃點兒。粥也才剛熬好，還熱著，妳慢點喝。」

朱熙將食物一一擺在周瑜旁邊的小桌上，自己也順便坐在旁邊椅子上，仰著一張俊臉，笑吟吟的道。

唉！周瑜暗嘆了口氣，過了這麼久，她早就已經不氣他了。但這幾天，每每看到這張比常三郎英俊太多的俊臉，聽著比他的破鑼嗓子好聽太多的聲音，周瑜還是覺得有點不能適應，況且她還有其他顧慮。因此，她本能的將目光從他身上移開了些，忙著吃起飯來。

看著周瑜有些疏離的眼神，朱熙也默默的嘆了一口氣。

唉，看來還是不行啊！他還是先出去吧，省得阿瑜看他在旁邊飯都吃不好……

於是，朱熙就端著托盤往外走去，沒想到周瑜卻在他身後開了口。

「朱熙，你剛也看到了，我並不是這個社會定義的那些什麼賢良淑德的女子，我連男人的裸體都敢看，以後也不知道還會看多少。我熱愛我醫者的身分，這輩子都不可能放棄行醫，在這個世界，我這樣的女子，必會為人詬病，也根本就不適合成婚。而且我也不想跟你們皇室中人有任何交集，那在別人眼裡的錦繡前程，於我而言就是個牢籠，我躲還來不及，怎麼可能自找不痛快？所以，你我根本就是兩個世界的兩種人，還是把你的心思和時間都用到適合你的人身上去吧，不要來招惹我了。」

朱熙有些悵然。

原來，他的心思她早就看穿了，也全都懂。所以，她才會對自己這麼排斥嗎？來之前，青霓姊就曾問過他，有沒有想好，若是沒想好，就不要過來，省得如今千金博一笑，趕明兒就做了中山狼。

朱熙知道青霓姊顧慮的是什麼。這些年，他因為又得了祖父疼愛，雖然已經於大位無緣，但依著他的受寵程度，一個親王的爵位卻是不會跑的。

親王妃雖比不得皇后、貴妃，但皇后、貴妃的位置畢竟有限，那些巴不上的，自然會覺得做個富貴無比的親王妃也不錯。甚至那些覺得自己連親王妃都做不成的，又都覺得做他的小妾、丫鬟也使得。畢竟他多財又多貌，全京都的人幾乎都知道，他娘留給他的那些錢，光他自己，怕是十輩子也花不完。

呵呵，朱熙自嘲的想。這兩年他在京都遇到的假面真是何其多，每當看到那些假惺惺的臉，朱熙就越覺得他的阿瑜珍貴，也越發思念如狂。乃至於聽到祖父說那洋芋竟然是阿瑜家種出來的時候，這種思念就再也壓抑不住，就想著立刻飛奔過來。

「阿瑜，若是我說，我已經都想明白了，以後妳做什麼我都不會介意，妳能再給我一次機會嗎？」朱熙回過頭朝著周瑜一臉惆悵的問道，見周瑜似要開口拒絕，忙又加了一句。

「只是做回朋友！」

對這要求，周瑜一下子沒能回答。

「阿瑜，我真的知道錯了，以後絕不會再說什麼讓妳做我小妾、丫鬟的混帳話了！妳就原諒我一次，再給我一次跟妳做朋友的機會吧！好不好？」朱熙苦苦哀求道。

周瑜看著朱熙眨著雙杏仁眼一副可憐兮兮的樣子，狠話實在說不出口。

兩年的京都生活到底帶給了這紈袴什麼？這貨怎麼變這樣了？不應該她一激，他就會暴跳如雷，拂袖而去嗎？怎麼還在這兒彆扭啊？

她正想再懟他兩句，就聽這貨丟下一句。「妳沒拒絕，我就當妳答應嘍！」

然後就見到朱熙迅雷不及掩耳的跑了。

這傢伙還學會耍賴了?!

跑出門的朱熙拍拍胸口，露出了慶幸的笑容。

呼！幸虧自己隨機應變跑得快，才沒被阿瑜給開口攆走！

因為受傷的男人很可能會發高燒，周瑜每過半個時辰就要去病房裡看一眼，這天晚上乾脆就沒睡，只在廳堂的躺椅上偶爾瞇上一會兒。朱熙也就賴著沒有走，一直假裝忙忙碌碌的在一旁轉悠，也不知道在忙些什麼。

前頭沒能說出狠話，周瑜也懶怠再搭理他，任由他時不時的給自己拿個蓋毯，添些炭火的瞎忙活，心裡卻想：這一天天的裝個小媳婦樣子給誰看呢？我倒要看看你能裝到什麼時候！

長夜漫漫，為免無聊，她甚至還饒有興致的跟朱熙互唱起小曲來。

朱熙唱的是一首他外婆教他的小曲，他外婆說，當年他外公外出征戰，她帶著他娘在鄉下守著時，就常哼給他娘聽，他娘一聽這曲子就能睡著。

「月兒彎彎照九州，幾家歡樂幾家愁，幾家骨肉團圓敘，幾家飄零在他州……」

略顯醇厚的男聲哼著淡淡憂傷的曲調，燭火映襯下，像朱熙這般跳脫的人都有些沈靜起來，彷彿披上了一層溫柔的光，周瑜竟一時看呆了。

隨即就聽一聲輕笑傳來，朱熙笑道：「阿瑜，我是不是很好看？」

周瑜閉了閉眼。「你是不是想死？」

「哈哈！阿瑜，不愧是妳，我就知道妳會這麼說！」

這貨腦子有病吧？

「好了，別鬧了，快點吧，該妳唱了。」

到底是誰跟誰在鬧啊？

但周瑜因為心情莫名的好，也就不跟他計較了，清了清喉嚨後，也輕輕唱了起來。「你是落在我生命中的一束光，向你奔來萬物都生長……」

周瑜輕輕的哼唱著，因為疲累聲音帶著微微的嘶啞，嘴角卻不自覺地帶著笑。而朱熙雙手托腮靜靜的聽著，覺得就彷彿真的有一束光正落在周瑜身上，讓他捨不得移開眼睛。

真想就這麼一直聽他的阿瑜唱下去啊……

朱熙想著，可是，剛想完，二壯的聲音就傳了過來。

「瑜姑娘！我哥醒了！」

周瑜立刻停了歌聲，急匆匆的去病房了，朱熙也只能嘆一口氣，跟了上去。

病床上的大柱臉色慘白得緊，好像剛剛清醒過來，還有些迷茫的樣子。不過認出旁邊的人是他兄弟後，就立刻慌亂的喊了起來。「二柱，快跑！韃子要來了！山裡頭都是韃子，好多好多韃子！他們殺了咱爹，還差點殺了我！嗚嗚……咱爹都是為了護著我……」

午夜的複州城，朱熙拿著可以隨意進出複州衛大營的權杖，在落針可聞的街上縱驢狂奔著，即使累得呼呼帶喘，也不敢慢上一分。

朱熙邊催促驢子快跑，邊心裡後悔。這幾天他去周瑜那兒是天天騎馬，就今天因為換了件月白綢衫，怕騎馬給污了，特意讓青霓姊派馬車送他，結果就趕上了這事！

還偏偏程子遇派給周瑜的馬車也讓他駕走了。他娘的好巧不巧，全家能稱上有腳力的，就只剩下孫伯平時騎的這一頭驢。

可這頭驢也太慢了！任他怎麼揮鞭，速度也提不上去，朱熙急得不行，突然見路口來了幾個騎馬巡防的兵士，急忙拍著驢迎了上去。

「什麼人！」幾個兵士紛紛抬起手中長刀，朝朱熙警告道：「複州城戌時就宵禁，你不知道嗎？你半夜在城中騎馬……呃，騎驢疾行，是想找死嗎！」

朱熙現在可沒空應對他們的盤查，他之所以過來，本來就只是衝著他們的馬來的，於是急忙揚起手中權杖，大聲道：「我乃複州衛指揮使沐將軍的隨軍護衛常三郎，現在有緊急軍情，要徵用你們的馬！」

那幾名兵士聽了先是驚訝了一下，然後幾人中就走出一位來，跳下馬，拿了朱熙的權杖查看，確認無誤後，忙牽了自己的馬過來。

「常護衛，屬下的馬給您用！」

朱熙急忙躍下驢子，換到馬上，朝著幾個兵士命令道：「你們幾個趕緊去通知四門守衛官，就說是將軍命令，立刻加強防範，若有風吹草動，立刻派人來報！」

說完，朱熙就急忙打馬而去。徒留下幾個兵士面面相覷，正好他們還餘三匹馬一頭驢，便派老兵騎著驢子去了最近的北門，其餘三個兵士騎著快馬，朝著其餘三門奔去。

與此同時，朱熙也已經到了沐青霓的指揮使大營，還沒奔到沐青霓的住所前，沐青霓就一掀門簾出來了，徑直問道：「出了何事？」

朱熙看著她那一身整齊的戎裝，很是訝異。

青霓姊這是沒睡？還是已經起了？

片刻後，複州衛指揮所的所有傳令兵都傾巢而出，四散而去。

隨後不久，複州城所有總旗以上的將官都騎著馬從城中的四面八方，朝著複州衛指揮所急奔而去。

半刻鐘後，三隊各五騎騎兵就從複州城奔出，朝著遼東的其餘三大衛奔去，十來個百姓打扮的兵卒也騎著快馬從城中四門奔出，朝著複州城的四面八方狂奔。

他們走後，整個複州城就四門緊閉，守門兵士都嚴陣以待，如臨大敵了起來。

而此時，複州衛指揮所裡更是燈火通明，韓千戶挺著鞭傷未癒的後背，帶著周瑾幾個手下，同其餘幾個千戶一起，正齊聚在指揮所的大帳裡聽候命令。

沐青霓身著一身黑色鎧甲，坐在大帳指揮使專用的寬大座椅上，朝著底下的韓千戶等人道：「如今敵情雖尚不明，但我等亦須要做好萬全準備，韓千戶、魯千戶、陳千戶、路千戶，你們每個千戶所各調出三百兵士由我統一調配，其餘人等繼續嚴守四門。每部都必須在一個時辰內給我準備出可供守城半月以上的礌石滾木來，泥土沙石這些也都要準備齊全，都給我運到城牆下去，務必做到哪處城牆受損，立刻就能給我堵上！可懂？」

「是！」韓千戶幾人齊聲應道，大敵當前，就算幾人對沐青霓再不服，也不敢違抗軍令。何況沐青霓自打接到消息後做的一系列處置，也都沒有能讓人挑錯的地方。

「主管錢糧的文書可在？」沐青霓又問道。

周珀應聲站了出來。

「如今城中糧草可供軍中將士幾日可用？」沐青霓問道。

「回將軍，城中如今還有足夠軍中將士月餘的糧草。」周珀忙躬身答道。

「將軍，月餘的糧草足夠了吧？就算韃子來個幾萬，只要我們能守住複州城三日，其餘三大衛所，總有一處能派兵增援我們的吧！」一旁的路千戶忍不住道。在他看來，沐青霓讓準備半月的礌石滾木這些都是多餘，他們複州城這裡就沒有打過超過三日的仗。

「若是韃子這時候已經將其他衛所給拖住了呢？」沐青霓淡淡問道。

「怎麼可能？」

那路千戶根本不信，還想再說些什麼，就被沐青霓打斷道：「不要跟我說不可能！我已經說得很清楚，我們必須做好萬全準備，所謂萬全準備，就是要杜絕一切不可能。路千戶，你的職責是固守東門，若是東門因你的僥倖念頭有任何閃失，你負得起責任嗎？所以，馬上按著我的吩咐去準備，凡違令者，斬！」

沐青霓滿臉鐵青的朝著路千戶幾個看去，直到用目光將他們都壓得彎了腰，齊聲應「是」後才甘休。

「那就趕緊去！」沐青霓最後道。

待韓千戶等人走後，朱熙才猶豫著上前。「青霓姊……不，沐將軍，韃子真的會去攻打其餘三大衛所嗎？他們就是人數再多，這麼分散著進攻，又能落什麼好？」

這兩年，朱熙不但跟著沐青霓學習武藝，排兵布陣這些也學了不少，在他看來，以韃子的兵力根本不可能同時圍攻遼東四衛。

「若是光憑韃子，他們自然不敢這麼幹。」沐青霓目光閃了閃，才沈聲道：「就怕來的不光是韃子啊……」

與此同時，韓千戶也在召集手下分配任務，周瑾自然也在其中，因為他向來機警，被韓千戶分去了沐青霓帶領的隨機部隊。

等手下將官都領命而去後，韓千戶特意留下了周瑾，猶豫著問道：「阿瑾，你說沐將軍擔心沒有援兵那事，可能嗎？」

周瑾皺了皺眉頭，直言道：「屬下覺得不只是可能，而是肯定！若屬下沒猜錯，恐怕我們的複州城這時候已經是座孤城了！」

「怎會如此？」韓千戶驚道。

「屬下覺得，若是常三郎帶回來的情報屬實，此次來的韃子必然不少。我們複州城雖然兵最少，但卻在四大衛所的最裡面，韃子若沒有必勝的把握，是不可能直接派大軍來攻擊我們的，那不是等著被甕中捉鱉嗎？正如路千戶所說，就算他們能穿山越嶺的過來，打我們個出其不意，但只要我們能守住複州城三日，等其餘三大衛所派了援兵過來，韃子就等於被我們的兵給圍了，誰會用兵這麼傻？除非韃子篤定我們根本不會有援兵，才可能用這個辦法。」

周瑾沈吟一下，分析道：「千戶，我們複州衛可是遼東最後一個屏障，若是韃子能一舉拿下我們，進可以攻華北，退可以占領遼東，將其餘三大衛給圍在中間打。」

「哎呀！那若真如此，到時候被甕中捉鱉的不就成了我們？」韓千戶又震驚道，隨即又覺出不對來。「但怎麼可能呢？韃子前幾年都被藍庭將軍給打回老巢去了，這麼短的時間內怎麼可能有這麼多的兵力？可以在壓制住其餘三大衛的同時派大軍來打我們？而且遼陽郡那兒可還有耿將軍親率的八萬大軍呢！若沒有三十萬以上的兵力，他們怎麼敢下這麼大盤棋啊？」

韓千戶覺得怎麼可能？光憑韃子，就算他們的女人一個勁兒的生，也不可能在短短幾年就湊夠三十萬兵力啊，能湊二十萬就不錯了！

「那若是韃子和瓦剌聯合起來呢？」周瑾道。

「呃……可，他們不是死對頭嗎？」韓千戶百思不解。

「若是前面的獵物夠大，兩頭馬上快要餓死的孤狼也是有可能聯合起來狩獵的。可不可能，等去求援的兵士們回來就知道了。」周瑾靜靜的開口說道。

但，半個時辰後，奔去求援的人還沒有回來，韃子的軍隊就先到了。

沐青霓站在複州城城牆上往外看去，就見密密麻麻的韃子軍隊，從複州城外十來里外一直綿延到了太白山山腳下。所有韃子的兵士們都不慌不忙的安營紮寨，搭灶做飯，就好像他們這個小小的複州城已經是他們的囊中之物、待宰羔羊，待他們吃飽喝足就能手到擒來一樣。

呵呵，也對，五千對差不多八萬，一對十六的懸殊差距，若她是人多的那方，恐怕會比他們還氣定神閒吧？

「唉——」沐青霓嘆了一口長氣後，站在城牆上，高聲喊道：「開飯！」

第三十六章

十一月的遼東，冷得嚇人，但韃子們卻並不懼怕在這風雪天出來打仗。他們的牛羊都已經在歷時快一個月的雪災中死光了，再不出來征戰，他們的女人、孩子就都要餓死了。

剛穿過太白山過來的韃子和瓦剌聯合起來的大部隊，一下了山，並沒有急於攻城，而是圍住複州城後，就先派出十幾隊各幾百人的小隊去了複州城周圍的村鎮劫掠。

他們出來征戰時一貫如此，並不會帶太多乾糧，每次征戰前，都會先劫掠一些附近的鄉鎮，好搶夠接下來需要的糧食，還能順便捉回一些奴隸，在攻城掠地的時候推到前面去替他們擋那些弓箭礌石。

但不知道為什麼，這次他們的出擊並沒有太成功，糧食雖然也搶到了一些，但並不多，獲得的奴隸更是少。韃子們對此十分吃驚，抓了一個漢人奴隸一問，才知原來兩個時辰前，複州衛指揮使就已經派人通知了底下各村鎮，說韃子打過來了，複州衛方圓百十里都不能待了，讓他們趕緊各自逃命，一刻都不能再耽擱。

所以，韃子到時，大多數的百姓們都已經逃了，被抓的那些也大都是捨不得錢財的守財奴，總想著將家底都搬空，結果最終連命也給搭上了。

桃花村離複州衛大概有一百二十多里，等聽到消息的時候已經是複州城被圍的半日後了。

消息是周澤茂和周理帶回來的，韓千戶被調去複州城後，他們這些管農田的和一些原先百戶所的文職都被留了下來，繼續在新來的百戶底下任職。

今兒收到複州城發出的消息後，周澤茂他們就被派出來通知下面的鄉鎮。周理則是在百里鎮，也先一步收到消息，擔心家人不知道，就急忙趕了回來。

所有人都被兩人帶回來的消息驚得不輕，倒不光是怕韃子過來燒殺搶掠，而是因為複州城被圍，幾家子裡的周珀、周珞、周瑾、周瑜、周玳、周珙可全都在複州城。

在知道消息的當下，除了不用擔心這點的白氏婆媳倆，所有的女眷都差點暈過去。

「阿林，如今可怎麼辦啊？我們的孩子都在複州城啊！」周瑞全急道。

那可是他們周家復興的所有希望啊！失了哪個都得把他心疼死，何況是一群？而且就連五皇孫也在那兒啊！

周澤林又何嘗不著急呢？可他對軍事也不懂，除了盼著新來的沐將軍能多堅守幾日，能堅持到援軍到來，也沒有別的辦法了。

於是周澤林只能先強忍著對兩個兒子的擔心，寬慰大家道：「大家放心，複州城如今的指揮使就是那天跟著五皇孫過來的沐姑娘，這位沐姑娘十二、三歲時就已經跟著沐風將軍出征雲貴了，甚得今上器重，於排兵布陣上也是十分了得，一定能守住複州城的。而且我們也要相信孩子們，他們都是經過流放，一路艱難跋涉才到了遼東，肯定也能保護好自己的！」

「對，對！」一旁的白氏婆婆魏氏聽了也忙跟著勸道：「阿林說得對，我們得相信孩子們啊！尤其是瑾哥兒和珀哥兒，他倆都是能幹的孩子，一定會照顧好幾個弟妹的。大家快都別在這兒傷懷了，都趕緊去收拾，我們得趕緊找地方躲去，雖說我們這裡偏，但也說不定會有韃子過來。」

「是啊，現在我們的當務之急是先保護好自己，別孩子們到時候都沒事，我們卻被韃子給一鍋端了。」周瑞全也跺腳道：「都聽我的，趕緊去收拾東西，除了棉衣棉被，糧食銀子，什麼都別帶了，一刻鐘後都在我這院子集合！」

說完又吩咐周澤茂趕緊去通知李貴他們，要跑自然是大家一起跑。

大家聽了，這才都強忍悲痛，忙著去收拾東西了，畢竟孩子們還沒出事呢，總不能現在就放棄希望。

一刻鐘後，大家就都收拾好了東西，又幫著男人們，將地窖裡的四十來筐洋芋都搬了出來。

可隨後，眾人又因為要往哪兒躲，犯了愁。

「我倒是知道一個山洞，那地方挺隱密的，輕易不會被人發現。」周瑞豐說道：「只是如今天寒地凍的，我們家這麼多孩子，去那兒會不會被凍壞啊？」

眾人一時都猶豫起來。

「我看那山洞行，起碼四面能擋風，到時候我們可以在裡面用油布搭幾個窩棚，底下用泥做個簡易的炕，實在冷了也能燒燒取暖。我們這麼多人，總有法子的！」

眾人正猶豫不決，就見李貴領著老孫頭幾個匆匆過來了，說話的正是老孫頭，他一直是大家心目中桃花村第一的能工巧匠，聽他說有辦法保暖，眾人立刻都信了。加上周瑞豐說他們發現的那個山洞地勢很高，若是有韃子進山搜，站在山洞口就能看見，到時候跑起來也方便，就一致決定全村人先去那山洞裡躲上幾日。

兩刻鐘後，桃花村的所有老少百十來人，揹著大包小包、大籮筐、小籮筐，浩浩蕩蕩的朝著山裡走去。

這時的複州城，第一場攻城戰馬上就要到來了。

沐青霓此時正騎著一匹快馬，依次巡視著四門，每到一處，她都會站到城牆上鼓勵眾將士一番。

「大家放心，我們複州城城堅牆固、糧草充足，任由韃子來得再多，我們也不用怕！況且就算韃子人再多，能到城門前來攻城的也就那麼幾百人，再多了也他娘的擠不下，只要我們沈住氣，來一撥消滅他們一撥，任他們人再多，也不夠我們打的！」

沐青霓手持長刀，身穿黑色鎧甲，朝城牆下的眾將士高聲喊道：「我們複州衛的兵，作戰勇猛，紀律嚴明，個個都是好樣的，哪樣也不比其他幾衛差！可憑什麼一直要給其他幾衛當小弟？要被他們給瞧不起？還不是因為我們複州衛沒經過大仗的洗禮嗎？今日，我們就用城外的韃子兵，揚揚我們的眉，吐吐這口濁氣！只要我們能堅守住這座城，來日，他們再敢有如此不敬的言語，我們就有底氣啐他們一臉！告訴他們，我們曾以五千人馬攔住了韃子的十萬兵！大家有沒有信心，隨我創這一場盛舉？」

「有！有！有！」

底下的將士都是熱血男兒，不管是老兵還是新兵，都被沐青霓這一番話激得熱血澎湃，齊聲應和。

「好！在我們身後，不光是有大燕的百姓，還有我們的父母親朋、姊妹兄弟！為了我們身後的父母不受屠戮，姊妹不受侮辱，今日，就讓我們一起，守住這複州城！」沐青霓又高聲喊道。

底下的將士們也齊聲應和道：「守住複州城！」

士兵們的聲音整齊豪邁，震耳欲聾，城中的百姓聽了，也跟著安了些心。

複州城除了鎮守城池的五千四百名官兵，還有差不多五千的城中百姓，因為韃子來得太突然，除了沐青霓緊急派出的幾十個通信兵，全都被困在了城裡。

城中的百姓自然是人心惶惶，但做了這麼多年的邊關人，大家亦知道被韃子攻破後的城池，那城裡百姓會是什麼下場。因此，在短暫的慌亂過後，亦有一部分人站了出來，帶頭為守城的將士送糧送飯、捐衣捐物，這其中就包括正帶著周珙等人在複州城中收購皮草的周珞。

前段時間，周珞就發現這皮草買賣極其掙錢，一張皮草從遼東販到京都，利潤竟能直接翻五倍！

兩天前，周珞就帶著周珙和手底下幾個小販來了複州城，打算將前幾個月收購的毛皮趁著年前都賣了，結果，就趕上了韃子圍城。

周珞作為周閣老之孫，周澤林之子，耳濡目染之下，也有著極高的政治敏感性，別人碰上了韃子圍城，第一反應是覺得害怕，直呼倒楣，但他的第一反應卻是——他周珞揚名的機會到了！

因此，第一時間周珞就帶著自己收購的幾百張毛皮去了複州衛大營，將毛皮捐到了他親哥周珀手裡。因此，周珀也自然而然的將他弟的名字記到捐獻人名單的第一位，儘管他弟是第二個來的。

第一位來的其實是複州城的一位大富商，因為就算遼東打翻天的那幾年，複州城都安然無恙，這位大富商就放心的將自己的第二個家安在了這裡。複州城裡如今不但有他的大半身家，還有他自己和他的幾個美妾，一旦城破，他就全完了，而被他扔在老家的老妻沒準兒會樂瘋！

因此，這位大富商一大早就帶著十大車糧草來慰問守城官兵，還囑咐周珀，務必要讓全體官兵都吃好喝好，才能有力氣打仗，若是糧食不夠，他還能再捐。

周珀自然對他此舉表達了誠摯的感謝，不過，由於複州衛的兵都是一個當兩個用，如今管著登記接待的都是周珀自己，所以周珀理所應當的給自己的親弟弟走了後門，堂而皇之的把周珞的名字記到了那位富商的前面。

周珞臨走時，周珀還偷偷將庫裡的十幾把長刀塞到他來時的車裡。

「一定要保護好自己，萬一城破，什麼都不要管，保住你自己的命最要緊。」

周珞臨走前，周珀在他耳邊輕聲囑咐道。

接著，周珞就帶著跟他一塊兒來複州，亦跟著他一塊兒倒楣被困住的周珙和幾個心腹手下，和別的百姓們一起，幫著給守城官兵運送守城所需的石頭、滾木。

在他們這些人的帶動下，其餘百姓也都跟著行動起來，而周瑜則和城中的十幾名大夫一起，加入到軍醫的隊伍中去了。

有了他們這些人的加入，守城的將士們頓時覺得輕鬆了不少，每日只需要堅守在城門或城牆上就行，缺了什麼幾乎都有人給送，甚至連恭桶都有人給提。

就這樣，在全體官民的共同努力下，第一天的守城戰以他們這邊的絕對勝利結束了，眾官兵的士氣也是空前高漲。尤其是看到新來的沐將軍雖是一名女子，也願意跟他們一起在第一線戰鬥，且作戰時還勇猛無比，更是對這場守城戰役充滿了信心。

大家都以為，只要他們守個三、四日，援軍自然就來了。但只有沐青霓知道，別說三、四日，就是三、四十日，援兵都未必能來。

因為，派去其餘三衛求援的傳令兵到如今還一個都沒有回來，也就是說，她最怕出現的狀況可能已經成為了現實，其餘三衛可能真的已經被韃子給拖住了。

「青霓姊，趕緊喝碗肉湯，喝完妳也趕緊先歇上一會兒吧！」

朱熙端著碗肉湯給沐青霓送進來，一邊遞給她，一邊說道。

沐青霓已經一天一夜都沒有合眼了，她捏捏額頭，「嗯」了一聲，一邊接過朱熙手裡的碗，一邊道：「阿熙，今晚我派幾個人送你出城吧……」

「我不走，如今妳和眾將士都在為我朱家浴血奮戰，我身為朱家子孫，自當與你們一起上陣殺敵，怎能臨陣退縮呢？」朱熙直接拒絕。

「阿熙，打仗可不是鬧著玩的，而且如今情勢，再不走可就真走不了了。我可是親口答應今上護你周全的，怎麼能讓你陷在此處呢？你可別這時候犯擰啊！若是你捨不得你的阿瑜，可以帶她一起走。我手下幾個親衛都是隨我征戰多年的，定能護你們周全。」沐青霓一臉嚴肅的道。

「青霓姊，就是為了我的阿瑜，我才更不會走。」朱熙亦是一臉嚴肅的回道：「我的阿瑜可是能為了救一個認識僅幾個月、話都沒說過幾句的車夫，就敢跟韃子拚命的人，就是現在，她也在同其餘大夫一起救治受傷的兵士們。我若逃了，在她面前豈不更加自慚形穢，抬不起頭，又如何再妄想配得上她？何況，我朱熙如今，也早不是那個碰見韃子就落荒而逃的慫貨了。」

看著眼前滿臉堅定的少年，也不像一時熱血沖頭的樣子，沐青霓欣慰的想，自己這兩年的功夫總算沒有白費，這小子終於被她教得有些男人樣子了。於是也不再勸，就拍了拍他的肩膀，說了句。「好！」

留下就留下吧！大不了城若破了，今上死一個孫子，她沐青霓也賠上一條性命。反正都他娘的死了，也沒什麼好不好交代的了，難道今上還能跑地府找她去要交代不成？

沐青霓混不吝的想。

這一夜，沐青霓也只睡了兩個時辰，後半夜快凌晨的時候，出去求援的十幾個傳令兵終於回來了一個，正是跑得最快的周玳。

周玳是從西城門城牆外一處隱密的地方，被周瑾特意留的人給悄悄用繩索拉進城的，周瑾接到消息後也立刻帶著周瑜趕了過來。

周玳見到周瑾後，強撐著在他耳邊說完了他偵察到的消息後，就暈了過去。

周瑜急忙上前查看，見他只是累脫了力，別的傷倒是沒有，休息休息就能好了，兄妹倆才放下心來。

周瑜留下來照看他，周瑾就徑直去了沐青霓的營帳。

「果真都被圍住了啊。」

沐青霓聽到周瑾帶來的消息後只默默地說了這麼一句，周瑾就知道她是早就料到其餘幾衛也被圍住了。

「依屬下之見，這消息還是先保密為好。」周瑾嘆道。

沐青霓聞言，忍不住看了他一眼，問道：「你也早料到了？」

周瑾點了點頭，然後兩人就齊齊哀嘆了一聲，又對視了一眼，苦笑了起來。

周玳帶回來的消息被沐青霓給嚴密封鎖住了，除了千戶幾個和周瑾，誰也不知道。

轉眼就到了第二日。

第二日的守城戰打得異常艱難，韃子們從一大早就開始了時刻不停的車輪戰。韃子人多，可以換著打，但沐青霓這邊守城的人數卻有限，再這麼打下去，他們這邊的兵士們都得累死。

「周瑾、宋虎，你倆各帶五百兵士去隨時支援四門，哪個門韃子攻得猛，你們就去支援哪個門，順便告訴守衛四門的千戶，將所有守門的兵士都分成三組，不管戰況多緊，都給我輪流吃飯休息！」

沐青霓用刀解決了一個順著攻城梯想要爬上城牆的韃子，才朝旁邊大聲喊道。如今她不喊不行，城牆上這會兒戰況也很激烈，亂得很。

「是！」她左右兩邊，被派來聽她差遣的周瑾和另一個總旗宋虎忙大聲應道，然後各點了五百兵士去了。

其餘的三百人則繼續跟著沐青霓堅守城牆。

就這樣，在沐青霓的指揮下，複州城的將士們一直頑強的抵抗著，從韃子第一天攻城開始到如今，複州城已經堅守了十日，守城的兵士也從一開始的五千多人降到了四千開頭。

面對快十萬的韃子大軍進攻，守了十天才傷亡幾百人，真不算多了。若不是沐將軍指揮得當，肯定不可能只傷亡這麼點人，已經上過無數次戰場的韓千戶幾個都深知這一點，所以對於他們現在的上峰沐青霓，再也不敢像她剛來時輕視了。

「將軍，我們的羽箭最多還有一天的量，馬上就要沒了！」

韓千戶等幾位中級將領和周瑾等低級將領們正抓著敵人進攻的間隙，在城牆邊的樓梯上同沐青霓這個複州城最高長官開臨時的碰頭會議，負責軍械的將官一臉愁容的通報道。

唉！竟然這麼快就沒有羽箭了？這可怎麼辦？

韓千戶幾個聽了都愁得不行，礌石滾木沒了，可以去城中的河邊搬，再不濟拆幾座城中的房子也能頂個幾日。但這羽箭沒了，難道還能現造不成？

可沒了羽箭，守城無疑會困難許多。

「沒事，我有辦法，你趕緊去召集城中百姓幫我造幾百個草人去。簡單結實就行，不求精緻，越快越好，晚上我就得要。」

沐青霓一邊揉著因為睡得少而隱隱作痛的額頭，一邊淡定的吩咐那將官道：「切記，做草人的時候一定要找隱密的地方，千萬不要讓對面的韃子看到了。」

「是！」

那個將官忙應了聲，就下去準備了，只留下韓千戶幾個面面相覷，不知道沐將軍要稻草人做什麼。

沐青霓就指著如今還算明亮的天空，朝他們哈哈笑道：「我觀今日天象，今晚必定會月黑風高，為免對面韃子無聊，不如我們給他們來齣草人借箭的好戲如何？」

笑完，就順勢靠坐在城牆邊，眼一閉，就睡了過去。

「唉……將軍這是太累了，讓她睡會兒吧！」

第三十七章

韓千戶看著靠坐在城牆邊就睡過去的沐青霓，邊感嘆著，邊帶頭往城牆下走去，一邊走一邊問現在難得一見的周瑾。

「阿瑾，你說沐將軍真會看天象？嘖嘖！看著也就不到二十的小丫頭，怎麼這麼有能耐呢？武藝高會打仗也就算了，竟然還會看天象？」戲文裡那可是諸葛亮才會的玩意兒。

她會看個屁的天象，剛落日時天邊那麼亮的火燒雲，是個有常識的就知道今晚會月黑風高，還用看天象？也就騙騙你們幾個傻子吧！

但周瑾卻不能說，如今複州城全靠那女神棍硬挺著的氣勢撐著，要不士氣早就垮了。

當天晚上，複州城的城牆上就悄無聲息的多了許多稻草人，等晚上韃子們剛要展開新一輪攻擊的時候，複州城城牆上的弓箭手們就立刻拉弓引箭朝他們射了過去。

當然，這輪箭雨跟平時比自然少了很多。

但還是成功引來了敵人的弓箭手們一次強有力的回擊，守城的兵士們急忙都躲到城牆後面，眼睜睜看著漫天的羽箭飛來，瞬間身邊的稻草人就被射滿了羽箭。

兵士們急忙將射滿羽箭的稻草人放倒，又換了一個新的上去，自己則蹲地上，拔起第一個稻草人身上的羽箭來。如此往返兩次，直到韃子的人開始展開硬攻，稻草人才被撤下，真正的士兵們才迎了上去。

以後幾日，每次韃子攻擊前，沐青霓這邊都會如此這般照做一次，幾天下來，就攢夠了足夠他們使用半月的羽箭。但同時，他們「草人借箭」的計策也被韃子發現，不能再用了。

就這麼又堅持了幾日後，城外的韃子們也越發氣惱，攻擊也越來越激烈起來，複州城的兵士又折損了不少。到了現在，能堅持守城的就還有三千九百多人了，而這時距離他們第一天守城起，已經過去了半個月，其餘幾衛被困住的危機應該是還沒有解開，因為援兵還是沒有來。

前些天一直下的大雪倒是早就停了，雪化時的遼東更冷了，可城中將士們的心卻比這遼東的天氣還寒。

在又一次碰頭會議的時候，看著城外依舊烏泱泱的韃子軍團，連韓千戶幾個都有些洩氣了起來，眾人正發愁接下來要如何對抗韃子，朱熙的聲音就傳了過來。

「青霓姊，我想到辦法啦！」

原來朱熙這天因為實在放心不下周瑜，就抽了個韃子停戰的間隙跑去看她，去了就見她同其他醫者一起正忙得腳不沾地，整個人看上去憔悴得不得了。

其實，如今這複州城裡，哪裡還有不憔悴的人啊？在被外面幾萬韃子圍著，隨時都有可能攻進城來燒殺搶掠的巨大壓力下，大家的精神面貌又能好到哪裡去呢？

就連朱熙自己也因為整日跟著沐青霓守城，也已經鬍子拉碴、渾身塵土，手上臉上都已經布滿凍傷後的皴裂了。

但朱熙眼裡卻只看得見他的阿瑜，見她那憔悴的樣子，頓時心疼得不行，就想找個地兒給她弄碗熱湯喝喝。誰知走沒兩步，就見前面一個幫兵士們提水的老婦人腳下一滑跌倒了，水也灑了一地。

朱熙趕忙去扶，將老婦人扶起來後又幫著去扶那倒了的水桶，卻發現剛才灑出去的水已經微微結了冰。

這遼東的天，可真是滴水成冰啊！

朱熙在心中感嘆著，突然就腦子靈光一閃。

「青霓姊，我想到辦法了！」朱熙剛奔過來，就見沐青霓身邊站滿了人，忙改了口，恭敬道：「沐將軍，屬下想到辦法了！」

見眾將官都朝他看過來，沐青霓也示意他說，才又開口道：「屬下覺得，如今天氣寒冷，我們可以不斷的在城牆上澆水，讓城牆變成冰牆，整座複州城都變成一座冰城，那樣我們就能省下大半看守城牆的兵力，都去守衛城門了！」

「哈哈哈，這法子好！」韓千戶擊掌大讚道。

反正這會兒他們城裡什麼都缺，就他娘的不缺水，城裡的積雪還成堆成堆的，都還沒化呢！何況還有不少河流，實在不行，砸冰取水也成啊！

於是，片刻後，所有的城中百姓都被召集起來，組成了數十支運水小隊，無數桶水在韃子進攻的間隙被接二連三的澆在城牆上。

就這麼連續澆了一天一夜後，一座外面覆著兩掌厚冰層的寒冰城牆就出現了。

這下，韃子的雲梯和攀牆繩索都再也使不上力氣，城牆上的壓力頓時減輕了許多，看守城牆的士兵也被沐青霓分出一半去守衛四門了。

四門的壓力，因為來了人支援也輕鬆了不少。

因為朱熙的獻策，複州城又頑強的守衛了十日，兵士們的傷亡也不算多，到如今能打的還有三千來人。這時候，距離韃子圍城已經過去快一個月，城中的糧食也已經所剩無幾了，就算加上百姓的捐贈，最多還能維持十幾天，可萬眾期待的援軍卻還是沒有來。

十天前，京都的乾清宮。

承乾帝於兩天前，就已經收到了來自遼東的八百里加急軍情。如今，大燕所有說得上話的文官武將們都齊聚在乾清宮，商量如何解遼東之危。

「陛下，為今之計，只能派燕州衛的呂向去救援了！」一個將官出列道。

「不行，呂向的五萬兵馬還需要防備女真諸部，不能動啊！」另一個文官立刻跳出來反對道。

「那你說調哪兒的兵，難道讓京都三營去嗎？那到時候京都誰護？」又跳出來一個將官，朝那文官怒道。

「那也比鷸蚌相爭，最終被女真漁翁得利強！」

這樣的爭執已經持續了兩天一夜，承乾帝心中的怒火也已經持續了兩天一夜。

奶奶的！要不是窩在川陝山中多年的陳量殘部這些日子又有些異動，沐風被他給派了出去，付懷德和鄧羽又在雲貴和福建都還沒有回來，他也不會鬧到這會兒無人可用的地步。唉！還是因為跟著他的那些老將們陸陸續續老的老、走的走，年輕的將領們又起不來，才會如此啊！

承乾帝在心中嘆道。

如今要麼是他拉下臉去求藍庭那老東西，讓他沿路集結開封、濟南的兵力去救複州，要麼就是他帶兵御駕親征。但不管哪樣，都是遠水解不了近渴了，就算他們帶兵快馬加鞭的趕去救援，這時候恐怕也已經來不及了。

複州城如今已經被圍了快二十天，憑那五千兵，又怎麼抵擋得住韃靼、瓦剌的八萬大軍啊？怕是城早就破了！

他奶奶的！耿忠文這個渾蛋啊！手裡握著八萬兵，再加上其餘三衛將近三萬兵馬，十多萬兵馬竟硬生生的被韃子困住，眼睜睜的看著複州衛被圍了這麼多天。這個優柔寡斷的老匹夫，肯定是怕其餘三衛也會有所損失，才不敢冒進，這次真要是因為這老匹夫的瞻前顧後害死了他孫子，別他娘的怪他翻臉無情！

「都他娘的別爭了！傳令下去，調京都三營各一萬兵，今晚就在京都城外集結，明天一早老子要御駕親征！」

承乾帝一拍案桌，直接打斷了底下文武官員的爭執，不顧底下官員阻攔，一意孤行的決定出兵。

他必須去遼東親自接他孫子回來，不管回來的是人……還是屍首！

韃子圍了複州城快一個月了，都還沒盼來援軍，城中的百姓們就越發人心惶惶，有個別膽小的，甚至攛掇起要跟韃子投降的言論來。說既然大燕將他們扔在這裡不管不顧，與其城破後被韃子屠殺，不如現在就開城門投降算了，沒準兒還能有條活路。

沐青霓對這些人也不罰不打，而是直接讓手下的兵士將他們扔到城牆上，讓他們親眼去看看，城外那些被韃子捉住的百姓們是什麼下場。然後，等這些人從城牆上下來，就再也沒有人說什麼不如投降的話了。

因為城外那些被韃子抓住的百姓，簡直太慘了。

男女老少都被韃子驅趕到了複州城下，用鞭子抽打不說，為了威脅守城的將士們，每過一會兒，韃子們還會隨機挑兩個百姓，放到他們特意架的高臺上，用極其殘忍的手段將他們殺死給守城的將士們看。看著那些被韃子挑在槍尖上的孩子，或者被扒光衣服當眾侮辱後再殺害的女人，即使是最膽怯的懦夫，都不免被激起了些血性來。

「嗚嗚……他奶奶的死韃子，你爺爺跟你們拚了！」

娘的！與其被那樣屈辱的殺死，還不如跟韃子拚了！殺一個夠本，殺兩個還能賺一個呢！

一個曾經鼓動投降鼓動得最歡的男子，看完韃子虐待大燕百姓的場面後，一邊留著滿臉的鼻涕眼淚，一邊怒吼，再也不跟以前似的畏畏縮縮，而是跑下城牆後，就找了把菜刀，主動幫守城的兵士們守城。

又到了午夜，城牆上，周瑾看著沐青霓發愣。

他覺得他們的沐將軍是好矛盾的一個人啊，殺起韃子來就像塊冰，冷冽且乾脆；笑起來卻又像團火，張揚又飛舞！但，這會兒沈靜起來，卻又似潭水，幽深且難以捉摸……讓人忍不住好奇，她低頭沈思的時候，到底是在想些什麼呢？面臨可能到來的城破，她怕過嗎？

「你有事啊？」沐青霓從沈思中醒過神來，就發現了呆愣愣站她旁邊不遠，卻一句話不說的周瑾，忍不住問道。

這人怎地這麼喜歡走神呢？已經好幾次了，都得自己叫他才能醒神。

「啊？」周瑾又一次被沐青霓叫得回了神，才暗自懊惱了一聲。

自己這是怎麼了？怎麼總是控制不住想琢磨眼前的沐將軍呢？還總是被她給發現了。

周瑾急忙晃了晃腦袋，又醒了醒神，才朝沐青霓笑著解釋道：「呵呵，將軍，屬下看妳正在想事情，就等了一會兒。」

「噢，這樣啊。」沐青霓點點頭，用手拍了拍身邊的臺階，道：「坐下說吧，這些日子大家都怪累的，能歇趕緊歇會兒。」

周瑾也沒客氣，笑嘻嘻在她旁邊坐了，伸手一掏，就從懷裡掏出兩個小酒葫蘆來，遞了一個過去。「哪，我好不容易搞到的，咱倆一人一葫蘆，累了喝一口，也能解解乏。」

沐青霓見了眼睛一亮，迫不及待接過去，打開塞子，就喝了一口，頓時覺得渾身的疲累都好了起來。

「哇，真是好酒！你在哪兒搞的？這可是好東西！」

周瑾哪敢實話說這是他存放在空間裡的茅臺，只能含糊道：「妳要是愛喝，以後我再給妳找。」

「那倒不用了。」沐青霓笑咪咪的道，又仰起頭喝了一口，瞇著眼回味了半晌，才看著遠方，用略帶著沙啞的聲音朝周瑾道：「謝謝你的酒啊！你知道嗎？今天是我十七歲生辰，我剛才坐在這裡還在想，今年的這個年過得好清靜啊！這馬上都要元宵節了，竟然連個放炮仗的都沒有，讓我想蹭個煙花過過壽都蹭不到。現在，有你贈的這葫蘆酒，足矣！」

原來今天竟然是她的生辰嗎？怪不得她比平時都更沈默了呢，應該是想家了吧？

周瑾默默的想，朝她舉了舉手中的酒，笑道：「那祝妳生辰快樂啊！」接著又指著遠方的月亮道：「妳有什麼生日願望沒有？現在雖然沒有蛋糕，但月亮還算圓，妳可以朝著月亮許個願望。」

沐青霓納悶。「何謂蛋糕？為什麼過生辰還要許願？」

「呃，就是我老家的風俗，說是過生辰朝著蛋糕許願會比較靈驗。」

沐青霓點點頭。「那好吧！既然你這樣說，那我就許個願望好了……」

說完沐青霓就真的站起來，雙手合十，十分虔誠的朝著月亮拜了拜，才閉上眼睛道：

「月亮在上，希望我沐青霓今日過的生辰，不是他娘的最後一個！」

周瑾看著她的側臉，莫名有些癡了。

半晌後，沐青霓直到喝了半葫蘆的酒，才想起來問周瑾。「對了，你找我有何事啊？」

呃，幸虧妳問了，要不然我都要忘了幹麼來了。

周瑾這才放下手裡的酒葫蘆，正色道：「將軍，屬下覺得，我們這樣下去終究不是長久之計，城中的糧草已經快要沒了，其餘幾衛到現在也還是沒有絲毫音訊，指望他們恐怕是不行了，我們還是得想法子自救才成啊！」

「莫非你有辦法？」沐青霓有些不捨的也收了手中的酒葫蘆，抬眼朝他問道。覺得眼前這位既然能第一時間就判斷出援兵來不了，有破敵的主意也不奇怪。

「屬下覺得，與其坐以待斃，倒不如主動出擊。如今韃子和瓦剌都已經傾巢而出，後防一定空虛，若是此時我們帶兵去偷襲他們的大本營，肯定能一打一個準。」

原來是這主意啊，沐青霓嘆氣道：「你當這事我沒想過？只是我們的兵如今連守城都不夠，哪裡還有額外的兵力去幹這事啊！」

「將軍，不一定需要很多兵的。屬下覺得，如今韃子雖然和瓦剌暫時聯合起來攻擊我們大燕，但他們雙方已經敵對了這麼多年，彼此一定充滿分歧和防備。只要我們能製造出他們彼此攻擊的假象，到時候他們一定會互相猜疑，合作的關係自然就會土崩瓦解了。」周瑾眼睛亮晶晶的望著沐青霓說道。

沐青霓的眼睛頓時也亮了，興奮道：「你是說，我們可以派人裝作韃子去攻擊瓦剌的大本營，或者裝作瓦剌人去攻擊韃子的大本營……好讓他們雙方互相猜忌，從內部給亂了？」

周瑾笑咪咪的點點頭，覺得跟聰明人講話就是痛快，剛說個開頭她就能明白後面。

但，很快聰明人就朝他看了過來，一邊用一隻手托著下巴，一邊朝他眨了眨眼睛，笑咪咪的朝他道：「周總旗，你說這麼艱巨的任務，要派誰去才好呢？」

這個死丫頭，竟然這麼快就想卸磨殺驢？自己才給她出了個好主意，她轉頭就把這主意安到了他的身上？唉！算了，打他主意就打吧，看在這丫頭今天生辰的分上，他就不跟她計較了。反正，他一開始就是打算自己去的。

所以周瑾亦笑著回道：「屬下願往！」

「好！周總旗果然好膽量！」沐青霓見目的達成，一拍臺階就站了起來，朝周瑾豎了豎大拇指，毫不吝嗇的誇讚道，但隨即又跟他哭窮起來。「但你也知道，我現在能用的兵總共也就還剩下三千來人了，雖然有心多給你一點，但情況在這兒擺著，我也沒有辦法……這樣吧，我最多只能給你……五百兵力，而且，我最多還能拖住韃子二十天，再多，就全看命了。」

還能守二十天嗎？

周瑾默默的想，五千兵力，能攔住韃子八萬大軍一個來月，還能剩下三千兵！給了他五百兵，還斷言自己能守住複州城二十天？

這丫頭真是——好大的本事啊！

此戰過後，不管這複州城破沒破、這丫頭死沒死，這位大燕的女將軍，肯定也會在大燕的史書上留下讓人讚嘆的一筆吧？

周瑾抬眼看著面前這個跟自己年齡相仿，雖然累得嘴唇都已經乾裂，凍得整個臉都紅通通，但還是目光堅定的姑娘，莫名的就心中一軟，朝著她溫柔的道：「妳不用給我五百兵，還是多留點幫妳守城吧。我只要三百就行，妳放心，二十天內我一定會完成任務回來的，妳……也一定要努力活著，活著等我——回來。」

沐青霓愣愣地看著周瑾的笑，皺起眉。

是她喝酒喝多了，還是她的錯覺？怎麼感覺她這是被調戲了呢？

第三十八章

突擊隊凌晨的時候才出發，趁著還沒到出發的這個時間，周瑾專門去看了一眼他妹周瑜，帶回了幾大包去了外包裝的壓縮餅乾和迷魂藥，都是周瑜給他準備好的。

當天晚上快凌晨的時候，就帶著三百兵士趁著夜色從城牆上滑了下去，小心的避過了韃子的軍營，朝著太白山上爬去，打算順著韃子們翻太白山過來時留的痕跡，直接找到韃子的大本營。

轉眼又過了十天，複州城的兵能動得了的也就還剩下一千多人，城中的男人們都已經拿了死傷戰士的刀幫著去守城門了。朱熙更是帶著百十名士兵和百姓，替下了死傷最多的路千戶等人，負責守衛起複州城的東門來。

又過了五天，這其間，周瑜空間裡所有的壓縮餅乾都已經被她貢獻了出來，如今整座城已經連一顆糧食都沒有了，所有的戰馬也都已經被殺了吃了，就連老孫頭的驢子也沒能倖免。

又兩天後，就連城中的老鼠、樹上的樹皮這些都已經被煮著吃了，守城的將士連同百姓們，能打的也就還剩下六百來人。

其實，城外韃子們的日子如今也同樣不好過，複州城方圓百里內的糧食都已經被他們搶光了。半個月前，他們就已經找不到糧食，為了搶奪最後的口糧，韃靼和瓦剌雙方也不知道已經內鬥了幾場。

之所以還能合作，也不過是全指著突破複州城後好繼續往前推進，進而搶糧、搶錢的願望在支撐著。但他們怎麼也沒想到複州城會堅守這麼久，它就像一塊頑強的磐石，任由他們怎麼撬都撬不動！每當他們以為今天就能突破時，它卻又硬生生挺了過去。

但雙方都知道，就是再堅持，這座城也已經是強弩之末，快要完了。

終於，在周瑾走後的第十九天，複州城南門，被攻破了！

沐青霓聽到南門被攻克的消息後，立刻帶著幾十名跟著她固守城牆的戰士，朝著南門衝了過去，其餘幾門的韓千戶、魯千戶，連同朱熙幾個也在聽到消息的第一時間，帶著能帶的兵趕過去救援。

大家都知道，這複州城只要有一門被攻克，那就全完了！

「各位，不要慌！跟著我一起，我們將韃子給趕回去！」

沐青霓手持長刀，衝在最前面，唰唰幾刀下去，就將剛攻進南城門的韃子們殺了四、五個。

眾將士見她這般勇猛，也都奮勇的殺起敵人來。

瞬間，複州城南門城門邊的幾十尺過道上，就成了修羅場，人間地獄。

雙方對於這幾十尺過道是你爭我奪、寸步不讓，漸漸的，城門口處的屍體就越來越多，屍堆也越來越高，裡面既有韃子的，也有大燕兵士的。

就這麼爭奪了半個時辰後，雙方死傷的兵士屍體，竟然堆出了一米多高、堵滿整個過道的巨大屍堆出來，成了一個人肉堆積的城牆，將無數的韃子擋在了外頭。

沐青霓此時就如同一個殺神一般，同韓千戶等人站在這堆屍體上，上來一個韃子，他們就殺一個。

朱熙本來也是在上面的，被沐青霓發現後，一腳往後給踹了下去。

此時鎮守南門的大燕兵士已經所剩無幾，只剩下沐青霓等二十來人在苦苦支撐著。

朱熙被沐青霓踹下屍堆後，急得直轉圈，沐青霓幾個就是再能打，面對這麼多的韃子，也總有力竭的時候啊！

他覺得這樣下去肯定不行，必須想個辦法，著急慌忙之下，突然就想起周瑜放架子上的那幾罈酒精來。他記得當時給大壯用酒精降溫的時候，阿瑜就提醒過他，說那酒精極易燃，讓他做物理降溫的時候不但要加水稀釋，還一定要遠離明火，要不然萬一碰上火星子，很容易燒傷或者引起火災。

對了！可以用酒精點火！

朱熙雙眼一亮，第一反應就是去找周瑜，於是忙撒丫子朝複州城東門跑去，周瑜這會兒正在那兒幫著救治傷員呢！

結果剛跑了兩步，就看見周瑜帶著周珞、周珙朝他跑了過來，還沒到跟前，就朝著他怒道：「朱熙！我不是告訴過你，不要離我太遠嗎？你怎麼搞的！」

周瑜剛才都要嚇死了，她不過跟周珞抬了個病人去一旁救治傷員的屋子，回來後朱熙就不見了，一問才知道原來南門失守，朱熙帶著人去救援了。

周瑜嚇得不輕，深怕朱熙這時候出了事她來不及救，急忙拉著同樣怕他們亂跑的周珞、周珙找了過來。她現在都恨不得拿條褲腰帶將這幾人一起拴身上，好萬一到了生死關頭，將他們都救進空間。

「阿瑜，現在不是說這個的時候。」朱熙知道周瑜是因為擔心萬一韃子進了城，她來不及救自己才罵他。但現在都火燒眉毛了，可不是說這個的時候，急忙上前一步拉住周瑜，急問道：「阿瑜，我們複州城還有多少酒精？都在哪裡？快！我有急用！」

「我知道哪兒有，我帶你去！」

周瑜見朱熙滿臉著急的樣子，知道他這時候問酒精，肯定是有急用，當下也不敢耽擱，拉著朱熙就朝她師傅在軍營專門存放酒精的房子跑去，邊跑還不忘招呼周珞兩個跟上。

周珞和周珙聽了，也急忙跟了上去。

半路上周珞感覺朱熙既然要大量酒精，一會兒肯定需要搬運，看路上有不少四散扔著的板車、推車，機靈的帶著周珙上前推了兩輛，才又去追前面的朱熙他們。

那存放酒精的房子離複州城南門不算太遠，幾人跑了一會兒就到了，很快就推了滿滿兩板車的酒精回來。將板車推到屍堆前的時候，見屍堆上沐青霓和韓千戶幾個雖然滿身傷痕，從頭到腳都沾滿了血污，但好歹還活著。

朱熙先是狠狠的鬆了一口氣，然後就一邊往屍堆後面扔酒精罈子，一邊朝沐青霓幾個大聲喊道：「青霓姊！你們趕緊下來！」

周珞和周珙見了，也忙跟著他扔起酒精罈子。

沐青霓先是聽到了朱熙的叫喊聲，又在撲鼻的血腥氣中聞到了絲絲酒氣，立刻想到朱熙可能是想點火，急忙招呼韓千戶幾個人，揮刀擊退了手頭的韃子後，就朝著屍堆下面滾了下來。

不滾不行，幾人站在屍堆上太久，雙腳早就麻木，一點力氣也使不上了。

這時候，朱熙幾個也已經將一車的酒精罈子扔完了，見沐青霓幾個都下來，急忙往懷裡掏火石打算引火，但……他居然沒帶！

朱熙急忙求助一旁的周珞兩個，但兩人同樣往懷裡摸了摸，亦同樣朝他搖了搖頭。

這可真是上任丟了印，拉屎忘帶紙，真真是愁死人了啊！

正不知如何是好，就聽身後的周瑜喊道：「讓開！」

然後就見一個不知道是什麼的東西帶著一縷微弱的火苗從他頭頂劃過，朝著屍堆後面去了。然後……轟的一聲，屍堆後面一股藍色的火焰就騰空而起。

因為天冷，那些韃子穿的都是毛皮衣服，特別易燃，很快屍堆後面那些沾染上酒精的韃子，身上的衣服也都燃燒了起來，隨後，韃子的慘叫聲就傳了過來。

慌亂中，那些身上燃燒起來的韃子本能的就往回跑，或者在地上打滾。其餘韃子見了，為免引火上身，也急忙朝城外退去，但還是有不少人沒能逃過厄運，也被點燃了衣裳。

最終，就連那巨大的屍堆也沒能倖免，全都燃燒了起來。

十天前，周瑾已經帶著三百兵士成功的化妝成瓦剌的軍隊，偷襲了韃靼的大本營。

能這麼快且成功的完成偷襲，還要多虧了周瑜的那些迷魂藥，讓他們不費一兵一卒就先拿下韃子大本營旁十來里處的一小群韃子兵。不但得到了他們的衣物和戰馬，還從特意留下的幾個活口中成功的逼問出他們大本營的所在，進而成功的偷襲了韃子的大本營，且成功的讓韃子以為這一切是瓦剌人幹的。

隨後，一行人又快馬加鞭的趕去了瓦剌的地盤。

當又一次裝作韃子襲擊了瓦剌人的大本營後，距離他們離開複州城的日子已經過去了十六天。

還有四天，他跟沐青霓約定的二十天就要到了！

「趕緊回複州！」

周瑾不敢再耽擱，也不再走山路，而是帶著餘下的二百多名兵士和幾十具死傷兵士的屍首，沿著大路騎著擄獲的快馬往回趕去。

二百多人日夜奔襲，終於在離開後的第二十日凌晨到了複州城外十幾里處。遠遠望去，此時的複州城已經是火光沖天，殺喊聲隔著十來里都能隱隱聽見。

大家都覺得，複州城可能已經破了……

「頭兒！我們趕緊回去吧！」一個一家老小都在複州城的年輕兵士頓時急道。恨不得肋下生出雙翼，能立刻趕回去護著妻兒老小。

擔心周瑜、周珞幾個有危險的周珀、周玳兩個也是急得不行。

「憑我們這些人，現在回去作用也不大。」周瑾卻出奇冷靜，覺得如果他們的偷襲沒有疏漏，那想來這會兒韃子的內部已經亂了，只要他再添一把柴。

「你們趕緊去砍些樹枝來，越多越好，砍好後都拴在馬上。」周瑾吩咐道。又點了隊伍中十來個跟著周珀學韃子話學得像的，都叫過來吩咐了一遍。

「待會兒你們就……」

這時，韃子的軍營裡，韃靼和瓦剌的首領都已經接到了自己的大本營被對方偷襲的消息，正帶著己方兵馬，劍拔弩張的對質中。

到了這時候，雙方誰也信不過誰了，連已經馬上就要拿下的複州城都顧不了，深怕自己的兵往前面作戰，後面就被對方捅一刀子。

雙方正各帶各的兵馬相互謾罵對質，突然就見遠方騰起了無數的火把和巨大的煙塵，隨後夜色中就傳來士兵們驚恐的叫聲。「不好了，漢人的軍隊到了！快跑啊！」

「糟了！我們被漢人的軍隊圍啦！」

「哇呀呀！漢人的皇帝帶兵過來啦！」

韃子的軍隊這些日子已經病死、餓死無數，本就人心惶惶，此時又聽漢人軍隊殺來了，更是亂了套，加上雙方此時早就互不信任，此時哪還顧得上眼前的複州城？都以保住自己這邊的實力為上策，要不自己這邊的兵都死光了，萬一對方乘機兼併他們怎麼辦？別到時候大燕沒打成，領地再被對方不要臉的吞了，那可就真是得不償失了！

「撤！」瓦剌的軍隊首領首先發出了命令。

隨即韃靼的首領也下令撤軍。

而遠處的周瑾等人，此時關注著韃子的軍隊已久。

「頭兒，韃子好像真的撤了！」周瑾旁邊的周玳看著遠方驚喜道。

隨即，被周瑾派出去迷惑敵人的周珀等十餘騎也回來了。

「阿瑾，韃子軍隊撤了！」周珀也興奮道。

「好！」周瑾激動的一拍掌。「走！弟兄們，跟我追上去！記著，都別靠韃子太近，但一定要做出我們有幾萬軍隊的氣勢來！」

「是！」

手下兵士齊聲應道，他們此時都已經知道了周瑾的用意，就是讓他們裝大尾巴狼，讓韃子以為大燕的援軍到了。於是，眾人都發揮出自己獅子吼的功力，每個人的馬後都掛著十來串樹枝，扛著兩、三枝火把，在周瑾的帶領下嗷嗷喊著朝韃子追去，但永遠都離韃子軍隊三、四里的距離。

韃子本就慌亂，又被周珀等人用韃子話所迷惑，都真的以為大燕的援軍到了。此時見身後煙塵滾滾、殺聲震天，哪還顧得上判斷真假，領頭的都跑了，如今他們這些小卒子還管個啥？

他們如今只知道誰跑後面誰就得死，還是趕緊逃命要緊！

複州城中，沐青霓知道，早晚這複州城都要破了，只是因為朱熙的計策，複州城又多守了一天一夜，已經是很難得了。

但她總盼著這一刻來得晚一些，再晚一些……

今兒是他和她約定的第二十天了，他說二十天內，他必定會回來，讓她儘量別死，等他回來。也不知他那酒後說的話，還算不算……

「將軍，北門、西門都要堅持不住了！」一個兵士跑過來稟告道。

「傳令所有人，退守到四門周圍的巷道內，不管用什麼方法，將去往城中的幾條路都給我堵死了！」沐青霓命令道。

前幾天，城中的老弱婦孺都已經被轉移到城中心的幾個地窖裡，通往那裡的只有幾條窄路，他們說什麼也不能讓韃子越過去。

除非，這城裡的兵全死了！

「是！」那兵士應了一聲就忙去了。

「殺！」

沐青霓咬著牙，揮舞手中的長刀，將面前從城牆突破進來的幾個韃子都給滅了。然後就守在士兵們的最後面，邊留意四周，邊護送手底下僅存的兵士們往最近的巷道裡退去。

「都各自先占據有利地勢，一會兒韃子過來，都給我往死裡打！今兒我們就是全死這兒，也不能讓他們踏過這條巷子！」

沐青霓站在巷子的最外邊，手裡拄著自己的長刀，趁著韃子沒過來的間隙稍稍喘了口氣。她的身上現在已經被血污糊滿，那血污彷彿有千斤重，壓得她越發透不過氣。

她也不知道自己身上受了多少傷，只覺得渾身都被深入骨髓的疲憊感占滿，已經感覺不到疼痛了。

可……那人怎麼他娘的還不回來！

此時，承乾帝帶領的十萬大軍已經進入了複州城的範圍，還有七十來里就要到複州城了。就在這時，前面的先鋒軍突然來報，說韃子的軍隊好像正在撤軍，問追還是不追？

莫非老子在作夢？

「你說什麼？再說一遍！」承乾帝不可置信地問。

「陛下，雷將軍探查到前方圍困複州城的韃子正在撤軍，問您追不追？」

傳令官又重複了一次。

「追！讓雷戰帶三萬兵馬去追擊敵軍！然後再去探，查清為何韃子會突然撤軍！」承乾帝一拍身下戰馬，當機立斷道。

雖然現在還不清楚韃子為何會突然撤軍，但承乾帝覺得肯定跟複州城有關。

於是又緊接著命令道：「其餘人等，急速趕往複州城！」

同時，周瑾一行也正往複州城趕去，兩刻鐘前，他們已經碰到了承乾帝的先鋒軍統領雷戰，知道是他們的援軍到了，於是急忙將敵軍為何撤軍的緣由簡單跟雷戰稟告。見有雷統領追擊韃子，他們就趕緊卸了馬身上亂七八糟的樹枝，急忙朝複州城趕去。

等到了複州城，看著眼前火光沖天，滿目瘡痍的城牆，所有人的心都揪了起來。

此時的複州城都已經不能稱作是一座城了，用水澆灌的寒冰城牆依舊矗立著，但城牆上現在已經沒有了人。破敗的城門也顯示不久前韃子已經攻破城門進去了，城門旁遍布的屍體更顯示曾經這城門前的爭鬥有多激烈。

雖然現在韃子已經撤了軍，但誰也不知道在撤軍前，他們給這座城帶來了什麼。

大家突然都有了些近鄉情怯之感，甚至都不敢往裡去了，深怕邁進這城門見到的就是滿地的屍首，再沒有一個活人！

承乾帝這邊也趕到了複州城，如今正在進城。

片刻前，承乾帝已經接到了雷戰送來的消息，知道韃子突然撤軍是因為沐青霓手底下的一個總旗，帶著三百兵士去掏了韃靼和瓦剌的老巢，並成功嫁禍給他們雙方，從而引起他們互相猜忌，才致使他們的同盟瓦解。

承乾帝當時聽了，真是大讚沐青霓的有勇有謀，能在被韃子重重包圍中，還敢如此兵行險招？還讓她給做成了？簡直是——太勇猛了！

還有那個小小總旗，只帶著三百人，僅僅二十天，居然就連著偷襲了兩個敵軍大營？要知道那兩個敵軍大營，光距離就隔著差不多五、六百里，何況韃子都是住在帳篷裡的，營地隨時都在移動，要是別人，光摸清他們的位置恐怕就要費上十天半個月，更別說還要成功偷襲了。這個總旗，可真是後生可畏啊！

但沐青霓和那總旗的這招釜底抽薪雖然用得好極，也成功的讓韃子撤了軍，但撤軍前他們有沒有占領複州城卻誰也不知道。所以，承乾帝帶人進城時心裡也是忐忑不安。

尤其是他們還從曾經戰況最激烈的南門進入的，那個巨大屍堆還在那裡，甚至還在燃燒著。承乾帝的兵馬要過去，必須要派人先清理那屍堆的一部分才能過去。

承乾帝騎在馬上，看著底下的兵迅速的清理那座巨大的屍堆，曾經經歷過無數場戰役的他突然就害怕起來，雙手都微微的發抖，深怕下一刻，那些屍體中就出現他孫子的身影；或者聽到消息，說那裡面的確有他孫子，但已經分不出哪個是他了。

兵士眾多，清理屍堆的過程僅僅只用了半刻鐘不到，清理完後，承乾帝就懷著顆七上八下的心，隨著前方開路的兵士，小心的越過還帶著殘餘溫度的城門甬道，帶著人朝著城中走去。

而這時，周瑾一行也萬分忐忑的跨進了北城門。兩邊人馬都越過了布滿屍體的狹窄小巷、滿目蕭條的大街，依舊沒有看見活人，直到快走到全複州城最寬闊的閱兵場，才聽到陣陣嘈雜的聲音傳了過來。

承乾帝的護衛隊們驚得立刻將承乾帝包圍起來，幾隊士兵也立刻朝著發出聲音的地方衝了過去。

「不是韃子的聲音！」

承乾帝側耳細聽，聽到耳中的全是大燕子民的歡呼聲、哭泣聲、吶喊聲……心中的期盼頓時又強了些，不顧身前的護衛阻攔，騎馬就向那聲音處衝了過去。

難道，他的孫子還活著嗎？

與此同時，周瑾一行也同樣奔了過來。

眾人到達聲響處，就見全城倖免於難的百姓、幾乎沒有完好人樣的士兵、被包裹成粽子樣的韓千戶，還有累癱在地的朱熙、周珞、周珙，以及忙著給傷員裹傷的程子遇、周瑜，渾身滿是血污，只能用把刀撐著自己才不至於倒下的沐青霓全都在那裡！

此時，所有能動或者不能動只能喊的人，都在或歡呼、或大哭、或又哭又笑的，慶祝他們的勝利。

第三十九章

半刻鐘後，複州城閱兵場的臺階上，承乾帝摟著他的寶貝孫子哭得是老淚縱橫。

差一點啊！就差一點，他這個孫子就沒了！差一點，他答應他的長子，護好他兒女們的承諾就完成不了！

而此刻，全複州城的將士們和百姓們卻是到這時還有些沒有反應過來。

當今聖上竟然會親自帶兵過來救他們？而一直跟他們一起戰鬥的常護衛，竟然是當今聖上的五皇孫？

「聖上萬歲萬萬歲！五殿下千歲千千歲！」

也不知是哪個諂媚的見了此情此景，學著戲文裡的話高喊了一句，緊接著滿廣場的百姓就都跟著喊了起來，感激涕零的跪倒了一片，不能跪的也都趴下了。

周瑾、周瑜兄妹頓時憋了一肚子氣。

這萬惡的舊社會！

兩人實在理解不了為何拚命守城的是全體將士，有力指揮的是沐將軍，帶兵掏了韃子老巢的是周瑾，堅持救護傷員的是周瑜、程子遇這些醫者，卻他娘的因為所謂的皇權至上，頃刻間這所有的功勞苦勞，就都被這爺孫倆給搶了不說，全城百姓還都一副感激涕零的樣子……這他娘的是什麼鬼道理？

周瑾看著半靠坐在臺階上，正一臉譏誚的看著這一切的沐青霓，突然就憤怒起來。

明明是這個女人用兵如神，才僅僅靠著五千兵士，擋住了韃子的八萬大軍長達兩個月！

明明是這個女人始終渾身浴血的站在前線，帶領兵士奮勇殺敵才保住了這全城百姓！

可憑什麼她如今卻只能孤零零的坐在那裡？看著那祖孫倆被頂禮膜拜，她卻絲毫不被人提起，就因為她是個女人嗎？

周瑾實在是氣不過，憤而站起，攥緊拳頭，帶頭高舉手臂喊了起來。

「沐將軍威武！」

「沐將軍威武！」

一旁的韓千戶第一個帶頭回應起來，雖然他現在已經站不起來了，但躺在擔架上也不影響他佩服沐將軍。

「沐將軍威武！」周瑜、周珀幾個也都跟著喊了起來。

漸漸的，底下的兵士也都跟著高喊。

最後，百姓們也都加入進來。

「哎呀！祖父，你老人家快要勒死你孫子了！」

朱熙終於從他祖父的鐵臂中掙脫出來，十分心虛的看了一眼因為不滿百姓們諂媚皇族、頻頻衝他翻白眼的周瑜，急忙也高舉手臂跟著高喊起來，還自己編了一句。

「沐將軍威武！沐將軍乃大燕第一女戰神！」

他這句一出，士兵們也立刻跟著改了。

「沐將軍！大燕第一女戰神！」

「沐將軍！大燕第一女戰神！」

承乾帝聽著滿城震耳欲聾的呼喊聲，才驚覺自己剛才只顧著關心自己親孫子，對於這個堅守複州城兩個月的乾孫女卻疏忽了。

其實真不怪他疏忽，沐丫頭從小到大都是一副堅毅性子，根本不需要人照管就能事事都做得很好，讓他關心小輩的時候，總是將她忘了……

「哈哈哈！好！」承乾帝看著渾身浴血半坐在那裡的沐青霓，趕忙找補起來，朝著底下複州城的將士們和百姓大聲笑道：「哈哈，你們的沐將軍可是朕從小看著長大的，以前就曾跟著她父親出征雲貴，立下累累戰功，如今又獨當一面，帶領全體將士堅守了複州城這麼多天！如此戰功，怕是無數男兒也不能及也！哈哈，既然大家都喊她女戰神，那朕就順應民意，封她為我大燕第一女戰神好不好？」

「好！」

「好！」

底下將士們歡聲雷動，沐青霓也強撐著半跪在地，叩謝皇恩。

「臣，沐青霓，謝主隆恩！」

這時候，除了承乾帝和周瑾幾個為數不多知道沐青霓名字的，其餘複州城的將士和百姓們到這時候才知道，原來帶領他們奮勇抗敵的沐將軍，竟然有個如此好聽的名字——沐青霓！

複州城脫困的當天，消息就跟長了翅膀一樣朝複州城外的四面八方飛了過去。桃花村眾人在聽到消息的第一時間，就從山洞趕回家，將東西放下後就往複州城趕去，連那些寶貝的洋芋都顧不得了，全都扔給了李貴照看。

等到了複州城一看，裡面已是哭聲震天。眾人不禁腳下一軟，眼眶立刻都跟著紅了。

尤其是看到那些抱著親人屍首哭個不停的百姓，甚至還有的連家人的屍體都找不到，只能在路旁祭奠的家屬，都害怕得幾乎要站立不住，深怕下一刻這場面就輪到自己頭上。

周珀此時正在城門口幫著安撫遇難者家屬。承乾帝帶領大軍過來的當天，留下部分士兵幫著守護複州城後，就帶著大軍繼續去追擊退敗的韃子了，而沐青霓等重傷者也都功成身退的去養傷。因此，這些安撫家屬的工作都落在了周珀他們這些沒怎麼受傷的兵士和熱心的百姓身上。

因為周珀所待的地方就在城門口不遠，因此一眼就看見了家人，急忙走上前去，朝周澤林喊道：「阿爹！」

周澤林看見大兒子，眼淚立刻就下來了。他急忙奔過來，上下打量起大兒子來，看了一圈，見都好好的，才又慌忙問道：「阿珀，你弟呢？」

「阿爹，我弟也沒事，就是胳膊和肩膀上受了點輕傷，已經讓阿瑜包紮好了。」周珀急忙答道，見一旁的鄭氏幾個也是急得不行，忙又道：「大家都放心吧，瑾哥兒、瑜姐兒、玳堂弟、珙堂弟都沒大事，就是多多少少受了點小傷，如今都在瑜姐兒師叔的小院那裡養傷呢！養上幾天就能好了。」

「那五皇孫呢？」周瑞全又急著問道。那位也不能有閃失啊！

「他更沒事，已經活蹦亂跳的了。」周珀笑道。

眾人聽了這才吁出一口長氣，徹底放下心來。

複州的這場保衛戰，真是改變了太多人！

有人因為這場仗，失去了自己的夫君、兒子；有人因為這場仗，落下了伴隨一生的殘疾；有人因為這場仗，留下了巨大的心理陰影。也有人因為這場仗，從一個膽怯的人變得勇敢起來。

日子過得好快，轉眼就是一個月後了，複州城已經又恢復原本的喧囂，曾經布滿鮮血屍體的街道也已經被沖洗得乾乾淨淨，沒留下一絲痕跡；破損的城門、城牆也被一一修補，恢復了原本的模樣。

人生就是這樣，那些過去的終將過去，時間總是要往前走的，不管你有多不捨，歷史的長河都會將你淹沒。

「唉！沒想到事隔一個月，才和你又喝上這酒。可惜啊，今晚沒有月亮。」沐青霓身披著一件墨綠色縴絲斗篷，極隨意的坐在城牆上，手托著一葫蘆烈酒，朝著站在對面的周瑾敬了敬。「來！嚐嚐我帶的這燒刀子怎麼樣？」

然後，也沒等周瑾，沐青霓就自己先仰頭喝了一口。

然後，一口接一口。

周瑾看她喝起來沒個完，不得不上前奪下她的酒葫蘆，勸道：「妳的傷才剛好，不能喝這麼多。」

「真小氣！」沐青霓想奪回酒葫蘆而不能，氣得一噘嘴，整個人都不高興了。

哪裡多了？一個月了，她才喝了這麼兩口酒。

周瑾難得見她這一副小女兒家作派，看她整張臉拉得老長，一副沒了酒跟沒了命似的樣子，直接被逗樂了，溫聲道：「妳現在的傷還沒好透，阿瑜說了，像妳這麼重又這麼多的傷，若是不好好養，以後老了怕是要遭大罪的。」

複州城保衛戰過後，周瑜給沐青霓檢查身體時才發現，沐青霓身上的傷竟然足足有十八處，這還不算那些輕微的刀傷、磕碰傷，只算了需要縫合的大傷。而左肩下面的一處貫穿傷，還差那麼一點，就要捅到心臟了。

就算沒捅到，這也是很重的傷了，即便在周瑜的精心看護下已經養了一個月，也還沒有好全。而且，這丫頭還執拗得很，就好像這身體不是她的一樣，總是不厭其煩的找各種藉口，就是不肯好好養傷，將周瑜直氣得跟她發了好幾回脾氣。

「妳乖！等妳好了，我陪妳喝西域的葡萄美酒好不好？那酒可比這燒刀子好喝多了，還不怎麼傷身。」周瑾耐心的勸道，連他都沒發覺自己的聲音有多溫柔。

「真的？你能搞到好喝的葡萄酒？」沐青霓聽了果然來了興趣，自動忽略了那句妳乖，覺得這稱呼在她身上就跟笑話似的，只將重點放在那西域葡萄酒上。

但隨即她眼睛又黯然下來，十分遺憾道：「唉！這酒我怕是跟你喝不成了，我馬上就要回京都，我爹已經給我來信，讓我務必隨今上一起回去，要不然他就親自過來抓我。唉！我覺得沒個兩、三年，他是不會讓我再出來了……」

周瑾如今已經從朱熙那裡知道了沐青霓是西平侯沐風之女，他倒是十分理解這位沐侯爺為何這樣做，哪個當爹的聽見自己閨女差點死了能淡定啊？要是他將來有閨女，恐怕得比沐侯爺護得還緊，連放都不放出來吧！

於是周瑾又勸道：「妳都傷成這樣了，也不怪妳爹擔心妳，回京都好好養養也好。那西域的葡萄酒就當我欠妳的，等以後我若有機會回京都，定然補上！」

「哈哈哈，好啊……唉唷！」沐青霓聽了就爽朗一笑，結果卻牽動了傷口，疼得痛呼一聲，險些從城牆上摔下來。

周瑾忙上前一步扶了她一把，幫她穩住身形，看她那齜牙咧嘴的樣子，忍不住又嘮叨道：「妳說妳這人，養傷能不能有個養傷的樣子？妳當落一身傷痛是好玩的？等妳老了，整日被這傷痛折磨著，沒有絲毫生活品質，到時候有妳後悔的！」

「何謂沒有生活品質？」這人怎麼總是自己編些怪詞出來呢，讓她聽不懂。

「沒有生活品質就是說……說妳老了以後，明明可以帶著妳的孫子孫女們吃喝玩樂、遊山玩水，卻不得不因為這些舊傷，窩在榻上，每日疼得死去活來，進出坐臥都要人照顧不說，還哪裡也去不了，什麼也吃不下。偏偏又死不了，只能眼睜睜看著別人含飴弄孫、吃喝玩樂、遊山玩水，妳說慘不慘？」

沒有生活品質好可怕！

原本沐青霓以為傷就傷了，大不了早早死去，但原來還有半死不活這一說啊？這沒有生活品質的活著，對她來說真的太可怕了！

「那以後我還是好好養養吧！」沐青霓忍不住嘟囔道。

這丫頭不是挺好勸嗎？哪有他妹說的那麼嚴重啊？

為了獎勵這丫頭聽勸，周瑾隨手又從衣裳的兜裡掏出一塊飴糖來，遞給了沐青霓。因為他小妹愛吃飴糖，他的兜裡總是習慣放上幾塊。

「給，看在妳這麼聽話，獎勵妳一塊糖甜甜嘴。」

沐青霓看著眼前的糖，覺得這傢伙有點傻。

她可是殺人不眨眼的女將軍，他這是把她當小娃娃哄了？自五歲後她就再沒吃過這玩意兒了好嗎？

但又一想，她過兩天就要離開，以後跟這人的交集恐怕也就沒有了。不忍拂了他的好意，只好接過來剝開上面的油紙放到嘴裡。

嗯，是橘子味道，酸酸甜甜的，竟然挺好吃……

與此同時，遼東遼陽郡的中軍大帳中，承乾帝正饒有興致的看著自己的孫子跟自己鬧騰。

這一個月內，他帶領十萬大軍和遼東原有的十來萬軍隊一起，趁著韃靼和瓦剌大軍敗退的時機，直接對兩國同時發起了進攻。不但重創了他們的軍隊，還在周瑾的指引下又一次打到他們的大本營，逼得他們不得不對大燕俯首稱臣，不但答應了以後歲歲向大燕朝貢，還各自將都城往北遷徙五百里，遠離了遼東的範圍。

這一場仗後，承乾帝平定遼東的夙願終於達成，以後二、三十年內，敵人都再也成不了氣候了。所以，這幾日來，承乾帝是神清氣爽，心情甚好，看如今越發出息的五孫子也十分順眼。

他可都聽青霓丫頭說了，這小子在複州城被困時不但奮勇廝殺，沒丟他們老朱家的臉，還計策頻出，那些什麼冰鑄城牆、火燒韃子的計策都是他想出來的。真沒想到短短兩年，他這個孫子就出息成了這樣！要知道兩年前，這小子面對刁奴欺主，還除了動鞭子就只知道哭呢！

「行了、行了，你就別鬧了，朕是不可能讓你留下來的。」承乾帝又一次打斷了朱熙的哀求，明知道朱熙想要什麼，就是故意不接他那話，還故意嗔怒道：「再任性，明兒朕直接將你綁走！」

「祖父，既然現在遼東都已經平定，又沒什麼危險了，您又調了付伯父過來鎮守，那孫兒留下來跟著付伯父學學本事又有什麼不可以啊？」

朱熙又求道，可他都在這裡求了半天，他祖父還是非讓他跟著回京。

那京都有什麼好？一群假面人，哪有遼東好？能守著阿瑜！

承乾帝見他這著急樣兒就想逗他，心裡笑得不行，面上卻故意假裝成一副被他煩得沒辦法的樣子。

「那你打算留下來多久？你付伯父可是出了名的暴脾氣，你若是打算在他手底下學東西，若是犯了錯，他可真會揍人的。你確定這樣還要留下來？」

朱熙見他祖父終於鬆動，急忙保證道：「祖父放心，您不是常教導我們吃得苦中苦，方為人上人嗎？孫兒不怕吃苦，願意留下來跟著付伯父學本領。」

「那你打算在遼東待多久？」

「嗯，最少也要一年……不，還是兩年好了……」

那得看他什麼時候能磨得阿瑜也喜歡他。

兩年內他應該能成功吧？

承乾帝看朱熙的表情就知道他在想什麼，心道：好你個朕的好孫子！為了個丫頭就忘了你親爺爺，竟然想待在遼東兩年都不回去？看老子怎麼收拾你！

「唉，朕是真捨不得你啊！朕現在都這麼老了，想來也沒幾天好活了，你要是待在遼東，朕若是病了、痛了、想你了都見不到你，可怎麼辦啊？」

承乾帝試圖用爺孫情換回一些孫子的良知，同時也想看看，自己和那個周家丫頭在孫子心目中到底孰輕孰重，結果……

「哎呀，呸呸！祖父，就憑您現在這般老當益壯的樣子，定能長命百歲的，可不許說這些喪氣話！」朱熙聽他祖父說完，立刻阻止道。

算你小子還有點良心！承乾帝聽了心中就一喜。

結果就又聽他孫子道：「反正您孫子那麼多，身邊也不缺孫兒一個，孫兒覺得在這遼東學好本事，等將來能幫著您守護我們大燕，也是盡孝呢。比起那些整日在你面前諂媚的，不知要強多少。」

可去你的吧！

承乾帝頓時也不想逗這沒良心的孫子了，直接瞪眼道：「那你這是決定了？非要待在遼東兩年再回京不可？」

「嗯，孫兒決定了！」

「那好，看在你有這麼大的決心，朕就同意了，等後天，你就不要跟朕走了……」

「哈哈哈，行！」朱熙高興地答應，說完立刻就想走，想去告訴周瑜這個重大好消息，又將他祖父氣得不行。

這是有多迫不及待啊！

見他要走，承乾帝就慢悠悠的道：「喔，對了，朕倒是忘了跟你說，周瑾那小子這些日子跟著朕出征韃靼、瓦剌，作戰極其勇猛，帶兵也很嫻熟，再加上他前段時間偷襲韃靼和瓦剌大本營的功勞，朕已經作主將他從總旗越級晉升為千戶了。這次回京也打算帶著他，讓他跟雷戰去三大營歷練。」

朱熙頓住腳步。

「還有，在複州城守衛戰中，周澤林家的兩個小子，還有他兩個姪子，也都表現不錯，加上他們獻上的洋芋種子這大功，朕覺得赦免周家的理由也足夠了。所以，趕明兒朕打算親自問問周澤林，他是想要朕將他官復原職呢？還是將他家幾個出息的孩子給安排了呢？但不管怎樣，赦免周家全族是一定的了，估計整個周家過不了多久也都要回京。唉，可真是遺憾啊！你這剛留下，他們就又要走……哈哈哈！」

朱熙苦著臉轉過身來，見承乾帝還在哈哈大笑，險些哭出來。

第四十章

周澤林是承乾帝跟朱熙談過的第二天上午被召見的。面對高高在上的帝王，周澤林不得不伏低身子，跪拜在地，朝這個賜死他父親的君上三拜九叩。

「罪臣周澤林參見聖上！」

「行了，起來吧。」承乾帝輕哼道。

「是。」

「周澤林，朕問你，對於賜死你爹之事，你可對朕有什麼不滿嗎？」

承乾帝一上來就強勢的問，周澤林只得將身子更伏低些。

「罪臣不敢。」

「哼！敢不敢的你自己心裡知道！」

承乾帝又冷哼一聲。「你爹那老頑固當初就是主次不分，眼裡除了常颯和太子妃娘兒幾個，就沒放過別人。竟然連朕都敢糊弄，連太子他都想利用！朕當時沒直接殺了他，也是看他雖頑固愚蠢，尚算正直，起碼不會幹出什麼扶持皇孫謀朝篡位的蠢事，最多也就是鼓動那些文人幫著助助威罷了，能成什麼氣候？但後來太子薨逝，胡相集團不打算放過他，朕也沒有辦法，才不得不賜死他。」

周澤林盯著地面，在心中冷笑。

胡相向你施壓你就賜死我阿爹安撫，你承乾帝什麼時候變成能任由人威脅的君王了？還不是你看我阿爹不順眼多時，太子薨逝後你有氣沒處撒，才殺了我阿爹洩憤的！現在在這兒說這些有的沒的，還不是想恩威並重，好讓我們周家對你繼續效忠嗎？

可是就算明知道這點，周澤林這會兒又敢說什麼呢？如今周家整族都捏在承乾帝手上，不照做、不巴結討好他，整個周家瞬間就能灰飛煙滅，因此他只能更低下頭，裝出一副恭順的樣子來，老實跪趴在那裡聽承乾帝訓話。

跪了好一會兒，承乾帝連警告帶安撫的話才說完，可能他的表現讓承乾帝覺得還算滿意，總算開始說起對他們周家的安排。

「你們周家這些日子做得還算不錯，不但進獻了洋芋種子，這次複州城保衛戰，你家的幾個孩子也都立了不小的功勞。尤其是周瑾那小子，複州城能脫困，我孫子能保住，那小子功不可沒。按這些功勞，赦免你們周家也夠了。朕這次叫你來就是想問問你，若是朕赦免你們家，你是打算回禮部呢，還是想怎麼著？」

承乾帝手指輕敲著桌面，朝底下跪著的周澤林問道。

周澤林聽了連頭都沒敢抬，直接低頭跪著回答。

「不瞞陛下，罪臣如今身體孱弱，怕是不能在朝堂上繼續為陛下效力了。若是能得陛下恩典，罪臣願意歸隱田園，開一私塾，也算為陛下、為大燕盡一份棉薄之力。至於罪臣的那些子姪，陛下若是覺得還得用，那真是我周家的榮幸了。罪臣定會教導他們不負皇恩，好好為陛下效忠的。」

承乾帝聽了就知道周澤林這是想將機會讓給周家子姪的意思，於是就點點頭應了。

周澤林藉機又道：「陛下，此次韃子圍攻複州城時，魯州李家人為了護住那些洋芋種子亦是出力不少，罪臣家不敢專功，特向您稟報。」

「魯州李家？嗯……十幾年前發配遼東的那個李家？」承乾帝疑惑的問道。

「正是，如今李家全族也就只剩百里屯的十二戶六十來人了，除了老弱，壯丁也只餘十數人。」

言下之意，李家都快死完了，還請您看在他們護衛洋芋有功的分上，也對他們開開恩吧！

若不是周澤林提起，承乾帝甚至都忘了還有李家這號家族了，但就是這會兒想，他也想不起來當初為何要發配李家到遼東來。

想來也不是什麼大事，要不他也不可能記不住，也就抬抬手的事，又嗯了一聲，然後，就拿起大案上的茶杯喝了一口。

周澤林見了，忙識相的退了出來。

等回到家，周瑞全問他如何時，就說了句。

「都準備準備吧，過兩天聖旨應該就會下來了。」

果然，第二天，赦免周家全族的聖旨就來了，同時赦免的還有桃花村李家的幾十口。接到聖旨的那一刻，除了周澤林和不在家的周瑾、周瑜幾個，幾家子的成年人都哭了。總算盼到能回去的一天了！

當天，大家就都迫不及待的收拾起行李來，尤其是王氏母女幾個，那歡天喜地的模樣簡直是藏都藏不住。

「歡喜什麼？光說赦免我們，又沒說歸還我們那些鋪子田莊，就連軍戶的身分都沒變，回去都不知道住哪兒！」周瑞全忍不住私下跟周澤林抱怨道。

剛接到聖旨的時候，周瑞全還激動得不行，這會兒回過神來，才發現承乾帝雖然赦免了他們，但也只是赦免他們的人而已，不但沒說給周閣老平反，他們那些家當什麼的，更是一樣也沒還給他們。

而且，他們的軍戶身分也沒給他們變更，也就是說，他們的孩子以後還得當兵，只不過因為他們被赦免回京，凡周家在遼東軍營的子姪，都能申請調到京都附近的軍營而已。

因此，回過神來的周瑞全又覺得承乾帝有點過於小氣了。真是，好歹分給他們一些田產也行啊？當初幾家子剛發配到遼東來，還分了他們一人十畝荒地呢！

若是承乾帝此時在場，聽到他的腹誹肯定會罵一句，老子的五千兩私庫都餵了狗嗎？那幾乎是老子所有的私房了，你們還想要別的？沒門兒！

承乾帝的大軍明天就要返回京都了，回去前，朱熙特意來了一趟周家，想讓他們跟著大軍一塊兒走，找的藉口自然是跟著大軍一道更安全，但誰都知道，他是惦記著想跟周瑜一道走。

但因為周澤林一直惦記著將埋在流放路上的周閣老屍骨給遷到祖墳去，加上鄭氏也覺得閨女如今大了，也該避嫌，所以最終還是婉拒了朱熙的邀請。

於是，承乾帝一行於第二天就出發回了京都，隨行的除了朱熙和沐青霓，還有已經被調任到京都三大營的周瑾、周珀、周玳、韓千戶幾個。他們都被調往了雷戰統領的虎賁營，職位除了周瑾直接越級升了千戶外，其餘的都是平級調的。

畢竟京都的兵和京都的官一樣，也都是一個蘿蔔一個坑，被人占滿了的，除了周瑾這種立了大功並在今上跟前露過臉的人例外，別人能平調過去已經實屬不易了。

桃花村這邊，承乾帝一行走後的第三天，周家和李家也啟程。

幾家子在啟程前也只通知了族裡少數還有聯繫的幾戶，至於那些旁支們，周瑞全和周澤林思索再三，還是決定不再聯繫了。

雖然周家的這場滅頂之災的確是嫡支引起的，但周閣老當年惹怒聖上，也是為還常將軍的大恩。

可欠常將軍的又不止周閣老一人，當年常將軍救的可是他們全族人的性命。要是沒有常將軍當初的捨命相救，他們周家全族早就沒了，哪裡還有如今所謂的嫡支、旁支？

周閣老所做的一切，是替周家全族報恩！

周瑞全覺得，就算周閣老的做法有些激進，連累得全族都跟著流放，但一路上嫡支也已經因為此事付出了血的代價，就連周閣老自己也都死了。

而且，為了那些周家子弟能在遼東活下來，周澤林這幾年也是摒棄前嫌，求盡了人，用盡了人情幫他們打點了。

如今，周瑾、周珀幾個又掙回了功勛換來周家全族的赦免，周瑞全覺得他們幾房為其餘周家族人做得已經足夠，他們嫡支問心無愧。

所以，和周澤林商量後就決定，既然大家如今已經鬧掰，那就乾脆各人顧各人、各家顧各家吧！等將來都回去了，小輩們若是願意聯繫、來往，那他們也不反對；若是不願意，那也就算了。

回去的路自然比來時要好走許多，因為幾家子如今都不缺錢，自然不會再像被流放過來的時候，讓自己那麼慘。

幾個月前，朱熙過來看那些洋芋時，也同時帶來了承乾帝給他的，用於買洋芋種子的五千兩銀子，並且硬塞給了周澤林。

當時，周澤林就作主，將其中的三千兩都給了發現洋芋並成功種出洋芋的周瑾一家，剩餘的二千兩則幾家子均分了。

再加上鄭氏幾個的成衣作坊，還有周瑜和她師傅幾個的蚊香作坊這幾年掙的，幾家子如今哪家都不缺錢。

所以，回京都前為了避免路上再受罪，幾家子又買了三輛騾車，加上周家原有的兩輛，一共五輛騾車，足夠裝他們那些家當和人了。

如今，家裡存放的洋芋已經被承乾帝派人給拉走，家裡的糧食也被幾家人賣了大半，只留下一些做成了乾糧備著路上吃，他們這會兒的家當，也就還剩下一些衣裳被子之類的，簡單得很。

李家人更簡單，因為沒錢，幾家子只湊錢買了三輛騾車，除了裝行李，也就剛剛好夠婦孺們坐，而男人們就打算換著走路。

最後還是周家人看不下去，覺得大家畢竟都是一塊兒住過山洞的街坊，哪能自己這邊坐車看著他們走路呢？於是又將自己家這邊的騾車騰了騰，大家都擠一擠，湊合著將所有人都裝上，才往京都去。

這一走就走了兩個月，其間眾人不但護送周閣老的骨灰回了周家祖墳，還陪著李家人回了趟原籍。不過都已經十幾年過去，李家人在原籍也沒什麼親人了，所以，最後誰都沒留下，都跟著周家人去了京都。

周瑞全原本是想繼續帶著周家長房留在原籍生活的，雖然他們家祖宅的房子也被充了公，但祖墳那裡的幾百畝祭田還在，也足夠他們一家子生活。

但奈何王氏幾個和劉氏幾個都不願意，都想跟著去京都，再加上周澤林說，如今他們三房人加一塊兒也沒多少人，哪有還分隔兩地的道理？因此也就從善如流的跟著回了京。

等幾家人到京都的那天，已經是四月末了，周珞和周珙已經於三天前先行騎馬進了京，去聯絡了周珀、周瑾幾個。

周珀、周瑾幾個也早在一個月前就在他們的軍營附近租好了七、八個挨著不遠的小院，等幾家子人一到，就連忙接他們過去安頓。

小院雖然位於京都的最外邊，離京都的富貴圈子還有十萬八千里，但對於在遼東住了三年土坯房子的眾人來說，已經算是極好的了。

經過三年的挫折、磨難，如今不管是周家人還是李家人都已經充滿了韌性，所以，大家都對重新回到京都，充滿了信心。

第二天一大早，鄭氏一家人天沒亮就都起來了，紛紛換上了新衣裳，洗漱乾淨。連早飯都顧不得吃，就同一大早就請了假從軍營回來的周瑾，一起趕騾車去了位於京都西山邊的豌豆胡同，鄭氏的娘家如今就住在那裡。

周瑾家如今住的小院位於京都的西城邊，離鄭氏娘家所在的西山邊大概有三十來里，為免一家子路上餓得慌，周瑾過來時就買了十來個新蒸出來的肉包子，好路上邊走邊吃。

可鄭氏卻有些吃不下去，越往娘家走，離娘家越近，她心裡的愧疚感就越重。本來她娘家的條件在京都來說還算不錯，可因他們被抄了家，她爹、她娘擔心她和孩子們路上受苦，害怕沒人打點，他們都到不了遼東，在他們一家子被發配前，就變賣了大半家當湊了三千多兩，除了打點獄卒和負責押送的衙役們，剩下的都偷偷塞給了她公婆。

為了湊這些打點銀子，她娘家連開了幾十年的鏢局都賣了，一家子只能搬到西山這麼偏的地方，包了座山頭，靠種些果樹維持生計。

結果呢？因為她的軟弱，所有銀子都進了她公婆的手裡，經過這三年的磨練，如今再想起那個曾經懦弱無能的自己，鄭氏都恨不得給當初的自己幾個巴掌。

鄭家如今住的地方是個占地頗廣的大院子，後面就是西山。周瑾剛到京都的時候就來過一次，已經見過他外祖父、外祖母並幾個舅舅，並告訴他們，他們家已經被承乾帝赦免，不日全家就會回京的消息。

自打那天周瑾來後，鄭氏的母親林氏就天天搬著個小凳子坐在院子的門口等著，今兒終於等到大閨女一家子回來了。

「娘！」鄭氏下了騾車就跪倒在林氏面前，抱著林氏的大腿哭了起來。「娘！不孝女回來了！嗚嗚……」

林氏聽了哪裡還忍得住，顫抖著手捧著閨女消瘦的臉看了半天，也抱著閨女大哭起來。

「靈卉啊，我的兒！娘還以為這輩子都看不到妳了啊！」

母女倆哭得慘兮兮，一旁的周瑜幾個見了，也都跟著抹起眼淚。

「靈卉！卉丫頭，是妳回來了嗎？」

一個一身短打打扮的老者，身後帶著三個年齡不等的男子，聽見動靜也從院子裡奔了出來。

「爹！大哥，二弟，三弟！」鄭氏聽見聲音，急忙從鄭氏懷裡抬起頭挨個兒叫喚，又撲到奔過來的老者懷裡繼續哭。

就這樣，鄭氏摟著爹娘哭了好一會兒，雙方才都好起來。林氏又拉過周瑜幾個又摸又抱的稀罕了一場，這場相見歡才得以結束，眾人才進了院子。

鄭家的院子極為寬敞，整體面積大概有兩畝左右，一進門就是一塊巨石做成的大影壁，過了影壁往裡看，朝南是六間寬敞的正房。

林氏邊領著閨女外孫們往屋子裡走，邊笑道：「這地方雖說是偏了一點，但是勝在寬敞，娘在這兒住了幾年，已經再住不得那地狹人稠的京都內城了，真真是窄得轉個身都能碰到人……妳看這兒多好，就是十來個孩子在院子裡跑，也寬敞得很。還能在院子裡種些菜蔬、果樹之類的，一年又省下不知多少銀錢，吃著還方便，不像那京都，就是吃株草也得花錢買。」

鄭氏哪裡會聽不出她娘這是怕她愧疚，故意寬慰她呢？不忍拂了她娘的好意，忙也跟著附和了幾句。

與此同時，她們身後的鄭武也正忙著跟兩個外甥女套近乎。「嘿嘿，瑜姐兒、瓔姐兒，舅舅聽瑾哥兒說妳們愛吃果子，正好咱家院子裡的桑葚熟了，一會兒小舅舅帶妳倆去摘啊？」

「好啊！」周瑜、周瓔聽了眼睛立刻亮了，對這個小舅立刻好感大增起來。

旁邊的鄭文見了，也忙朝兩人道：「咱家院子裡的母狗剛下了幾隻狗崽子，個個肥得都走不動道，可好玩了，一會兒二舅帶妳們去看好不好？」

周瑜和周瓔的眼睛更亮了，馬上甩了鄭武，圍著鄭文一口一個二舅的叫了起來。

小奶狗什麼的，可比桑葚吸引人多了！

鄭文聽了就得意的朝鄭武眨了眨眼，又笑道：「妳們若是喜歡，那等妳們回去的時候，二舅就送妳倆一人一隻好不好？」

這話自然又惹得兩個姑娘一陣歡呼。

一旁被整個忽略掉的周璃有些委屈。

為什麼都沒人搭理他呢？是他長得不夠高，所以舅舅們才看不見他的嗎？可他也想要小狗崽啊！

其實真不怪鄭文、鄭武兩個看不見周璃，實在是因為在鄭家，男孩實在太多了。除了已經嫁人的鄭氏，如今的鄭家連一個女孩都沒有，所以，鄭文、鄭武的關注點自然而然就往周瑜、周瓔姊妹倆傾斜了過去。

此時，鄭家的堂屋裡，鄭氏已經跟鄭老爺子夫妻倆和幾位兄弟，將她們家這幾年的遭遇都說了一遍。

一聽閨女說，周老爺子夫妻倆不但吞了他們送去的二千多兩銀子，還對他的閨女、外孫們不聞不問，甚至帶頭欺負的時候，鄭老爺子氣得差點將自己旁邊的桌子給砸爛了。

鄭老爺子忍不住大罵道：「直娘賊的周瑞福，別讓老子再看到他！要是老子再看見他，非砸爛他的狗頭不可！」

「你還有臉生氣？當初我就說那馮氏是個刻薄的，女兒嫁過去恐怕不好相與。偏你看女婿是個讀書的苗子，那周家又和閣老府沾著親，非同意這門親事不可！結果，卻害苦了我閨女！嗚……都怪你！」

林氏聽了也是氣得不行，一腔怒火沒處發洩，就全朝著鄭老爺子來了。

當年也不知是誰一直念叨，她閨女長得跟仙女似的，必須嫁個狀元郎才行。

鄭老爺子不敢回話，卻在心中腹誹，面上卻任由林氏朝他罵個不停，將過錯都推到了他頭上。心思一轉，想到老妻這幾年的辛苦，心裡嘆息。

怪他就怪他吧……只要老婆子不自責就好。

「娘，一切都過去了，妳就別罵爹了，要怪也是怪女兒當初自己立不起來。女兒當初但凡長點心眼，再厲害些，他們也不敢這麼欺負我們娘兒幾個！」鄭氏忙道。

「對對，娘，現在一切都過去了，如今大妹幾個都好好的，我們都快別提那些傷心事了。現在都快晌午了，怕是妹子和幾個外甥、外甥女也餓了，還是趕緊張羅做飯吧！」一旁的鄭氏大哥鄭勇也忙跟著岔開話題。

「嘿嘿，對，趕緊做飯，今兒的魚我來燉，我閨女最愛吃我燉的魚了。走！老大，趕緊的，幫著爹殺魚去！」

林氏還未反應過來，鄭老爺子聽了立刻回應道，極其索利的跳下椅子，喊著大兒子去燉魚了。

第四十一章

還別說，鄭老爺子燉的魚還真是好吃，加上他們大舅烤的嫩羊腿，再配上他們外祖母烙的餅，那滋味，讓周瑾兄妹幾個都吃得肚兒圓圓。

飯後稍微休息了一會兒後，他們或被外祖父叫到一邊考校武藝，或跟著兩個小舅舅去看小奶狗了。只留下鄭氏和她娘林氏，坐在屋裡炕上接著說話，娘兒倆自打見了面，就一刻也不想分開，恨不得將這幾年攢的話都一次說完。

「娘。」鄭氏從帶來的包袱裡掏出了三張一千兩的銀票，遞到了她娘的面前，溫聲道：「女兒剛不是跟您說，阿瑜種出了一種叫洋芋的作物嗎？那作物被他們澤林叔，也就是原先周閣老的長子，作主獻給了今上，今上就賞了我們幾家五千兩銀子。我們家分了三千兩，我都帶來了，正好還給您和爹……」

林氏聽她閨女說，她外孫女因為種出了個什麼洋芋立了功，加上她外孫和他族裡幾個兄弟在戰場上也立了功，一家子才被赦免回來的，但沒想到閨女家竟然還被賞了這麼多銀子，一時都被驚得呆住了。

這可是三千兩啊！京都一座二進宅子的錢！就因為她外孫女種出一樣東西，就賞了這麼多？看來皇帝老爺是真有錢啊，這麼多銀子，說賞就賞了！

「這銀子我們不要，你們一家子剛回來，到處都需要用銀子，將來還要買宅子什麼的，你們先將自個兒打理好了，再說什麼銀子不銀子的事。當初爹娘給你們出銀子打點，根本就沒打算要你們還。你們兄妹幾個都是爹娘的孩子，哪個出了事，我們當爹當娘的都不能光看著不幫忙。」

鄭老爺子帶著大兒子鄭勇和周瑾兩個正好邁步進來，聽到鄭氏跟她娘說的話，鄭老爺子就吹鬍子瞪眼睛的嚷嚷，還一把奪過林氏手裡的幾張銀票，給鄭氏塞了回去。

「爹，這銀子你們還是拿著吧，女兒一直惦記著想讓您將我們的鏢局給贖回來，女兒也能安心些。您老不用擔心我們，如今您的外孫、外孫女都極能幹，我們家如今不缺銀子呢！」鄭氏忙道，又將銀票給她爹掖了過去。

一旁的周瑾聽了也跟著道：「外祖父，您就收下吧，我娘說的都是真的，我們家如今真的不缺銀子。不瞞您說，這回外孫跟著今上出征韃靼、瓦剌的時候，我所在的先鋒營可是繳獲了不少好東西。我們如今的雷統領是個極大方的，分給了外孫不少，少說也值個千把兩，等外孫將那些賣了，買個宅子也足夠了。」

鄭老爺子聽了就重重的拍了拍周瑾胳膊上的肌肉，激動的誇讚道：「好！好啊！沒想到你小子小時候那般膽小，如今竟然出息成這樣！三年前走的時候還跟小雞仔似的呢，這回回來就壯成這樣了！哈哈哈，功夫也練得這般好，外祖父和你大舅聯手起來竟然都打不過你小子了，哈哈哈！」

看著眼前出息的外孫，鄭老爺子覺得老懷甚慰，忍不住開懷大笑起來，但笑著笑著，又突然神色黯然了，覺得若不是吃了大苦，他外孫又怎麼會變得這麼快呢？

「好小子啊！」鄭老爺子紅著眼又拍了拍外孫的肩膀，想了想，將閨女剛掖他手裡的三張一千兩銀票拿出一張來，剩下的兩張又都掖到了周瑾的懷裡。

「好孩子，這一千兩銀票外祖父先收下了，你兩個舅舅和兩個表兄也都大了，都要張羅著蓋房子成親呢，這一千兩外祖父就先留著用。剩下的二千兩，你們先留著買宅子置辦家業，等過兩年，外祖父看你都置辦齊整了，若還有餘錢，外祖父肯定不跟你客氣。」

周瑾聽了，知道外祖父還是擔心他們家，也就從善如流的接了，想著等過些日子，外祖父看他們的日子越過越好，安了心，他再慢慢多給外祖父家塞點就是了。

銀子的事說好了，眾人就又其樂融融的聊起旁的來。正說著呢，就聽屋子外面傳來兩個少年爽朗的笑聲。

「哈哈哈，表弟、表妹，你們什麼時候來的？怎麼也不使人去叫我們呢？小阿瓔，妳怎麼都長這麼高了？」

「是啊，阿瑜也都長成大姑娘了！哈哈！」

原來是回娘家的張氏同鄭平、鄭安兩個回來了，正巧和院子裡看小狗崽的周瑜幾個碰上，便寒暄起來。

鄭氏在家中行二，下面的兩個弟弟鄭文、鄭武是一對雙生子，也是她爹娘的老來子，跟鄭氏足足差了十五歲，現在也才剛十八，還都沒有成親。因此，鄭家如今只有鄭氏的大哥鄭勇成了親，娶妻張氏，生了兩個兒子，名喚鄭平、鄭安，如今也都不小了，大的十七，小的也十六了。

鄭氏剛想下炕去看，就見門簾子一掀，張氏帶著兩個跟鄭文、鄭武長得極相似的少年走了進來，進門就朝鄭氏親熱的喊道：「大姑！」

鄭氏頓時喜歡得不行，忙高興的應了一聲，又見過了大嫂，隨後就拉著兩個少年左看右看起來，稀罕得不得了。

「唉唷，都長這麼高了？怎麼跟二弟、三弟越長越像呢！不像叔姪，倒像親兄弟似的，哈哈！可真壯實！」

少年裡的老大鄭平聽了就指著一旁的周瑾笑道：「前幾天瑾哥兒來過後，我奶就常念叨，說可惜我倆都不會隨，偏偏隨了二叔、小叔，沒有隨了姑姑，要不然就能跟瑾哥兒一樣長成個美男子了，哈哈！」

鄭氏聽了頓時俏皮的朝大姪子做了個輕聲的手勢，自己卻故意用所有人都能聽到的聲音道：「平哥兒，以後可別當著瑾哥兒的面誇他漂亮，他最不愛聽這個，聽了容易翻臉。倒是阿璃，從小就跟個姑娘家似的愛臭美，你們倒是可以多誇誇他。」

一旁聽得真真的周瑾正巧和剛掀簾子進屋的周璃對上眼，兄弟倆皆是苦笑。

娘！他們可都在呢！

當天晚上，周瑾就一個人趕著騾車回了軍營，鄭氏幾個都在鄭家住了下來。

第二天一早，周瑜、周瓔、周璃就和他們的兩個小舅舅還有兩個表哥一起去了西山。這座山如今都被鄭家給租了，種了不少的果樹，其中以桃樹最多，幾乎占了所有品種的一半多。

「雖然你們這次來晚了，沒能看見果樹開花的盛景，但幫著咱家看果樹的李爺爺說，這些果樹今年就能結果子了，到秋天你們再過來的時候，就能吃個夠了。」

鄭安指著面前的桃樹林，爽朗的笑道。

「安表哥，這果子你們家還要留著賣錢的，我們不用吃個夠，只要吃一點點就行。」

小周瓔本想說他們不用吃果子的，都留著給外祖家賣錢，但一想到粉嘟嘟的水蜜桃，又忍不住想吃，於是就用手比了個一點點的手勢。

她這嬌俏樣，把鄭家一眾想要妹妹的傻小子的心都化了，立刻都大方的說起來。

「這麼多樹，妳吃撐了又能吃幾個？二舅保證，供妳和瑜姐兒吃個夠還是沒問題的。」

「對啊！到時候小舅親自帶妳來摘，哪個大我們就吃哪個！」

「唉！小舅一天挺忙的，還是大表哥帶妳來啊！」

「對對，到時候我和我哥陪妳們，這片桃林前面不遠就有一處泉水，我們可以在那兒鋪塊布，擺上各種果子，邊吃邊聊。」

周瑜抿著嘴想笑，聽到鄭安的話，內心讚道：嘿，這小子還挺浪漫，有前途！

周璃則幽怨地望著舅舅和表哥們，哀嘆：唉！今天又是被忽略的一天啊！

聽鄭安說是前面有泉水，周瑜幾個立刻來了興趣，急忙讓他帶著去看。結果去了後，周瑜竟然發現，那一處泉水竟然是天然的溫泉。

「這、這可是溫泉啊！你們就讓它閒在這裡？」

周瑜指著面前差不多有七、八十平方米的池水，激動道。

「呃，要不然還能幹麼？這水是熱的，還有一股味道，連澆果樹都用不了。」鄭平聞言道。

鄭安也跟著笑道：「是啊，不過這池水泡澡還挺好的。」

既然你們都已經知道用這泉水泡澡了，怎麼就不能再動動腦筋，將它再開發開發呢？這又是桃林，又是溫泉的，這不妥妥的度假村標配嗎？明明守著座金山，這一家子卻只想著賣桃……真是讓她說什麼好呢？不行，這事她可不能錯過！

「大表哥，咱家租這山頭租了幾年？能一次買斷嗎？」周瑜急忙朝鄭平問道。

「租了十年，能不能買斷我也不知道，那得去問妳外祖父。不過阿瑜，妳買它幹麼啊？租著又不貴，再說我們的租期還好久才到期……哎！妳幹麼去啊？」鄭平正回答著周瑜的問題，卻見她抬步就往山下走，急忙問道。

「我去找外祖父，我得趕緊將這個山頭買了，要不我不放心！」

周瑜邊走邊答，徒留下鄭家眾傻小子在原地面面相覷。

剛他們好像沒聽清，他們大表妹說的是買……什麼？

「阿璃，你姊剛說的是買……什麼？」鄭文不敢相信自己聽到的。

「買山頭！她說不買了她不放心！」周璃答道。

「這麼大的事她一個丫頭就敢作主？不用跟我大姑再商量商量？而且，你家這麼有錢的嗎？」一旁的鄭安也問道。

「我們家沒錢，我娘說我們家的錢還了你們家，也就不剩什麼了。但是我姊自己有錢！這些年她掙的錢，我娘和我哥都讓她自己攢著當嫁妝呢！據我估計，要是這山頭在一千兩以內，她自己就有，應該不用商量。」

鄭家眾傻小子繼續面面相覷。

剛阿璃說了啥？他們好像又沒聽真切……

正如周璃所說，周瑜現在的確挺有錢的，到現在，不算那些散碎銀子，周瑜手裡光整數的銀票就有一千六百兩。

鄭家堂屋裡，鄭老爺子聽說他外孫女要直接將他們租的山頭買下來，也是驚得不行，尤其是他外孫女當著他的面從懷裡掏出了十幾張一百兩銀票的時候。

「瑜姐兒……妳這是?!」鄭老爺子驚得都結巴了。

「外祖父，這些銀子夠買斷我們家這座山嗎？要是不夠，娘，妳將打算還外祖父家的銀子先拿些出來，我們必須盡快將這座山給買下來，越快越好！山上那溫泉可是個寶貝，若是被有心人發現，我們可就落不著好了！」周瑜急切的說道。

「娘這裡倒是還有二千兩，妳外祖父昨天只要了咱一千兩，但，瑜姐兒，這事真不用跟妳哥商量再說嗎？」畢竟是買座山，不是買根蔥、買顆蒜，少說也得花個幾百兩，可不是小錢啊！

「不用，娘，不怕一萬就怕萬一，萬一跟我哥去商量的功夫這山頭就被旁人給買走呢？我們不得後悔死！妳放心，我哥就算知道了也不會反對的！」周瑜斬釘截鐵道。

那破水窪子能有那麼搶手？他怎麼不信呢？這西山這麼偏，也就是種種果樹還行，平時來這兒的人都少，怎麼可能有人跑這麼偏的地方來搶個水窪子？搶來幹麼，泡澡嗎？

但看自己外孫女急得臉都紅了，鄭老爺子也沒敢把心裡話說出，只能勸道：「瑜姐兒，妳先別著急，這山頭就是整個買了也最多值個七、八百兩，用不了那麼多錢。」

「那可太好了！」

「外祖父，快點，您趕緊帶我去將這個山頭買了，我們再合夥建個度假村，到時候，我們就要發大財了，哈哈！」

周瑜聽外祖父說這整座山都用不了一千兩，立刻高興起來，將自己剛拿出來的一千六百兩都塞回懷裡，興奮的拉著鄭老爺子想往外走，結果……沒拉動！

鄭老爺子覺得他外孫女要瘋了，千八百兩的銀子一個孩子也敢說花就花，還說建個村？建村不應該朝廷說了算嗎？她一個小丫頭也敢說建就建？

所以他就坐著沒動，還將周瑜也給拉了回來，板著臉訓斥道：「瑜姐兒，這可不是鬧著玩的，不許胡鬧！」

周瑜看著她外祖父那張明顯寫著不會妥協的臉，總算冷靜下來。

好吧，這就是身為一個古代未成年女孩的悲哀，即使她想花自己的錢買東西，也得經過大人同意，看來……她只能趕緊去軍營找她哥求助了。

「阿瑜！我們來找妳玩啦！」

周瑜無奈的想，正打算趕緊去找她哥求助呢，就聽院門口傳來朱熙的聲音，頓時眼睛一亮，急忙往門外跑去。

這下屋裡的鄭老爺子夫婦倆更看不慣了，心道：這丫頭今兒是怎麼了？這麼毛毛躁躁的？還有，外面來的小子是誰啊？瑜姐兒怎麼一聽他聲音就跑出去了？

於是，忙領著屋裡眾人追出去看。

然後就看見兩個極漂亮的少年，一人牽著一匹駿馬，正站在門口眉眼含笑的跟瑜姐兒說話。

一個身穿一身月白錦服，身量修長，眉目精緻，白皙臉龐上的一雙桃花眼尤其吸引人。另外一個雖身著一身普通的細布衣衫，皮膚也因為常年奔波呈小麥色，但往那兒一站，渾身的氣質一點也不輸錦衣少年，亦是個眉目俊朗的翩翩少年。

來人鄭氏幾個都熟得很，正是朱熙、周珞。

周瑜跑出來見到二人，草草跟二人打了一聲招呼後，就直奔主題道：「你們倆來得正好，我有個買賣，你們有誰願意參股？」

然後跟出來的鄭家人，就聽那細布衣衫的少年周珞挑眉笑問道：「呦？什麼好生意能讓妳這個醉心醫術的女大夫這麼感興趣？妳不是最不耐煩做這些嗎？」

「溫泉山莊！」周瑜立刻興奮的推銷起來，指著鄭家院子後面的山道：「你們知道嗎？這座山上有個極好的溫泉泉眼，是我外祖父一家最先發現的，現在外人都還不知道。所以，我就想趁著沒人發現那溫泉前，趕緊將這座山買了，然後利用這溫泉，將這座山開發成一個集泡澡、養生、休閒、度假於一體的溫泉度假山莊！你們說這生意好不好？」

周珞聽了，立刻收了臉上的嬉笑，正色道：「好！這生意可做，我參一股！阿瑜，買這座山需要多少銀子？咱倆一人一半如何？後續要建山莊的話，我這裡還能拿出五萬兩。」

「我也參一股，建這山莊需要多少銀子？十萬兩夠不夠？我全出了！」旁邊的朱熙見周珞搶先應了，頓時著急起來，立刻打斷周珞說道。

「喂！朱熙！我和阿瑜做生意你摻和什麼？我倆做生意的錢都是憑自己本事掙來的，你卻用你娘留給你的嫁妝入股，要不要臉？」

周珞覺得，這京都周邊，除了那幾個私家園林，還真沒有什麼特別好玩的地方，而且那些私家園林本來就不對外開放，能去的人自然也有限。

但周瑜說的這個溫泉山莊卻不同，按周瑜的想法，應該是對所有人都開放的，而且這溫泉山莊的溫泉也是別的私家園林所沒有的。所以，一聽周瑜說要建溫泉山莊，周珞立刻覺得可行。

他覺得雖然這溫泉山莊的生意前期需要投入不少銀子，但後續肯定能掙大錢，因此，這機會他怎麼能放過？又怎麼可能讓朱熙這個傻有錢的將他的機會給搶了呢？

他知道就自己如今那點家底拚銀子根本拚不過這位傻有錢，於是就直接譏諷他這麼大的人了還用他娘的嫁妝，試圖用羞愧感將他擊退。

但……朱熙並沒有退縮。

「誰說我的錢都是我娘留給我的？這兩年我也一直學著做生意好嗎？這些銀子都是我這兩年打理我娘留給我的那些鋪子、田莊掙的！」朱熙聽了立刻反駁道。

「那也是有你娘的嫁妝墊底，要不你也掙不著！」周珞急道。

「那你跟陳大戶做生意，不也讓陳大戶給你墊底嗎？別以為小爺不知道，你不過就憑著個複州城捐贈第一商戶的名頭，還有你手下那些小販的人手，就空手套白狼的讓陳大戶給你投了五萬兩在你那毛皮生意上。要沒有陳大戶的那五萬兩，你那點身家在複州城保衛戰時就已經捐沒了，你哪裡還有錢做生意？又怎麼可能掙到錢！」

他也想跟阿瑜一起做生意啊！朱熙也急了，所以當即跟周珞吵了起來。

「那怎麼能叫空手套白狼呢？那是小爺我能幹好嗎？」
「那你用陳大戶的錢做生意就行，憑什麼我用我娘的嫁妝掙錢就不行？」
為了能加入周瑜的生意，兩人頓時爭得不可開交起來。
周瑜實在不明白兩人在爭什麼，總算找到個空檔制止。
「呃？兩位，你們到底在吵什麼啊?!我們可以一塊兒幹啊！」
周珞、朱熙對視一眼，都愣了。
……也對喔！
看到這一幕的鄭家人簡直都驚呆了。
鄭老爺子夫妻倆和大兒子鄭勇覺得，眼前這幾個都是什麼孩子啊？
周瑜一個十四歲的小丫頭，伸手就能掏出一千多兩銀子就算了，這兩個金疙瘩少年又是誰啊？就算是皇帝老爺的孫子，也不可能有五萬、十萬的零花吧？
而同朱熙、周珞兩個年齡相仿的鄭家眾傻小子，這會兒已經被財大氣粗的兩人比得都有些懷疑人生，紛紛摸摸自己還沒有一兩銀子的荷包，然後齊齊低下了腦袋。
覺得少年和少年的差距，怎麼就那麼大呢？

第四十二章

因為有了朱熙和周珞的加入，山頭的購買手續只用了半天就辦下來。

周珞帶著朱熙如今的親隨葉青親自去辦的手續，朱熙的身分在那兒，讓他親自出面也不好，周瑜又是個女孩，也不方便。所以，一切辦手續的事，周珞就都代勞了。

當然，葉青的作用也功不可沒，打著五皇孫親隨護衛的名義，手續辦得快了不少不說，整個山頭也以極低的價格拿下，只花了五百兩。

當然，周珞也極有眼色的給那個辦事官私下裡掖了一百兩好處，那辦事官一高興，寫文書的時候，又將整座山旁邊的兩個小土丘給加了上去。

等整座山的文件拿到手裡，周瑜也終於鬆了一口氣。

周瑜如願的將山頭給買了，接著就興奮的帶著朱熙、周珞和一大堆家人到山上去看溫泉了，趁著眾人打量那溫泉的時候，周瑜就乘機跟他們講起她的未來度假村計劃。

「你們看，這溫泉池雖看著小，但它出水的泉眼處水流量其實很大，只是那些水流出來後可能順著這水池的池底或山縫某處的縫隙流到別處去了，所以地面上才只餘了這麼小小的一潭。以後，只要我們能將這泉眼處的溫泉水做個引流，就能利用這個泉眼，在這山上做出許多溫泉湯池來。這溫泉湯可是個好東西，它含有很多對人體有益的物質，多泡泡對人的身體非常有好處，也能讓人的身心放鬆，這可是以後我們溫泉山莊的招牌，也是在整個京都絕無僅有的招牌！」

周瑜朝眾人興奮的道：「有了這些溫泉湯池，我們就可以找個好的園林設計師，依著這些湯池做出一些小園子來，再將這些小園子整體連接起來，建成一個既能遊玩賞景，又能休憩放鬆的大山莊出來，就是我們的溫泉山莊啦！我覺得這麼好的地方，京都又不缺有錢人，等我們的溫泉山莊建成，肯定會有很多顧客的……」

周瑜喋喋不休的說著自己的規劃，眾人中除了朱熙、周珞偶爾插幾句提些自己的意見、想法外，別人都已經被周瑜的想法驚得目瞪口呆了。

要照著瑜姐兒的想法這麼折騰，那得花多少銀子啊？

不過又一想，這裡還站著兩個肯拿出十幾萬兩任她折騰的金主呢，大家就又不擔心了。

如今，眾人都已經知道了朱熙的身分。

大家雖然鬧不清周珞到底有多少錢，但五皇孫……全京都的百姓就沒有不知道的，當年太子妃嫁給太子時，那嫁妝可是從鄂國公府一直排到太子所住的東宮！那盛景到了如今還被京都的百姓津津樂道著，如今那些嫁妝可都在這位五皇孫手裡。

所以，誰沒錢，這位也不會沒錢！

不過不擔心錢了，眾人又開始擔心起這位五皇孫肯為了瑜姐兒一句話就花這麼多銀子，是不是目的不純？畢竟，周珞跟周瑜是同族的堂兄妹，再怎樣也不會對周瑜這個堂妹有什麼歪心思，但五皇孫就沒準兒了。

就連鄭氏也為此隱隱有些不安起來。

鄭氏覺得，朱熙對她家阿瑜的心思，到了如今恐怕是個人都能看得出來。

以前朱熙在她家住著的時候，見兩個孩子整日形影不離的，鄭氏那會兒倒還真想過這事。

那時候她還真覺得兩個孩子還挺相配，兩人從小認識，性格又極合得來。因此，後來常三郎跟他閨女鬧掰後走了，鄭氏還遺憾過好一陣子，誰知這孩子再回來後，竟然就成了五皇孫。

五皇孫的身分說起來當然比無父無母的常三郎要高貴得多，但對於嫁人後在婆家過得並不太順心，又剛剛經歷過流放的鄭氏來說，朱熙這樣的身分根本就不是她閨女的良配。

她如今只希望她的女兒們能一輩子平安、健康、喜樂就好。因此，她現在一點也不想她的阿瑜嫁入皇家去做什麼看著高高在上，實則得整日遵循禮法規矩的親王妃。

何況，以他們家的身分，當今聖上應該也不會讓五皇孫娶她家阿瑜為正妃，那側妃聽著再好聽，也還是個妾！她的阿瑜那麼有志氣傲骨，又怎麼肯給人做妾呢？

周瑜當然不知道她外祖一家和她娘在擔心什麼，跟眾人介紹完她的規劃後，又開始跟他們談起了合作分成的問題。

周瑜認為，既然是要合夥做買賣，自然得先說好章程，白紙黑字寫清楚才行。

「雖然以後建山莊時，可能會需要你們出資多些，但山上的溫泉是我外祖父一家發現的，開溫泉山莊的主意是我想的。你們可別小看這出主意的，沒有我想出這個主意，又怎麼能有我們今天合夥做的生意，將來一塊兒賺的銀子呢？所以，我覺得這溫泉和建溫泉山莊的主意也要作為我和我外公家入股的一部分。」

周瑜先為自己這邊爭取道。

周珞聽了就笑著問道：「那妳打算占股多少？」

「嗯……我覺得我和我外祖家各占股份的兩成，你們倆一家三成應該還算合理。」

「那不行。」周珞聽了就故意板著臉道，見周瑜和旁邊的朱熙都變了臉色，才噗哧一聲樂了，笑道：「妳都說了，那主意是妳想的，溫泉是妳外祖家發現的，那你們占這麼少的股份怎麼行？要我說，我們也別爭了，就將股份平分成四份好了。」

周珞覺得周瑜說得很對，在他看來，最先想出這個生意的周瑜和發現溫泉的鄭家人占股份的一半多都合理。

而朱熙自然是覺得給周瑜家越多越好，所以聽了也沒反對，甚至提出再多給周瑜些，但被周瑜拒絕了。

於是還以為會迎來一場辯論的股東會議，在周瑜的瞠目結舌中很快就結束了，幾人很輕鬆的達成共識，將合作文書給簽了。

而更加瞠目結舌的鄭老爺子，也稀裡糊塗的被外孫女拉著在文書上摁了手印，不用出資一文錢就成了以後溫泉山莊的四大股東之一。

簽好協議後，就是討論如何修建山莊的問題了。

「我覺得既然要建就一定要建得讓人耳目一新，這設計園林的工匠就由我負責去找。阿瑜，妳讓阿瓔將妳的構想先畫個大概的圖出來，到時候我也好拿給那些工匠看看，讓他們參考。」朱熙率先說道。

那些設計園林的工匠工部一抓一大把，到時候哪個好他們就用哪個。

周珞也想到了這一點，覺得這事讓朱熙幹的確最合適，不但能省銀子，還能找到最好的工匠，所以立刻表示同意。

他朝朱熙說道：「行，既然你負責找設計園林的工匠，那建山莊時的各種瑣事都交給我吧，反正最近幾個月我也沒別的事，正好閒著也是閒著。至於前期的出資問題，就我和你先各出二萬兩好了，不夠了再說，你看行不行？」

朱熙自然點頭說可以。

周瑜聽了就道：「我覺得我們這山莊也不用建得太奢靡，還是要以簡單舒適為主，我手裡的一千多兩也可以先用上。」

「老夫也出一千兩！」一旁的鄭老爺子見幾個孩子都這麼大把的往裡投銀子，覺得自己總不能空手套白狼吧？於是將閨女給他的還沒捂熱的一千兩銀票也給拍桌上了。

算了，兒子、孫子的媳婦晚點再娶吧，先掙錢要緊！雖然他也不知道外孫女搞出的這個生意會不會掙錢……

接下來的日子，所有人都投入到溫泉山莊的建設中來了。

周瑾聽說他妹要跟朱熙、周珞兩個開溫泉山莊，特意又送了一千兩銀子過來，加上鄭氏原來打算還給他外祖父的二千兩，全都投入到了溫泉山莊裡面。

而周瑜、周珞為了監督建設莊子方便，都直接在鄭家住了下來，只剩朱熙如今整日跟在承乾帝身邊，不能常常過來，就將自己如今的親隨葉青派過來幫著周瑜跑前跑後。

時光荏苒，如白駒過隙，轉眼半年就過去了。

經過半年的籌建，周瑜幾個的溫泉山莊終於建好了，最後幾人結帳一算，一共花了八萬三千兩。

山莊裡一共建了十二個小園子，在周珀的提議下分別以十二花仙命名。這十二個園子每個都占地二、三畝，不但種有代表它們各自名字的花卉，景觀布局也都各有特色，讓人去了這個園子，還想去另一個看看。

除了這些園子，園子外也是亭臺樓閣、泉水潺潺。那個被請來的園林設計師的確有大才，鄭家種的那些平平無奇的桃樹林、梨樹林等，經過他一設計，也變得趣味盎然，五步一景，十步一觀的。

就是不泡湯池，圍著這園子轉轉，也讓人有心曠神怡感。

反正，周瑜逛了一圈下來是要多滿意有多滿意。

山莊建好後，就該研究怎麼招攬顧客了。

周瑾前世還上學的時候，可是做過不少亂七八糟的小生意，對這方面還挺有經驗的。參觀過園子後，又聽他們說這溫泉在京都是絕無僅有的，立刻就想到飢餓行銷上，便將想法跟周珞一說。

周珞可是商業奇才，一聽眼睛立刻就亮了，還感到自己思路被拓寬了。

買賣竟然還可以這麼幹？

早在開業前的三個月，溫泉山莊就開始招工了。先是擅長各種地方菜的十幾個名廚被請進了山莊，然後緊接著當初桃花村那些在鄭氏幾個作坊做工的李家婦人們，也全被安排進山莊專門招待女眷的園子，朱熙還特意從宮中找了兩個管事嬤嬤過來培訓她們。

至於招待男賓那邊的僕人、小廝們，周瑜則聽從周珞和朱熙的建議，直接用買的。沒辦法，這時代就是如此，溫泉山莊以後招待的都是權貴，不握著伺候的人的賣身契，朱熙和周珞兩個都覺得不能安心。

即便有賣身契握著，買來的四十來個男僕也都經過了長達兩個月的培訓，最終其中二十個表現優異的被選去了前面，負責招待、引客這些，那些淘汰下來的，都被安排在不怎麼要緊的位置上。

而鄭家的三個舅舅和表兄，周瑜也都沒讓他們閒著，都被周瑜捉去負責起山莊的安保工作來。

開業的前三天，朱熙就按周瑾的安排開始廣發英雄帖，先將京都他幾個還沒外放就藩的小叔們、堂兄堂弟們、表兄表弟們等等這類皇家子弟先請了一撥。

第二天，將各個國公府、侯府、丞相府，各超品一品二品的大老們請了一撥。

第三天，將次一等的伯爵、子爵們又請了一撥。

鑒於朱熙如今的受寵程度，又幾乎已經喪失了皇位繼承權，不用怕跟他走太近有什麼不好的影響，所以各路人馬也都願意賣他個面子，雖然大家都不明白朱熙為何開個澡堂還要請客，但大多數人還是來赴宴。

這一來，眾人可算是長了眼。

這哪是澡堂啊？這分明就是座精緻的園林啊！比長公主府上的那座梅園也不差什麼了。但說它是園林，它裡面還有間酒樓。吃飯的時候，眾人又發現，朱熙請他們來吃飯，席面竟然不是固定的，而是有百十道南北菜餚任由隨便點，都是點完再現做。

還有幾道好奇怪的菜，說是用他們溫泉山莊獨有的調味料做的，叫什麼辣椒的，每桌不管點沒點都給上了幾道，說是讓嚐嚐鮮。

有這種新東西，眾人忍不住都嚐了嚐。那滋味，怎麼說呢？一開始覺得有點辣得受不了，但越吃越過癮，越吃筷子越停不下來！因此，吃完飯後，大家又覺得這裡根本就是個打著泡澡噱頭的私家酒樓。

但等往那溫泉湯池裡一泡，才明白這莊子為何叫溫泉山莊了。原來泡這溫泉和在家泡澡或者去泡澡堂，區別這般大。泡完這溫泉，立刻覺得神清氣爽，再讓這裡特意請來的按摩師傅一按，已經七十好幾的鎮國公夏侯美得直接霸在山莊的桃花塢不走了，嚷嚷著讓跟著他過來的長子趕緊回家去給他取換洗的衣衫，說反正他如今已經老得不用上朝了，他要在熙小子的這溫泉莊子裡多住幾天！

幾天宴客下來，可謂是賓主盡歡，大家不但玩得好、吃得好，溫泉也泡得甚是舒服，臨走的時候每人還被朱熙免費送了一張鑲金的貴賓卡。

送出貴賓卡後，朱熙就照著周瑾教他的話說，因為他們這溫泉山莊的湯池有限，所以只能用來招待貴賓，而這張貴賓卡就是他們溫泉山莊貴賓的象徵。憑著這張貴賓卡，就可以提前一天預約他們的園子，享受貴賓的服務，沒有這張卡，就是捧著銀子來，也恕他們概不接待。

「那你叔祖父來了，你小子也敢不接待？」承乾帝的義弟魯國公聽了就笑罵道。

「哈哈，叔祖父，瞧您說的，您老這張臉就是我們山莊貴賓的象徵啊！要是您老親自過來，自然不用帶這貴賓卡，只要帶著您老這張威武雄壯的臉過來就成了。哪個敢不認得您，您老只管踹他！只是，若是您老府裡的其他人想來，那還得按著規矩來。還是那句話，我們這兒的湯池有限，若是都不提前說一聲就來，那來了沒地方，大家都尷尬不是？還是提前安排妥當為好。」

「五殿下，你這買賣有這諸多限制，說什麼沒有貴賓卡捧著銀子都不讓進，就不怕大家說你勢利，看不起人嗎？」

胡相的死黨汪相貌似好意，笑咪咪的問道，但他話裡的意思卻一點也沒有好意。

大家都知道，胡相和先太子不睦，但太子都去了，汪相這會兒還在這兒陰陽怪氣的，故意挑五皇孫新做的買賣毛病，到底是什麼意思呢？就不怕五皇孫揍他嗎？這位以前可是出了名的混不吝啊！

殊不知，汪相這會兒巴不得朱熙揍他呢！雖說太子死後，這位幾乎已經跟大位無緣了，但他畢竟是太子嫡子，只論身分可是正經的皇孫第一人。俗話說不怕一萬就怕萬一，萬一今上想不開，放著幾個英武的成年兒子不立，非要立個嬌弱孫子呢？

所以，汪相剛才故意找麻煩，想激怒朱熙，為的就是將這位的暴躁性子激出來，到時候就算今上想立他，大臣們也不會支持一個暴躁易怒的君王上位的。

但朱熙經過這幾年的磨練，哪裡還是原來的朱熙啊？聽了汪相的話非但一點也沒生氣，還立刻察覺出他的用意，因此也笑呵呵道：「呵呵，汪相，您這話可說差了，本殿這買賣之所以有這諸多限制，正是因為尊敬來這裡的貴賓。試想一下，要是按您說的，我們這兒沒有限制，若是您來了，有位有錢的殺豬匠也捧著錢來了，非得跟您泡一個湯池，您說我們怎麼辦？讓他泡吧，對您不敬；不讓他泡吧，他又有錢，豈不左右為難呢？哈哈！」

「哈哈哈！你這小子，啥時候變得這麼詼諧了！哈哈，竟然讓老汪跟豬共浴……噢，錯了錯了，跟殺豬匠共浴……笑死老夫了！」鎮國公率先大笑起來，他也是眾人中僅有的幾個不用顧及胡相集團想法的人。

笑話，老朱家的子孫，能由你個姓汪的說嘴？就不怕他爺爺知道了整死你？這熙小子看起來比以前倒真是出息不少，汪有德這麼挑他買賣的刺兒，他都能忍著不惱，要擱以前早罵街了。

鎮國公這麼一笑，康王爺等幾個以前與太子交好的也都跟著笑了起來，一時倒顯得汪相裡外不是人來。

汪相忍不住朝人群中的胡相看了一眼，見他老神在在的在那兒立著，並沒有給自己幫腔的意思，氣得一甩袖子就要走，結果又被朱熙給喊住了。

「哎……欸！汪相，先別走啊！既然您那麼看不上本殿的買賣，那還請將你那張貴賓卡給本殿留下吧！這貴賓卡我們總共就做了三百張而已，全京都也只有三百人能收到，可金貴著呢！」

汪相被朱熙這麼當眾打臉，他真恨不得將那張什麼破卡直接甩面前的朱熙臉上。

但他卻不敢。

朱熙再差，也是皇孫，他用話諷刺他兩句倒沒什麼，可若真敢當眾往他臉上扔東西，打皇家的臉，那承乾帝就敢當眾用刀劈了他。因此，他只能讓隨從將卡恭恭敬敬擱下，然後憤然地走了。

但走出沒兩步，就又聽身後的朱熙喊道：「將那張貴賓卡給小爺我扔了，連夜再去做一張！什麼臭人摸過的，明兒小爺可沒臉拿去送人！」

汪相氣得捏緊拳頭，加快腳步離開。

因為溫泉山莊非會員不能預訂的規矩，且他們的會員只有三百，這三百會員的每一位，都是站出來跺跺腳，就能讓京都抖三抖的人物，能與他們在一個園子裡泡澡或者吃一樣的飯菜，本就是與有榮焉的一件事。

何況在溫泉山莊，不但能讓他們吃上不弱於京都各大酒樓的飯菜，還能享受溫泉和各種服務，關鍵比起其他酒樓，這裡的空間更加私密且舒適，不像那些酒樓總是亂哄哄的。

一樣是花錢，那幹麼不來這兒？

因此，漸漸的，京都的權貴圈子宴客時，都以能包下一個溫泉山莊的園子作為宴客地點為榮耀。

一時間京都各府，託人情、送重禮，只是想借用一下會員卡的人越來越多，溫泉山莊也幾乎日日爆滿，而周瑜幾個自然也是賺得盆滿缽滿。

在山莊總帳房周理那裡，山莊每日的流水都高達四、五千兩，僅僅兩個月，幾人就將投進去的銀子都賺回來不說，還餘了一萬多兩。

面對這般巨大的利潤，就連從小拿珍珠當彈珠玩的朱熙都驚呆了！這也太掙錢了，投入了幾萬兩的一個買賣，每年竟然能掙回百八十萬兩？

要知道，他母妃留給他的所有買賣加一起，一年也就能掙這個數了。大燕的國庫每年也才收入二千多萬兩，他們一個小小的溫泉山莊，每年竟然能掙整個國庫近一成的銀子？

那可是整個國庫啊！這要是讓他祖父聽到，還不得氣死？

第四十三章

朱熙一邊默默地想著，一邊忍不住看了一旁他祖父一眼。

阿瑜說，嫉妒常常會使人面目全非，甚至瘋狂。

鑒於近半年來，他祖父都因為皇莊上的洋芋大豐收而心情甚好，正暢想著未來兩、三年後，那洋芋就能在整個大燕推廣開來，倒時候他就不用再為大燕的百姓們吃不飽飯而犯愁了。

為免他祖父發瘋，朱熙決定，他們這溫泉山莊極掙錢的事，就先不跟他老人家說了。

唉！想起他的阿瑜，朱熙又忍不住嘆了口氣。山莊掙錢固然是好事，但若是這麼下去，他的阿瑜豈不是越來越有錢？倒時候怕是更看不上他了吧？唉！

「你小子總在那兒唉聲嘆氣個什麼？就不能學學你二哥，他現在都能幫著朕去處理些公務了，再瞧瞧你，連磨個墨都耐不住性子，老子的字都被你煩得寫歪了！」

承乾帝一邊坐在他常用的大案上處理公務，一邊嫌棄的朝著一旁的朱熙罵，又見朱熙一副油鹽不進的樣子，忍不住又接著罵道：「你說說你挺大個人了，怎麼一天腦子裡只有那丫頭？那丫頭有什麼好的？小門小戶，黑不拉嘰的，好好的姑娘家整日穿著男裝瞎晃悠，比起京都那些名門閨秀，差得簡直一個天一個地……」

因為實在好奇孫子惦念了兩年多的姑娘長什麼樣，當初在複州城時，承乾帝就特意讓朱熙指了周瑜給他看過。

當時複州保衛戰剛結束，周瑜正忙得腳不沾地的在那兒救治傷員呢，能有什麼好形象？炸著個腦袋，身上套著身寬大的男式皮襖，皮襖上全是血污，整張臉也是凍得又皴又黑，累得嘴唇乾裂，雙眼通紅的。

當時承乾帝一眼看過去，差點沒被她給醜哭，自然對她也沒有留下什麼好印象。

他怎麼想怎麼覺得那醜丫頭配不上他貌美如花的五孫子。但，奈何這小子就跟著了魔似的，就喜歡她！

朱熙是最聽不得別人說周瑜不好的，就是他祖父也不行，因此立刻回嘴道：「阿瑜哪點不好了？她看著黑，是因為她一直往來奔波，忙著治病救人給曬的，自然比不得那些整日躲屋裡的閨秀們白淨。而且她長得一點都不醜，您那天沒看清楚就不要瞎說，反正孫兒覺得滿京都的閨秀加一塊兒，都沒我的阿瑜好看！還有，您那麼嫌棄阿瑜的出身，那您老人家別要她種出的洋芋啊！也不知是誰因為皇莊裡的洋芋收了四萬多斤樂得睡不著覺的，大喊什麼洋芋是老天爺賜給大燕子民，要沒阿瑜，您老這會兒還不知道洋芋長什麼樣呢！」

真是，得了便宜還賣乖，得了阿瑜種出的洋芋，卻還在這兒嫌棄他的阿瑜……朱熙忍不住腹誹。

「什麼叫別要那丫頭種出的洋芋啊！那洋芋種子是老子花五千兩銀子買的好嗎？你小子

這還沒娶那丫頭呢，就為了護著她頂撞你爺爺，那娶回來還得了？將來還不得為了她點烽火，戲諸侯啊？」

承乾帝佯裝惱怒的罵道，心裡卻想聽聽孫子接下來怎麼說。

「祖父，你說的這都是什麼啊？不帶你這麼給人強扣帽子的好嗎！」朱熙聽了頓時惱怒道：「你孫兒只是個皇孫，又不是周幽王，哪有那麼大權力能點烽火啊？就算我能點，依著阿瑜的性子也得給我一盆水澆滅了，她才不是什麼褒姒呢！您老人家又不是沒看見，在複州城保衛戰時，她都累成什麼樣了？她可是時刻將救世濟人當成責任的女醫者，在敵軍圍城時為了救治傷員不顧自己安危的好姑娘！而且一天忙得很，有時間她還要研究醫術呢，才不會跟那個什麼褒姒一樣成天拉個臉，讓人逗她笑！」

聽你這意思，合著你不是不想點烽火逗美人，是你那個阿瑜不好這一套啊？

不過承乾帝聽了孫子這話，對周瑜的印象倒是好了些。

「那朕問你，你覺得若是身為一個帝王，應該怎麼做呢？或者說，你覺得朕應該將皇位傳給一個什麼樣的人？」承乾帝突然朝朱熙問道。

這他哪敢答啊！

「呃，祖父您胸有乾坤，自有……」

朱熙本想糊弄過去，但承乾帝直接打斷了他。

「少在這兒跟你爺爺說這些滾軲轆話，這裡就我們爺孫倆，又沒別人，有什麼話不能說？說吧，不管你說什麼爺爺都不會怪你的，我想聽聽你真實的想法。」

朱熙見他祖父突然嚴肅了起來，也不敢再插科打諢了，認真思索了一陣才正色道：「孫兒覺得，如今雲貴和遼東都已經平定，那作為您的繼任者，在軍事上只要做到加固防禦，派有能力的將領駐守，懂得知人善任就可，並不一定需要他本身有多高的軍事才能，畢竟該打的您都幫他打下來了。但民生方面，孫兒覺得必須選一個能守成的，懂得讓百姓休養生息，切身為百姓利益著想，只有讓大燕的百姓都吃飽飯，我們朱家的江山才能坐得穩。」

他話鋒一轉。「但改善民生時也不能操之過急，若是因為操之過急動了某些人的飯碗，兔子急了還咬人呢，某些人也可能為此孤注一擲……所以您選的這個人還得能忍！忍到他坐穩位置，忍到他是民心所向，那時候再談什麼改革，就會容易得多。然後就是培養人才方面了，如今我們大燕還有您的那些老部下支撐著，但若是年輕一輩起不來，那也得玩完……呃，別的孫兒就想不出來了。」

面對承乾帝突然的考問，朱熙只得將小時候周閣老教他的那些治國理念又拿出來，加上這幾年自己的一些所思所想，邊想邊說道。

「這些都是你自己想的？」

「不全是，有些是周閣老以前教的，有些是跟著祖父您這幾年慢慢學的，有些是孫兒自己想的……」朱熙老老實實道。

「哈哈哈，好！你小子果然長進了！那你再說說，你這些叔伯弟兄裡，誰堪大任啊？」

承乾帝眼睛亮晶晶的問道。他很想聽聽這個五孫子會推舉誰？

「那孫兒可說不好。」朱熙才不上他祖父的套呢。萬一他推舉了，結果那位沒上位，上位的那位卻知道了他沒推舉，那他不是找死嗎？

所以他什麼也沒說，還趁著他祖父心情好起來，跑到他跟前獻起殷勤裝起可憐來，一邊給他祖父捶肩膀，一邊道：「祖父，看在孫兒這麼孝順您老，能不能在您老傳位給幾位叔叔前，先將孫兒給安排好？孫兒也不求別的，只需您給我一塊還算肥美的封地，一張免死金牌即可。」

沒出息！承乾帝沒好氣地看著孫子諂媚，很是無語。

因為溫泉山莊的生意很好，作為如今溫泉山莊的股東兼總管事，周珞每天都忙得暈頭轉向的，雖然累得晚上沾枕頭就睡著，但身心也得到了極大的滿足。

這天，他剛送走一位貴客，轉身正要回山莊呢，就聽一旁有人喊了一聲。

「周珞？」

周珞轉頭去看，就見一個趾高氣揚，帶著一溜隨從奴僕的十六、七歲少年朝他走來。

周珞一眼就認出了來人，只能無奈的暗嘆一句冤家路窄！

原來，來的這位正是胡相的小兒子，周珞曾經的死對頭胡毅。

曾經，胡相陣營和太子陣營一直是對立的，作為太子陣營的堅定支持者，又是士林中的領軍人物，周閣老一直是胡相陣營的眼中釘、肉中刺。

胡相這個人，一向是一副老好人樣子，從來不願跟人正面發生衝突，陰人都是暗著來的。而周閣老卻恰恰相反，他向來奉行的是據理力爭、光明磊落，遇事就當面鑼對面鼓的辯個輸贏，偏偏他又極其毒舌，損起人來常常引經據典，十分難纏。

胡相幾次三番的被他當眾損了個灰頭土臉，也因此對他惱恨不已。

因為胡相和周閣老的對立，在宗學讀書的時候，周珞和胡毅也同樣成了死對頭，常常各自帶著一幫人鬥個不停。當時，大多數是以周珞的勝利告終的，後來，又以周家獲罪抄家，周珞跟著流放作為結束。

兩人都沒想到，會在這種地方、這種情境下又遇到了對方。

「呦！我當是哪位呢？這不是閣老府的珞大爺嗎？怎麼，沒了你爺爺護著，這是在遼東混不下去了，跑這兒給人當起奴才來啦？正好，小爺這鞋子髒了，我見你們這兒也沒個擦鞋的奴才，不如你給小爺舔舔？」

胡毅一認出周珞，就立刻譏諷起來，光譏諷還不夠，還伸出腳上的鞋子讓周珞舔。

這一副耀武揚威的樣子，立刻引起山莊門口來往眾人的不滿來，但大多數人都敢怒不敢言，畢竟如今的胡相可是權傾朝野，而對面那位的祖父正是因為得罪了胡相才被今上給賜死的，有了他這個前車之鑒，如今誰還敢為了幫周珞而得罪胡相啊？

有實在看不慣的，也不過搖搖頭，躲開了事。

周珞從小也是被嬌慣著長大的，哪裡受得了以前被自己壓著打的貨，這會兒在他面前這麼叫囂，而且胡家還與他們家有著不共戴天之仇。

若不是這小子的爹逼著今上處置他祖父，他祖父根本就不會死！

因此聽了胡毅的話，立刻反唇相譏道：「我是奴才，你又是什麼？小妾生的庶子嗎？哈哈，小爺若沒記錯，好像你那個當小妾的娘也是罪臣之後，曾被罰沒過教坊司的吧？我大燕律，凡入賤籍者，無特赦不得為正妻良妾，就是做人妾室也是賤妾！你一個賤妾之子，與我這個罪臣之後，大家也不過彼此彼此。」

周珞特意咬重賤妾兩字，朝胡毅譏諷道。

胡毅平生最痛恨的就是別人提起他的庶子身分，更別說被別人直接罵賤妾之子了。

他爹再寵愛他娘，也不敢為了他娘改了大燕律。因此，他們母子雖然在丞相府受盡寵愛，但這些都禁不起細究，低賤的身分依舊是他們娘兒倆內心最大的痛！

他們一直盼著，他爹的權力能夠更大一些，大到能讓他娘脫了賤籍，抹去她那段入教坊司的歷史。但在這之前，自然是人人都假裝不知道，不再提起那段歷史的好。

胡毅怎麼也沒想到已經好幾年沒人敢提的事，竟然被周珞又當眾提了出來，瞬間就爆怒了，提起手裡的馬鞭滿臉鐵青的就朝周珞抽過去。

「你找死！」

周珞早就防著他呢，見他鞭子揮過來就縱身一躍，躲了過去，還趁他收鞭想再抽自己的間隙，閃身往前，朝著他腋下就撞了過去。瞬間就將胡毅撞倒在地，並一把奪過他手裡的鞭子。

笑話，他當年還是個胖子的時候都能暴揍這小子，何況如今？

「呵呵，小爺可是在流放路上殺過山匪，複州保衛戰時宰過韃子的，就你這兩下子，也敢跟你爺爺叫囂？」周珞一點也沒猶豫的掄起胡毅的鞭子就朝他揮了過去，邊抽邊罵道。

「唉唷！」

「少爺！」

瞬間，胡毅的慘叫聲和他身後奴僕們的驚呼聲就同時響起。

胡毅身後的奴才們怎麼也沒想到自己的主子兩三下就被周珞給制伏了，一時都有些沒反應過來。直到見胡毅挨了打，才驚覺過來，急忙抽出身上的武器，朝周珞圍攻。

呵呵，就連出來泡個澡身邊奴僕都要帶著兵器，可見胡毅這廝平時有多囂張。今兒這事怕是不能善了了，但事情已經到了這地步，那他也不能慫了，愛怎樣就怎樣吧！

於是，周珞揮起手中皮鞭就迎了過去。

「給我往死裡打，打得好小爺有重賞，打死了小爺給你們兜著！」

胡毅被隨從從地上扶起來後，立刻跳腳指著周珞叫罵，他手下眾奴僕聽見，就打得越發賣力起來。周珞一人難敵四手，很快就挨了幾下，胳膊上也被劃了一刀子。

胡毅見了越發興奮的大喊大叫起來。

「好！打得好，給小爺弄死他！」

「哪裡來的直娘賊，敢在溫泉山莊撒野！」

鄭文、鄭武幾個正在山莊裡巡視，聽見門口動靜急忙跑了過來，看到周珞被十來個小廝圍著打，立刻也衝了過來。

山莊裡的賓客們此時也有不少人被這動靜吸引，遠遠的圍過來看熱鬧，其中有一些大老不方便出面，就派了眼生的奴才出來查看。

鄭文、鄭武幾個都是會武的，且武藝都不弱，他們帶人往上一衝，形勢立刻扭轉，改成了相府眾奴僕被揍起來。

胡毅見事情不好，就想去搬救兵，他今兒是跟他娘一塊兒來的，只不過剛才他娘去了旁邊專門招待女眷的入口。但他剛一邁步，就被手持一條長棍的鄭武給攔了下來。

胡毅心裡咯噔一聲，暗道完了，今兒個一頓打怕是跑不了了！

就在這時，就見不遠處一輛華麗的馬車駛了過來，馬車身後不但跟著兩輛坐滿女僕的馬車，還跟著十來名騎馬的護衛。

胡毅頓時眼睛一亮，朝馬車喊了起來。

「娘，快救我！妳兒子被人給欺負啦！」

駛來的馬車，正是胡毅他娘田氏的馬車。

田氏這段時間一直聽京都女眷們議論，說這溫泉山莊極美，那溫泉泡了更是讓人皮膚滑膩、渾身舒泰。多泡幾次，還能起到美白的作用。

田氏是個極其愛美的，又極虛榮，幾次出席宴飲，都聽眾女眷在議論溫泉山莊的溫泉，偏她沒來過、沒見過，插不上話，頓時嫉妒得不行。回去後就跟胡相鬧騰起來，讓胡相給她也訂幾個溫泉山莊的園子，她一定要去泡泡才行。

胡相本不想應她，但耐不住她折騰個沒完，小意使遍，最後還是英雄難過美人關，隨了她的意，直接讓管事包了兩個園子，她一個、他兒子一個。

田氏這才滿意，於是今天就打扮得花枝招展，帶著兒子和眾僕役、護衛，幾十口人，浩浩蕩蕩的過來了。

結果到了山莊門口，剛跟她兒子分開沒多久，還沒進去山莊幾步呢，就彷彿聽見了他兒子的叫罵聲。田氏放心不下兒子，又想看看是哪個不長眼的敢惹她的兒子，於是就讓僕役掉轉車頭，趕了過來。

此時聽見兒子的求救聲，田氏慌忙掀開馬車簾子探出頭去。

於是眾人就見一個美豔不可方物的婦人，從車廂探出半邊身子來，朝著胡毅喊道：「毅兒！你沒事吧？是誰膽敢欺負你？看老娘不撕了他的皮！」

婦人美得簡直沒有天理，那些沒見過田氏的旁觀者此時見到田氏，頓時明白過來，為何胡相如此寵愛這個小妾了。

這股風情，這擱誰誰受得了？

但婦人美是美，厲害也是真厲害，見兒子竟被一群溫泉山莊的奴才打，頓時柳眉倒豎，朝身後的護衛命令起來。「你們還愣著幹麼！還不將這群瞎了眼的奴才給我捆了，敢打我的兒子，簡直找死！」

周珞等人自然不能束手就擒，於是山莊前又一次打了起來，不過這次形勢又扭轉了。田氏帶來的護衛都是高手，鄭文、鄭武、周珞這邊頓時抵擋不住，敗下陣來。

這時，溫泉山莊的芙蓉軒裡，沐青霓正陪著寧國長公主坐在芙蓉軒的軟榻上一邊飲茶一邊閒聊著。寧國長公主也是聽她兒子回去說，朱熙新建的溫泉莊子比她的梅園還好，十分的不以為然，這次就特意拉了沐青霓過來看。

寧國長公主是承乾帝的嫡長女，年紀比薨逝的先太子還要大十歲，是承乾帝與先皇后的第一個孩子。當年先皇后忙碌沒有空閒的時候，寧國長公主就姊代母職，負責起底下眾多弟弟的教養之責來。

因此，不但承乾帝夫婦對她一直頗為倚重，底下眾兄弟們也沒有不怕她的。沐青霓的父親沐風是承乾帝撿來的孩子，從小就收他當了義子，所以沐風也算是寧國長公主看著長大的。

前些年，沐風因為養外室之事被他的夫人蘇氏發現，蘇氏一氣之下就帶髮出家，住進了庵堂。而沐風也因為覺得對夫人有愧，這以後大部分的時間都住在軍營裡，將精力全放在幫助承乾帝拓土開疆上，鮮少回府。

兩夫妻就那麼將還是個孩子的沐青霓一個人扔在府裡，只有一些下人照看著，爹不疼、娘不管的。寧國長公主實在看不過去，兩府又挨著不遠，就常常接了沐青霓過去住。沐青霓在十四歲跟著沐風出征前，倒有一大半是住在長公主府裡的，因此，跟長公主的感情很深，長公主也拿她當親女兒看。

自從複州城回到京都後，沐風就上摺子替沐青霓辭了一切軍務，因此沐青霓這一年都在她父親的強制要求下，一直在養傷。因為煩悶，就常跑去長公主府逛逛，所以，今兒就被長公主捉了，陪她來了這溫泉山莊。

片刻前，兩人剛泡完了溫泉，被下人們伺候著絞乾了頭髮，重新梳了頭後，就窩在榻上一邊愜意的喝茶、一邊說話。正聊得開心呢，就聽跟來的婆子過來稟報，說是溫泉山莊的門口，山莊裡的周管事和胡相的兒子突然起了衝突。

兩人一開始也沒當回事，以為就是些小爭執，沒想到過了一會兒那婆子又來了，說是那衝突越發的大了，胡相的小妾也帶著護衛們來了，兩幫人已經打在一起，看情形，山莊這邊似乎有些招架不住，問長公主要不要管。

畢竟，五皇孫是長公主的親姪兒，他的買賣被人砸場子，長公主這個大姑姑既然在這兒，光看著也不好。

「我去看看吧！」沐青霓聽了就站了起來，道：「大姑姑，那周管事是先周閣老的孫子，姪女在複州城時得周家助力良多，他們家的人受欺負了，姪女不去看看也不好。」

「嗯，妳去看看也好，只是別將人揍得太狠，那畢竟是胡相的兒子，總要給他留點面子。」長公主是知道沐青霓的本事的，聽了就點頭笑著囑咐道。

第四十四章

山莊下的鄭家院子裡，周瑜正和她外祖母還有大舅母張氏用辣椒研究如何做火鍋湯底。鑒於溫泉山莊餐廳裡帶辣椒的菜餚越賣越好，周瑜就想著將火鍋湯底給研究出來，然後在她外祖家的院子旁邊，再起一座院子，到時候再開個火鍋店。

幾人正在廚房琢磨著呢，就見鄭安心急火燎的跑了進來，進了院子就大喊道：「祖父！爹！有人在山莊門口打咯哥兒呢！他們人太多，我們這邊快要招架不住了，你們趕快去幫忙啊！」

屋子裡的鄭老爺子父子倆，聽見立刻都跑了出來。

「安哥兒，你往家跑什麼！家裡才幾個人啊？趕緊去山莊將那些男丁都叫上啊！」鄭老爺子聽了立刻著急跺腳道。

鄭安也是慌了，一聽他二叔讓他來喊人，本能的就來找他爹、他爺了，聽他爹這麼一說，撒丫子就往回跑去，又去山莊叫人了。

鄭老爺子兩個見了，也趕緊拿了各自稱手的兵器跟了上去。

周瑜頓時也坐不住了，回屋拿了她哥剛給她淘來的一把弓，揹上箭囊也跟過去了。

「唉呀，瑜姐兒！妳一個姑娘家跟過去幹麼啊？」張氏見了，急忙奔出來想攔，但一出來周瑜已經跑出去很遠，哪裡還攔得住。

周瑜幾個到了山莊門口的時候，沐青霓也剛到。

此時周珞等人都已經被胡相家的護衛們打倒在地，用繩子捆了起來。這會兒，胡毅正用腳踩著周珞的半邊臉，威逼著讓周珞給他舔鞋底。

周珞自然不幹，正梗著脖子大罵。「姓胡的！你個賤妾養的賤種，有本事你今兒就殺了你爺爺！要不然，爺爺總有一天弄死你！」

胡毅聽他又罵自己是賤妾生的，頓時大怒，抬起腳就往周珞臉上踹去，幾腳下去，周珞的半張臉就被他踹得腫了起來。但他這一踹，卻越發激起了周珞的血性，趁著他一個不防備，就一嘴咬在了他的小腿上。

「啊！」胡毅頓時疼得大叫起來，急忙想將腿抽回來，周珞卻死死咬著不鬆口，這一爭一奪之間，胡毅腿上的皮肉竟硬生生讓周珞扯了一塊下來。

胡毅疼得眼都紅了，慘叫著就將一旁護衛的長刀奪了過來，朝周珞的腦袋就砍下去。

「去死吧你！」

「快住手！」

「毅兒！不要！」

眼見著胡毅舉起了刀，旁邊有些跟胡相有些交情的長輩，怕鬧出人命來，忙出聲阻攔道。在那些人看來，胡毅身為相府的少爺，教訓個小管事，打傷幾個僕人，都是小事。但鬧出人命來就是大事了，怕是到時候胡相出面都兜不住。

所以一開始，胡毅母子倆指使護衛們揍人時他們都沒管，這會兒見胡毅想殺人急忙出聲阻攔，就連田氏也喊起讓胡毅住手。

但胡毅這會兒已經氣紅了眼，哪裡還控制得住自己？看著腳下的周珞還在罵個不停，手裡的刀就帶著滿滿的殺意砍了下去。這一刀下去周珞肯定得沒命，周圍的人嚇得都尖叫起來，有膽小的嚇得都直接閉上了眼。

「珞哥兒！」

鄭文、鄭武幾個也是驚得目眥盡裂，但奈何身體都被綁著，也不能上來救援。

所有人都以為周珞要死了，包括剛趕過來，卻還沒到近前的鄭老爺子父子倆，還有周珞自己。但是突然間，一枝利箭和一枚巴掌大的石頭，同時帶著呼呼的風聲朝揮刀的胡毅飛了過來，石頭打在他握刀的右手腕上，箭矢則刺穿了他拿刀的右胳膊！

胡毅的右手瞬間就廢了，刀也因為握不住，掉在了周珞的腦袋邊上。周珞死裡逃生，這才知道怕了，看著腦袋邊的刀，嚇得冷汗往外冒，倒讓他冷靜了不少。

「啊！」

「毅兒！」

胡毅又是一聲淒厲的慘叫，比起剛才被周珞咬時更淒厲了百倍！然後疼得眼睛一翻，就暈了過去。

田氏心疼到不行，慌忙奔過來將寶貝兒子抱在懷裡，查看起他胳膊上的傷來。

田氏以前在教坊司時，曾經跟一個嬤嬤學過一些醫術，所以一眼就看出他兒子手腕上的骨頭已經都碎了，就算將來養好怕是也拿不了筆、寫不了字了。

她兒子一輩子都與科舉無緣了！

可能每一個當娘的都有一個望子成龍的願望吧？田氏也是如此，覺得她兒子比誰都聰明，學問不好也只是因為太貪玩，只要有一天浪子回頭，就一定能中個狀元。

因此，看了她兒子的傷後，憤怒得臉都扭曲了，美麗的雙眼如同毒蛇一般朝周邊人群瞪去，尖叫著喊道：「誰幹的？給我出來！」

周圍的人被她的目光一瞪，齊齊讓了開來，就露出眾人後面正站在塊大石頭上拉弓引箭的周瑜，還有手裡正掂著塊石子的沐青霓。

田氏怎麼也沒想到，將自己兒子手臂整個廢了的，竟然是眼前這兩個黃毛丫頭。

沐青霓因為常年不在京都，在京都時也不愛出席宴飲，因此田氏並不認識她，而周瑜就更不用說了，只是個小透明。因此這兩人，田氏一個也不認得。

「妳們是誰？為什麼傷我兒子？」田氏歇斯底里的朝二人問道。

周瑜看了一眼被打得鼻青臉腫的二舅、小舅幾個，又看了一眼躺地上已經全然看不出本來面目，動都動不了的周珞。一邊拉著手中彎弓，一邊朝田氏怒道：「因為妳兒子活該！他在指使手下欺辱別人的時候，就該有被別人欺辱的覺悟。大燕又不是妳家開的，憑什麼你們想橫著走就橫著走！」

「哈哈哈！大燕又不是妳家開的？這話說得……也太有道理了！哈哈，我愛聽！」一旁的沐青霓聞言，忍不住噗哧一聲笑了起來。

這丫頭說話也太有意思了！

「妳們兩個死丫頭，我看妳們是想找死？」田氏聽了周瑜的話更加生氣了，咬牙切齒的朝周瑜兩個喊道，然後大聲吩咐身後的護衛。「你們還等什麼？還不趕緊給我將她們捉了！我要親自敲斷這兩個死丫頭的手，給我的毅兒報仇！」

他身後的護衛聽了她的命令剛想動，一枝羽箭就以極快的速度和極刁鑽的角度朝田氏射了過來，然後，從田氏耳朵下面飛過，將她耳環上的一枚珠子射了下來。

這枝箭的速度之快，角度之刁，連離田氏最近的黑瘦護衛都沒來得及救援。

「啊啊！」

田氏感覺耳朵一涼，還以為自己的耳朵被射掉了，頓時嚇得連懷裡的兒子都顧不得了，捂著耳朵驚聲尖叫起來。半天才反應過來，耳朵好像還在，也並不疼。

然後就聽周圍人忍不住噗哧一聲笑了起來，才驚覺，她剛才兩隻手都本能的去捂自己的耳朵了，懷裡暈過去的兒子滾落到地上去了她都沒發現。

田氏急忙上前將兒子又撈了回來，同時也因為被周圍人嘲笑，越發惱羞成怒，但又礙於周瑜手中的弓箭，不敢再大聲叫囂，只能小聲朝自己身後的黑瘦男子吩咐道：「阮二，你還躲什麼？還不趕緊去將那丫頭給本夫人除了！」

阮二聽了心中無奈的嘆了口氣，並沒有馬上動，而是吩咐身邊的兩個護衛幾句，那兩個護衛聽了，就分左右兩面朝周瑜包抄過去。

周瑜立刻發現了他們，迅速的搭上另一枝箭，一邊用弓箭指著田氏，一邊朝那兩個護衛威脅道：「我看你們誰敢動？若敢再動一下，下一箭姑奶奶射的就不是她的耳環了！看看是你們的動作快，還是我的箭快！」

「妳敢？得罪了我們相府，有妳好看的！」

田氏剛被周瑜的一箭嚇得不輕，如今見周瑜又用箭指著她的臉，就有些肝顫，說出的話也沒以前強硬了。

「妳大可以試試，如果妳想拿妳的臉蛋當靶子，姑奶奶不介意成全妳！」周瑜立刻冷言嘲諷了回去。心裡卻道：看來今天肯定是要將這個胡相的小妾得罪狠了，也不知接下來朱熙搞不搞得定。

「呵呵呵，小阿瑜，沒想到妳還有這兩下子，箭法竟然比我還好？趕明兒咱倆一定要比比啊！」

與周瑜相隔幾尺的沐青霓，瞇眼看了一眼田氏身後的黑瘦男人，見他動了，一邊哈哈笑著，一邊也暗自朝周瑜那邊移了幾步。

對啊！就算朱熙兜不住，還有這位呢，既然她肯這時候出手，那肯定是願意幫他們的意思嘍！

於是周瑜立刻諂媚地朝沐青霓笑道：「好啊，青霓姊，沒想到複州城一別後再見面，您依舊是英姿颯爽啊！」

這丫頭，可真是跟她哥一樣，用人朝前，不用人朝後啊！那小子應了回京後請她喝葡萄美酒，這都回京一年了，也還沒個音信！哼！

「哈哈哈，小阿瑜，沒想到一年沒見了，妳這嘴兒可甜了不少。」沐青霓又哈哈笑了起來，眼睛卻時刻盯著田氏身後那個黑瘦男人。

「小心！」

眼見那黑瘦男人手中一動，沐青霓眼疾手快的也將手中石子拋了出去，剛好將那黑瘦男子射向周瑜的暗器打掉，然後就飛身而起，朝他撲了過去。

阮二沒想到自己的偷襲會失敗，又見沐青霓朝他攻了過來，急忙放棄使用暗器，接住她攻過來的招式。兩人這一對招，心中頓時齊齊一驚。

這丫頭是誰啊？竟這般厲害！阮二暗道。

沐青霓也是驚得不輕，對方的功夫竟一點也不在她之下。

「閣下這麼好的身手，幹什麼不行，何必要卑躬屈膝去伺候一個小妾呢？」沐青霓忍不住惋惜道。

阮二聽了沐青霓的話愣了一瞬，然後才朝她斥道：「要妳多管閒事！看招！」

沐青霓一番好心被當了驢肝肺，也就不再多問，專心跟他鬥了起來。

與此同時，差點被暗器暗算的周瑜，也將箭矢朝田氏射了出去。

既然田氏跟她玩暗算這招，那她還客氣什麼？

田氏身邊的一個護衛見周瑜的箭又射了過來，來不及撥開，急忙將身旁一個小廝推了過去，擋在了田氏面前。

於是，田氏安然無恙，那小廝的肩膀卻被周瑜給射穿了。

周圍的小廝們見了，就本能的就想朝一旁散去，免得下次輪自己遭殃。

田氏卻突然雙眼一亮，覺得拿人肉做牆，倒不失為一個好辦法，哪容他們退卻，立刻道：「都給我過來！護住我們兩個，誰敢動，我就先殺了他！」

朝小廝們命令完還不算，又朝著一旁的僕婦、丫鬟們道：「妳們也過來！」

小廝僕婦丫鬟們深知田氏的狠毒，不敢不聽，只得不得已的挪過來將田氏母子倆團團圍住。

躲在人牆後的田氏頓時安了心，忍不住又朝周瑜笑道：「呵呵，臭丫頭，有本事妳就將這些人都射死，老娘就服妳！」

然後眼睛一轉，又有了壞主意，指著地上躺著的周珞幾個，命令剩下的那些護衛們道：「你們去將他們先給我殺了！」

剛將周珞等人身上繩索解開的鄭老爺子父子倆，同剛帶著山莊男僕趕回來救援的鄭安，聽了田氏這話，立刻握緊手中兵器，將剛傷了的周珞等人保護起來，同殺過來的護衛們鬥在一起，場面一時又亂成了一團。

因為田氏周圍圍滿了人，周瑜這會兒也沒辦法再用手中弓箭射向田氏了，畢竟她沒有田氏那麼狠，能將人命視作草芥。所以只能將目標瞄準那些和她外祖父等人戰作一團的護衛，幾箭下去，就射翻了幾個，讓他外祖父這邊的壓力驟減。

鄭老爺子也趁此時機命令二孫子。「安兒，趕緊帶人將珞哥兒他們都先護送到山莊裡去，這裡爺爺先擋著！」

「好！」鄭安忙應了一聲，在鄭老爺子幾個的掩護下，同帶過來的幾個男僕，將周珞幾個揹的揹、架的架，朝山莊退去。

這一場大戰直打了快兩刻鐘，打得周瑜箭筒裡的箭都射完了，不得已之下，只能也拿著隨身攜帶的匕首朝田氏衝了過去。

此時田氏這邊能打的護衛已經被周瑜射傷了七、八個，剩下幾個也正跟鄭老爺子父子等人鬥個不停。也就是說，田氏這邊除了那個依然跟沐青霓戰成一團的絕頂高手，只剩下那些不頂用的小廝和丫鬟、僕婦們。

因此，見周瑜殺過來，田氏嚇得又立刻尖叫起來。「護著我！將她攔住！攔住！」

其實按對戰的能力，周瑜也就和周珞差不多，若是那些小廝一塊兒上，用不了多久就能將她制伏，但她剛才百發百中的英姿實在給了田氏和眾小廝僕婦們太大的震撼力，因此，大家都以為她功夫也很強。

所以，眼見她衝到跟前，田氏母子倆前面的眾小廝們，硬是沒人敢率先上來攔她，有幾個雖是躍躍欲試，也被她陰狠的表情嚇了回去。這讓周瑜得以有機會靠近他們，然後，屏住呼吸，將懷裡兩大包的迷魂藥朝他們撒了過去。

一旁不遠處同那個阮二依然戰個不休的沐青霓，在周瑜殺過來時還有些擔心。在她印象裡，這位周瑾的妹子雖然醫術極高，功夫卻並不太好，因此，就想提醒她趕緊回去。但還沒開口，就見她往懷裡掏……

深受過其害的沐青霓立刻就閉了嘴，同時也屏住了呼吸。

果然，那丫頭又從懷裡掏出兩大包藥粉朝田氏等人一股腦兒撒了過去。

這丫頭到底是做出了多少這玩意兒？怎麼隨時都能掏得出來啊！不行，回頭她一定得跟這丫頭要點兒！

最終，因為周瑜直接用匕首挾持了被迷暈的田氏，這場歷時半個多時辰的混戰終於告一段落，沐青霓身邊的高手也急忙住了手，派出兩個護衛朝京都奔去。

周瑜這邊也沒閒著，也派了幾人分成兩路，一路去了京都，一路朝著周瑾幾人的軍營奔去。

大家都知道，這場一開始只是發生在周珞同胡毅兩個人之間的爭執，到了如今已經發展成他們解決不了的重大衝突，只能將各自的後臺都搬出來了。

朱熙最近這些日子愁得不行，他祖父也不知是怎麼了，現在每日去哪兒都愛帶著他，導致他都已經兩個多月沒去過溫泉山莊了。

前幾日，正在福建平倭的鄧羽將軍又上了奏本，說是要擴大大燕的艦隊，需要戶部撥款。

胡相等人壓著不讓撥，說是要把戶部那點僅有的存銀，用在更有用的地方。

這天，承乾帝就宣了胡相、汪相、西平侯沐風、鎮國公之子夏侯勇，以及熟悉福建事務的蘇銘等人，到乾清宮來議議這款項到底該不該撥。

朱熙就替了雲公公的角色，除了時不時的給幾位大老添些茶水外，其餘時候就只能在他祖父後面老實站著。還不如一旁他二哥，雖然也是站著，但不僅不用添茶倒水，還能時不時的插上一、兩句，比如彙報戶部還有多少銀子啊，還有哪些地方急需用錢不能耽擱啊！

朱熙一邊聽著一邊腹誹，他二哥去戶部待了半年，光背帳本了吧？要不怎麼報出來的數字連零頭都有！

不過說起來，他祖父是真窮啊！怕是京都的那些豪門哪個拿出來都比他富。私庫沒錢，國庫也入不敷出……唉！難怪他祖父一天天的總是沒好氣，給了阿瑜家五千兩銀子就叨叨了好幾年，每次想起來就在他耳邊說一次，他聽得耳朵都要起繭子了。

要不是怕他祖父知道他們山莊的買賣掙錢後總惦記，他還真想直接拍給他祖父五萬兩，換他老人家樂呵樂呵。他們山莊從開業到現在，光分紅他就已經分了七萬兩了！

朱熙正百無聊賴的聽著胡相幾個爭執不休，就見雲公公一臉便秘樣兒的進來了，站一旁也不說話。直到承乾帝發現他，用眼神示意他什麼事時，他才意味深長的瞅了朱熙一眼，然後躬身走到承乾帝耳邊，悄聲說了些什麼。

承乾帝聽了，一口茶噴了案桌底下正溫文爾雅坐著的胡相一臉，朱熙見了極度懷疑他祖父是故意的。

然後承乾帝也奇怪的看了胡相和朱熙一眼，才在眾人的疑惑中和胡相的狼狽中朝身後的朱熙問道：「你什麼時候開了個溫泉莊子？朕怎麼不知道？」

操！真是怕什麼來什麼！

「回祖父，不過是跟別人合夥做的小買賣，您日理萬機的，這點小事哪值得在您跟前提起啊！」朱熙急忙躬身答道。

「小買賣？據我所知，老五，你那小買賣可比皇祖父的皇莊都掙錢，每天都得掙個千八百兩的！」

二皇孫朱熾聽了，立刻藉機在他祖父面前給他這個弟弟上眼藥。

朱熙心道，他這二哥收到的消息也就那樣，並不怎麼靈通啊，至少調查他這買賣時，就沒調查清楚，直接少說了一半。

對於他二哥時不時給他上些眼藥這事，朱熙已經習慣了，因此極其順嘴的反擊回去。

「二哥真是好本事，不但堪稱戶部的帳房，連弟弟我的帳房也一塊兒幹了？要不怎麼知道得這麼清楚？連我這個股東都沒你知道的多？哈哈哈，說實話，弟弟我這兩個多月光忙著孝敬皇祖父了，一直也沒空管過那買賣，都交給我的親隨葉青了，還真鬧不清那買賣掙不掙錢。」

朱熾心想：你就放屁吧！你沒空去，那葉青還沒空給你通報啊？

他剛想再說幾句，就聽底下剛擦完臉的胡相朝承乾帝道：「陛下，如今給不給福建海軍撥款之事，才是重中之重，五殿下的這些小事，還是等私下再討論吧！」

言下之意，你孫子做不做生意，做什麼生意的事，你們祖孫私下再談，別在這兒說了。

承乾帝聞言就冷笑道：「這事的確跟政事無關，卻跟你胡相脫不了關係！」

第四十五章

溫泉山莊怎麼也沒想到有一天他們這裡會迎來當今聖上親臨，不但聖上來了，就連御林軍，幾位宰輔和各界軍政大老們都來了，加上身邊的隨從、護衛，浩浩蕩蕩都快有上千的人馬了。

這般大的陣仗，不但將周瑜、沐青霓兩個驚得不輕，連趕來的周瑾、周珀幾個，和帶著一大幫隨從護衛，趕來救田氏的胡相府裡的管家胡葵都震驚不已。

這下子，溫泉山莊裡原來待著的各個大老們也不得不都現身。

幾乎常駐溫泉山莊的鎮國公、跟沐青霓一起來的長公主、泡溫泉泡得正香甜的康王爺和十二皇子朱杉都慌亂的跑出來見駕。

承乾帝看著跪在底下的自己的髮小、義弟、閨女、兒子，氣得差點直接駕崩。

倒不是生氣他們沒管事，而是覺得自己一天天累得要死，這幾個卻在這兒泡湯池享受生活，這反差，實在讓他有點接受不了，簡直太氣人！

尤其是連他閨女、兒子也都在，承乾帝就更覺得自己是冤大頭了。

於是狠狠瞪了寧國長公主和嚇得已經縮成一團的小兒子一眼，打算等會兒再找他們算帳，然後才又平復了心情，開始處理起周閣老孫子和胡相小兒子的爭鬥來。

此時，胡相的小妾田氏和他兒子胡毅已經被跟來的太醫弄醒，胡毅的胳膊也讓太醫給醫治了。然後，兩人還沒清楚發生什麼事，就被帶到了溫泉山莊最大的園子裡，去了一看這場面，差點又暈過去……

今兒這事可真是鬧大了，但母子倆見胡相也在，正老神在在那兒坐著，頓時心裡又是一寬，覺得又有底氣起來。

尤其是田氏，覺得就今兒這事來說也不能全怪他們，他兒子不過是教訓了一個管事，就算他曾經是周閣老的孫子，但這會兒也只是個罪臣之後，也只是這個山莊的一個管事。

而她兒子貴為相府公子，教訓他時不但不老實聽著，還敢反唇相譏，打傷她的兒子。更甚者，那兩個死丫頭緊接著還打殘了她兒子的手臂，她當娘的看不過去，替兒子出頭有什麼錯？

他們母子好心好意，來給五皇孫的生意捧場，結果反倒落得傷的傷、暈的暈，這一切五皇孫都應該給他們一個說法才行！

田氏越想越覺得自己有理，在雲公公讓他們稟告緣由時，就跪在地上按自己想的說了。

雲公公又問了周珞幾個，幾人也都老老實實的交代了事情的來龍去脈，說的過程其實跟田氏說的差不多，不過視角正相反而已。

承乾帝聽完，就看了眼老神在在的胡相，問道：「胡相，這事你怎麼看。」

胡相見承乾帝問他，立刻站起來躬身道：「依臣看，毅兒和這位周賢姪少年意氣，有些爭執都屬正常，試問在座哪位，少年時沒打過架呢？你輸我贏的，今天我給你一拳，明天你給我一腳，只要不打死打傷，又算得了什麼？毅兒從小身子弱，他姨娘對他就有些溺愛，聽到兒子被打，可能有些過於急切了。正好前段時間京都女眷接連失蹤，臣放心不下，就將自己的護衛給了她兩個，她見自己兒子遇險，著急來救，動用那些護衛威嚇人也屬正常，畢竟母子連心。」

胡相先笑道，然後話鋒一轉又道：「就算田氏做得再不對，也是為了救自己兒子，是情有可原，況且他們也沒給對方造成實質的傷害，剛太醫也說了，山莊裡的眾人只是輕傷，養養就能好。反而是兩位姑娘，上來就將我兒打成重傷，直接打殘他的胳膊，本來微臣還打算讓他明年就下場的，這下別說下場，恐怕連筆都拿不得了！兩位姑娘看著都還不大，沒想到卻如此狠毒，俗話說毀人仕途如同殺人父母，我兒一輩子的前途都讓這兩人毀了！兩位姑娘總得給老夫一個說法吧？」

胡相回過頭，臉色鐵青的盯著沐青霓和周瑜道。

若是沐青霓不曾征戰過沙場，不曾死守過複州城；若是周瑜不曾在末世活了三年，不曾穿越過來就經歷長達三個月的流放，那胡相這充滿威壓的一眼，兩人或許會害怕。

但現在，看著胡相雙眼下偌大的黑眼圈，兩個都並不太純潔的姑娘，突然很想提醒提醒他——您老晚上是不是應該悠著點？

「胡相這話民女就不敢苟同了。」聽了胡相的話，周瑜率先跪在地上回道：「您的小妾隨便指使護衛傷人，您一句母子連心、情有可原就輕輕掠過了，我和青霓姊為了阻止他們母子傷人，就被您稱之為狠毒，不可饒恕？那我還說我是為了保護家人，挺身而出呢！青霓姊是路見不平，見義勇為呢！照您的說法，我倆更是情有可原，不該受罰，反而該賞呢？」

「對！」沐青霓讚賞的看了周瑜一眼，也跟著道：「而且胡相有句也說錯了！所謂母子連心，是指母親和兒女，田氏充其量只是您的小妾，名義上是不能對您兒子自稱母親的，又何來母子連心？胡相身為我大燕宰相，理應熟知律法，怎麼可以連這點都不知道呢？」

吃瓜眾人這下子可興奮了。

這兩個丫頭是被周閣老附體了吧？

周瑜和沐青霓火力全開，連胡相都敢指責，讓跟來的眾大臣們都大開了眼。

沐青霓眾大臣自然認得，沐風的閨女、今上的乾孫女，複州保衛戰後今上親封的大燕第一女戰神。但以前眾人對她的印象都是沈默寡言、讓人難以親近的，只知道她能打，今兒才發現她還挺會說。

但眾人畢竟都認識她，對她的好奇也就有限，除了沐風看著自己的閨女若有所思外，別人都對另一個女孩更加關注起來。

這丫頭誰啊？這麼猛？竟然敢說權傾朝野的胡相不是？當著今上的面一點也不怯場？鑒於她姓周，旁邊擔架上還躺著周閣老的孫子，莫非這位是周閣老的孫女？

有熟悉周閣老家人口的，知道周閣老就一個孫女，跟這丫頭的歲數也對不上。又想，莫非這丫頭是周閣老的姪孫女？

反正大家都覺得這丫頭肯定跟周閣老沾親帶故，要不然這張嘴也不會這麼厲害。

自然，連胡相也是這麼認為的，覺得這丫頭敢這般挑釁自己，是因為想給她祖父報仇。

在座只有承乾帝知道周瑜的底細，他這會兒還不知道周瑜也是溫泉山莊的股東之一，因此只是感嘆：怎麼哪兒都有這丫頭啊？

他看了眼底下跪得坦然的周瑜，又瞄了眼站在自己身後的朱熙。

呃……算了，不看也罷！這孫子看那丫頭看得哈喇子都要下來了，簡直太丟他們老朱家的臉！

不過，承乾帝又想，他這次紆尊降貴過來，就是為了抓姓胡的小辮子的，要從這方面想，這丫頭還是起了點好作用。

「胡相，你也聽見了，兩個丫頭和底下幾人都說是你的小妾縱奴傷人在先，這事你怎麼說？」承乾帝朝胡相問道。

「回陛下。」胡相躬身，察覺承乾帝這是想拿他的小妾和庶子開刀，逼他在政事上讓步呢，可他並不打算讓，他若讓了這步，底下人誰還跟著他？

所以他直接道：「據臣所知，不管是沐將軍，還是這位周管事，抑或這位周姑娘，都跟五皇孫相交頗深，既然他們都是自己人，那他們都這麼說，臣就一點也不奇怪，若是陛下覺得可信，那臣也沒什麼好說的了。」

這話就差言明承乾帝也是五皇孫的祖父，他們一家子合夥起來欺負他們呢！

眾大臣聽了都齊齊一驚，底下不遠處站著的周瑾、周珀幾個也是嚇了一跳，沒想到胡相集團與今上的爭鬥已經到了這個程度。

「胡相！你這話什麼意思？你的庶子、小妾剛才可都親口說了，是你兒子先動手的！你一句不認就能不認嗎？還有你這個小妾，一個妾室，出門排場比我這個長公主都高，如此耀武揚威的，你都不管嗎？」

長公主率先坐不住了，一拍案桌站了起來，朝著胡相怒斥。

「長公主可冤枉死臣了！」胡相撲通一聲跪倒在地上，朝承乾帝道：「陛下明察啊！臣剛才已經言明，臣之所以派護衛婆子跟著田氏，是因為最近京都女眷頻繁失蹤，臣不放心才多派了些人跟著，若是有錯也是臣的錯，並不是田氏有意張狂。至於誰先動手的問題，臣亦說了，就算是毅兒動手在先，也只是小兒爭鬥而已。兩位姑娘說的田氏縱奴傷人，臣卻不敢認，若不是山莊這邊逼迫太甚，田氏一個弱女子，就是借她一百個膽，也不敢帶頭惹事！田氏天生膽小，跟殺伐果斷的沐將軍和這位善使弓箭毒藥的周姑娘可不能比！」

胡相回頭狠盯著周瑜兩個，讓沐青霓和周瑜都傻眼了。

這人顛倒黑白的能力可真是讓人瞠目結舌，照他這麼說，她倆厲害還有罪了？

「是啊，陛下明察啊！妾身平時可是連隻螞蟻都不敢踩，當時也是聽見毅兒慘叫，才慌忙趕過去，妾身也是看毅兒被這兩個丫頭傷得狠了，才叫護衛幫忙的啊！」

田氏聽了胡相的話，立刻抹著眼淚哭訴起來，一副弱不禁風的樣子。

「妳胡說，明明是妳兒子帶僕從先傷珞哥兒，我們去幫忙，妳又派護衛打傷我們，妳兒子還要殺了珞哥兒，若不是瑜姐兒和沐姑娘趕來相救，珞哥兒這會兒已經死了！」

跪在周瑜身後的鄭文見田氏在這時候竟然裝無辜，立刻氣不過，都忘了害怕。片刻前他們幾個因為上面坐著當今聖上，還緊張得抖個不停呢。

「小兒慎言，你說毅兒想要殺人可有證據？若沒有，休怪本相治你個誣陷之罪！」胡相立刻朝鄭文怒道。

「還要什麼證據啊？這都是我們幾個親眼看到的，當時你兒子刀都舉起來了，瑜姐兒和沐姑娘才射傷他的！」

「哼哼！本相已經說過，這都是你們這邊的一面之詞，在我們過來前，怕是早就串通好了的！」胡相聽了就冷哼道。

周瑜等人都沒想到一位堂堂宰相竟然這般不講理，都氣壞了。

朱熙聽了立刻也站不住了，剛想回嘴，就見不遠處的周瑾一個勁兒的朝他使眼色，朱熙見了忙朝他那邊靠了過去。

此時大家的注意力都集中在場上的爭論中，並沒有人注意到他的舉動。

沐風也已經下場，替他閨女說起話來，雖然他到這會兒還不明白，他閨女是為何摻和到這裡面去的。

「胡相這話說的，就你這個小妾還是弱女子？我看你再借她兩個膽子，怕是都敢造反了！還有你那寶貝兒子，還說什麼小兒爭鬥？周老的孫子可還在這兒躺著呢，大夥兒眼又不瞎，又不是看不到他的樣子，你看他渾身有一處好地方嗎？若是小兒爭鬥，怎麼你的兒子啥事沒有，只有這孩子渾身是傷？要不是我閨女和周家丫頭厲害，阻止了你兒子行凶，那這會兒周老這個孫子在不在的還另說呢！」

沐風說完，立刻引起以長公主為首的眾人附和。

但胡相那邊也不是沒人，汪相聽完立刻站了起來。

「沐侯爺，胡家姪兒再怎麼說也是相門公子，出門帶幾個隨從不是很正常嗎？那些奴才本就是為了保護主子，見主子有難，哪有乾看著的？再說山莊這邊不也有人跟著動了手？他們技不如人，又有什麼好說的？」

「照你這麼說，青霓姪女兩個揍了胡毅，胡毅技不如人，不也沒什麼好說的？」

連一旁的承乾帝幼子十二皇子朱杉也忍不住了，跳起來跟汪相叫起板來。因為他人小輩大，即使年紀比沐青霓還小一歲，沐青霓幾個也得叫她一聲小叔叔。

朱杉因為年紀太小，以前都是太子負責管教的。也因為年紀小，太子一直拿這個弟弟當兒子養，因此小時候跟朱熙常常在一起玩鬧，叔姪倆的關係很不錯。

「那怎麼一樣？胡公子可是被打殘了手臂啊！沐將軍習武多年，胡公子不知道輕重，沐將軍還不知道？明顯是故意的！」一胡相陣容的一個大臣立刻站起來狡辯道。

「你們這幫子文臣可真有意思，都打起來了，自然是要往死裡打，誰還管輕重啊？」鎮國公之子夏侯勇憤然道，本意是想幫著朱熙這邊說幾句的，卻沒想到一下被對方捉到小辮子。

「既然夏侯將軍也說，都打起來了哪裡分什麼輕重，那又何來田氏母子的率先縱僕行凶？這不相互矛盾嗎？」

夏侯將軍頓時噎了，一旁的鎮國公立刻狠瞪他兒子一眼。

你小子不會說話就別說話！沒見你老子都一直坐著沒開口嗎？

雙方陣營正在這兒胡攪蠻纏個不停，一個個比起那些市井中打架的潑婦也不遑多讓。

正鬥著呢，就見朱熙突然領了十來個僕婦打扮的婦人進來，婦人們一進門誰也沒招呼，直接就朝田氏母子撲了過去，片刻間就將田氏也揍了個鼻青臉腫，順便將胡毅給撓成了個血葫蘆樣子。

承乾帝、眾大臣、周瑜等人都沒反應過來。

因為來的人眾多，眾侍衛都被調到了屋外值守，因此，屋裡如今除了承乾帝和眾大臣，就只有周家眾人和田氏等人，僕役、奴僕等都沒有留。

而胡相這邊又大都是文臣，一個能打的都沒有，就算能打，也不屑跟一群婦人去撕打啊！

承乾帝這邊就更不用說了，大家看熱鬧都還來不及。

因此，田氏母子被揍，竟然連一個攔著的人都沒有。

「五皇孫？你這是什麼意思?!」胡相見自己的愛妾被揍得面目全非，慘叫連連，心疼得不行，立刻憤怒的朝朱熙喝道。

朱熙學著他老神在在的往旁邊一站，淡淡道：「胡相急什麼？不過是一群弱女子，打得再厲害又能打成什麼樣？再說，她們打人跟本皇孫有什麼關係？本皇孫又不認識她們。」

「可她們明明是你這山莊的僕婦，是你剛領進來的！」胡相一方的人跳出來大聲道。

「咦？是嗎？本皇孫領著進來就是本皇孫教唆的？那胡相兒子領過來的奴僕先動手，田氏領來的護衛先傷人，胡相卻為何不認？還說什麼我們這邊沆瀣一氣，聯合起來欺負你的嬌兒美妾，我們這邊都是串通好，說的所有證詞都不可信？呵呵，胡相，如此胡攪蠻纏，蠻不講理，誰不會？本皇孫還說這群婦人都是胡相您的老相好，她們看不慣田氏受您專寵，自己找過來找田氏算帳呢！」

「是啊，胡郎，上次你在街上還送了奴家一朵宮花，怎麼轉眼就將奴家忘了？」婦人中最老的李貴媳婦立刻按著朱熙剛教了她半天的腔調說道，說完自己先噁心的起了一身雞皮疙瘩……完了！今兒過後，她這張老臉也別要了！不過為了他們李家能巴上五皇孫，她也認了！

其餘李家婦人見了，也都跟著有樣學樣的跟胡相撒起嬌來。

胡相被一群老婦人嚇得登時倒退一步。

事情的走向，因為朱熙的胡攪蠻纏和胡相的蠻不講理一時陷入了僵局。

所有人都知道，到了如今，這場爭鬥早已不是兩個少年之間的鬥爭，而是承乾帝與代表權貴的胡相集團在掰手腕。

權貴們把持的大燕資產實在太多了，權力也越來越大，讓承乾帝也越來越忌憚。

但這些資產、權力，最初其實是承乾帝在開國初期，為了犒勞這幫跟著自己一路打下江山的弟兄們，親自封賞給他們的。

大燕建立到如今也才二十來年，這時候，他若想讓他們將這些資產吐些出來，一是不占理，二是怕將他們逼急了。

畢竟他們已經享受這些權利這麼多年，早就丟了當初建立大燕時一心為民的初心，也根本就不管這些年他們利用手中權力，已經將這些原有賜給他們的資產，擴大了多少倍。

他們就只覺得那已經是他們的東西，再讓他們往外吐，根本不可能！

第四十六章

其實太子還沒薨逝前，承乾帝父子就已經跟胡相集團鬥過一次，但後來因為太子的突然薨逝，承乾帝這邊不得不暫時敗退下來。胡相也因此變得更加權傾朝野，不光文臣，甚至有不少武將都投靠了他。

這幾年，承乾帝一直忍耐，太子去後，他就如同失了一臂，加上當時遼東、雲貴的局勢一直未穩，讓他實在騰不出手來收拾內部。只能與胡相等人虛與委蛇，讓他們有一種他怕了他們的錯覺。

但現在，他覺得時機差不多了。他也早就想找一個契機將他們的資產挖出來了。

若是挖出來後他們老老實實的，那一個幾輩子的富貴閒人他還是可以賞他們的，但若是不老實，那就別怪他不客氣了……

眼看雙方僵持不下，大臣中的中立派和事佬，蘇銘蘇閣老只得站了出來，將朱熙弄進來鬧騰的婦人們打發了，又好聲好氣的勸道：「依老夫看，這次衝突雙方都有不對的地方，不如大家各退一步如何？」

胡相這邊聽了倒是沒什麼意見，畢竟當著承乾帝的面，他們的表現已經夠咄咄逼人了。若是再強硬下去，導致跟承乾帝鬧翻，對他們也沒什麼好處，倒不如雙方各打五十大板，各退一步，他們這邊也不算輸，對方也沒贏。

但朱熙這邊卻不願意退這一步，承乾帝自然也不願意退這一步。

他覺得這幾年自己已經退得夠多了！

就在雙方正僵持的時候，人群後突然走出一個十七、八歲的年輕男子來，跪到了周瑜等人的旁邊，隨後一道清朗的年輕聲音就傳了過來。

「陛下，微臣有話要說。」

承乾帝見他低頭跪著，看不清他的臉，因此就納悶的問道：「你是何人？」

「微臣乃虎賁營雷統領旗下軍糧調度千戶周珀，亦是周里安的長孫，此次與胡毅爭執的周珞是我弟弟。」周珀伏身著答道。

因為正跪在周珞旁邊，周珞就輕聲的叫了一聲大哥。

周珀就給了他弟一個安心的眼神，周珞見了，一直提著的、怕自己又給家族惹禍的心，就真的安了下來。

周珞倒是安了心，可周珀心中的怒火卻早已熊熊，他祖父就是被胡相等人逼迫而死的，如今胡相的兒子又差點打死他弟，他怎麼可能不憤怒？

但他也告誡自己，越是這樣，越要冷靜，所以面上一點也不顯，神情越發恭敬起來。承乾帝一看，就覺得這小子比他祖父可識時務多了。

「周珀？朕好像記得你，複州城保衛戰時，就是你同周瑾那小子一起帶兵冒充韃子，偷韃子軍營的，是吧？」

承乾帝問道，如果他沒記錯，這個叫周珀的好像還曾經被選過他長孫的伴讀，不過後來他長孫薨了，此事也就不了了之。

周珀恭敬的回道：「回陛下，正是微臣。」

「哈哈哈！」承乾帝就樂了起來，雖然不知道周珀接下來要說什麼，但肯定是向著他孫子這邊的，於是就笑著問道：「你有何話想說？為何剛才眾人爭論時你不說？」

「回陛下，」周珀先恭敬的磕了一個頭，才半直起身子回道：「雙方起爭執的時候，微臣並不在現場，微臣和周瑾過來的時間跟陛下您到的時間差不多。是山莊的人傳話過來說珞哥兒不行了，我和瑾哥兒才慌忙告假過來的。因此我二人並不知道事情的來龍去脈，所以剛才就沒敢發言。」

「那你這會兒又突然出來說什麼？」胡相身旁的汪相忍不住質問。「你一個小小千戶，既然並沒有參與到這次爭鬥當中，那就該一邊老實待著去，誰給你的膽子，沒有宣召，就敢上前說話的？」

周珀聞言，極其輕蔑的瞅了他一眼，沒搭理他。

汪相頓時大怒道：「老夫問你話呢！」

「汪相，微臣正在回答陛下的問題，你身為臣子，是誰給你的膽子，對陛下如此不敬的？微臣有沒有錯、該不該罰，自有陛下說了算。你當著陛下面前，就替陛下拿主意，又是誰給你的權力？」

周珀又朝承乾帝磕了一個頭，才淡淡的開口質問道。

對承乾帝不敬，替承乾帝拿主意，這罪過可不小啊！

汪相被周珀扣了這麼一大頂帽子，也慌了，急忙也跪倒在地，朝著承乾帝磕起頭來。

「陛下，微臣斷斷沒有此意啊！」

「哈哈……汪相快起快起。」承乾帝笑咪咪的說道。「你是什麼樣的人朕還不知道嗎？你向來是最效忠朕的，不過是無心之失，朕又怎麼會怪你呢？」

說完，還示意一旁的雲公公去攙人，一副君臣相得的樣子，又朝著周珀假意斥道：「周珀，你有什麼話就趕快說，汪相對朕的忠心，豈是你一個小小千戶能質疑的？」

「是！微臣知罪了，一會兒就跟汪相道歉。」周珀立刻從善如流的答道，又磕了一個頭，才道：「陛下，這場衝突微臣並不知來龍去脈，也不知誰對誰錯，所以不敢質詢。但據微臣所知，胡毅並沒有任何功名在身，而且因為只是個庶子，也沒有能承襲的爵位。所以，雖然胡毅貴為胡府公子，但按身分來說，他只是個草民。而臣弟因為在複州保衛戰中捐盡身家，又同沐將軍、五皇孫等一起堅守過複州城，所以，陛下當年獎賞複州保衛戰中的有功之人時，臣弟也曾得了陛下親封的『武功大夫』一職。」

周珀咬著後槽牙轉過臉，朝著胡相方向背誦著大燕律。

「這武功大夫雖然只是從七品的虛職，但亦是朝廷命官。我大燕律，草民毆打朝廷命官，徒三年；至其輕傷，流兩千里；至其骨折或重傷，處絞刑！」

最後，他在胡相的滿臉鐵青中，朝著承乾帝又磕了一個頭，大聲道：「陛下，臣弟雖不才，但為了保衛複州城，曾第一個帶頭捐贈了全部身家給守城戰士！後來守城官兵死傷大半，複州城眼看著要守不住，臣弟亦帶著旗下全部夥計，幫著五皇孫苦守了複州城東門近一個月！這些，複州城軍中文書皆有紀錄，微臣家中亦有朝廷頒發的任命文書，這兩件都可以證明臣弟是陛下親封的朝廷命官。臣弟如今被胡毅打成這樣，大家都有目共睹，雖不至死，但渾身上下亦是大傷小傷無數，腿亦有骨折。所以，微臣請陛下判胡毅——絞刑！」

整個大廳在周珀說完之後都安靜了下來。

大家瞬間覺得那周家丫頭是不是周閣老親孫女已經不重要了，這位周閣老親孫子才是真真繼承了周閣老血脈，得了周閣老真傳，且發揚光大了啊！

這番話不帶一個髒字，語氣也平平緩緩，卻一擊命中，扼住了胡相的咽喉啊！

周珀提出的點，連胡相也破不了，因為他比周珀更熟讀大燕律，當初制定這條律法的時候，他甚至是參與其中的。

在承乾帝玩味的目光中，胡相知道這次是他敗了。如果不交出點什麼，承乾帝是不會放過他兒子的。但若是因為他兒子的性命，向承乾帝妥協，那跟著他混的那些朝臣們一定會對他有所不滿；可不妥協，他兒子又得死！

胡相一時處於極度的焦慮中。

「胡郎！你快救救我們兒子吧！我們可就這一個孩子，他那麼像你，你怎麼忍心讓他去死啊？」田氏見連胡相都找不出理由來幫兒子脫罪了，也是嚇得不輕，抱著一旁的兒子大哭起來。

「爹！是周珞那廝先罵兒子，兒子才打他的啊！我哪知道他是個官啊？爹，你快救救兒子吧！兒子不想死啊！」

胡毅見朱熙已經將門外的護衛喊進來了，嚇得躲進田氏懷裡不敢出來，也大哭道。

「哈哈，胡毅，照你的意思，若周珞不是個官，你打了就沒事了？如此仗勢欺人、毫無人性的言論，我看判你個絞刑一點都不冤！不過你放心，看在你爹面子上，本皇孫一會兒讓侍衛們動手索利點，只需一會兒就過去了，不會難受很久的！」

朱熙見了胡毅的慫樣，越發大聲的嚇唬他。果然，那廝聽了哭得更響了。

胡相只得彎了膝蓋，跪倒在地道：「陛下！臣教子無方，現願捐出一半身家，還請陛下饒犬子一命！」

胡相認了栽，願用一半身家保愛子一命。

承乾帝聽了就故作為難道：「這國法焉同兒戲，豈能用錢買？何況你兒子打的又不是朕，朕同不同意又有何用？」

一邊說一邊用眼角去瞅一旁的康王爺。

康王爺正在椅子上坐著看熱鬧呢，就看見承乾帝一邊拒絕胡相，一邊給自己使眼色。兩人多少年的老兄弟了，立刻明白承乾帝的意圖，急忙上前當起了和事佬，將胡相拉到一旁小聲道：「哎呀，老胡，現在已然鬧到這地步了，就算陛下心裡想酌情寬宥你兒子，也不能以權謀私啊！他可是大燕的君主啊，怎麼能帶頭幹這事呢？要真那樣，咱大燕成什麼了？要我說，反正你都願意為了你兒子散了半數身家，那不如再去求求周家兄弟倆，只要周家兄弟願意不再追究，那就都好說了。到時候你再捐上半數身家，我們再一塊兒替你兒子求求情，今上那兒有了臺階，雖你兒子的活罪未必能逃，但死罪肯定是能免了的。」

胡相見康王爺那虛偽的臉，氣不打一處來。

我沒了一半身家，還得去跟那兩個小兔崽子求情？求完情還只能將將保我兒子一命？

唉！胡相心裡這個鬱悶啊，但到了現在，他還能怎麼辦呢？已然認栽了第一步，也只能繼續的認栽下去了。有本事……承乾帝就讓他一輩子起不來！

胡相一向是個能屈能伸的，向來奉行君子報仇，十年不晚。因此，極其自然的扶著自己已經慘不忍睹的兒子，跟周珀兄弟倆誠懇的道歉，甚至當著兄弟倆的面又給了自己兒子幾巴掌，以表誠意。

把一副正直老父親遇到叛逆孩子的無奈感演得分外真實，若不是周珀兄弟倆跟他有血海深仇，深知他陰人的本事，沒準兒真會被他給騙了。

周珀知道，能逼著胡相道歉，這已經是最好的結局，他們再矯情，恐怕承乾帝對他們周家剛積起的那點好印象又要消失殆盡了。因此也就代表他弟，接受了胡相的道歉，並在朱熙的提議下，給他弟要了一萬兩銀子的賠償。

不過……他可沒打算自己花用胡家的銀子。

「陛下，微臣聽聞如今豫州大旱，我們兄弟倆願意將胡相賠償的這一萬兩捐給戶部，幫助賑濟災民！」周珀朝承乾帝朗聲道。

這周珀可真懂事啊！比他爹還懂事！

「好！周家這幾年屢次戴罪立功，你祖父雖目無尊上，最終導致周家被抄家流放，但朕卻不得不讚他一句教子有方啊！既然你們周家如今都已經回了京，那朕就將周家原來舊宅賜還給你們兄弟，望你們兄弟倆能再接再厲，重振家門！」承乾帝立刻擊掌大讚，並難得大方道。

周珀聽了急忙小心的扶起躺在擔架上的周珞，兄弟倆一起跪倒在地，叩謝皇恩。

「謝陛下！」

「皇祖父，既然周家兄弟都捐了，那孫兒也不能小氣，孫兒也願捐贈十萬兩，皇祖父覺得哪裡需要就用到哪裡吧！」朱熙早就想給他皇祖父送點錢了，聽周珀說要捐銀子，立刻回應道。

「陛下，民女家與我外祖父家也願各捐銀一萬兩，用來改善民生！」周珀身旁還跪著的周瑜，跟她哥對視一眼，也乘機道。

這種在帝王面前露臉的事他們家怎麼能錯過呢？

「陛下，臣女這裡還有五千兩私房，也願意都捐了！」沐青霓也道。

可她向來視金錢如糞土，與其他心眼多的人不同，一向是有多少花多少，她說她還有五千兩，那就真是只有五千兩了。

「妳那點銀子就留著零花吧，妳那份銀子爹替妳出了！咱父女倆也捐……十萬兩！」沐風心疼閨女，忍不住開口，但又覺得肉疼。天知道他已經私下給過他義父十萬兩了！

幾人這一帶頭，別人也不好意思光看著了，鎮國公、康王爺、長公主每人也捐了十萬兩。汪相幾個各捐了三萬兩，其餘的大小官員也都跟著或多或少的捐了，就連最沒錢的十二皇子也捐了一千兩，這下輪了一圈，又輪回到胡相這兒了。

胡相知道這意思是什麼，憋悶得都快吐血了。

合著他捐了半數身家，周家那一萬兩也得他出，然後輪回來還有他？

「胡相若是不願捐就算了，畢竟您今兒為了您兒子已經花了那麼多銀子，再讓你為了『百姓』破費也不合適是吧？」朱熙在一旁陰陽怪氣，還特意將百姓二字咬得極重。

胡相聽了只得閉眼道：「臣亦願捐三萬兩！」

「哈哈哈！好！好！」承乾帝沒想到這麼會兒功夫，他不但壓了胡相一頭，又發了大財，樂得心臟病都要犯了。

多少年了！他都窮了多少年了啊？今兒終於發財了！

「陛下，既然眾位王公大臣為了我大燕百姓如此慷慨解囊，那微臣提議，不如陛下您親自寫一封感謝信，讓人張貼於京都各處，乃至整個大燕境內。信上可以將眾位捐贈人的名姓、任職，連同每人所捐銀兩都標注其上，以後若是還有王公貴族或者積善之家、仗義商戶，願意為我大燕百姓慷慨解囊，陛下都可照此行事，好讓我們全大燕的子民都知道他們的善舉！」

底下的周珀面帶微笑，從容的提議，讓在場眾人都頭疼起來。

這小子好陰，如此一來，他們哪裡還好意思少捐啊？

頓時，有幾個剛才耍機靈的，又朝承乾帝跪了下來。

「臣思來想去，覺得家裡尚能再湊出些銀錢來，臣願意再追加一萬兩！」

「臣亦是，願意再追加一萬兩！」

於是，那些捐得少的又比著輪了一輪。

「哈哈哈！大善！」

承乾帝沒想到周珀的一句話又讓他多收了百十萬兩，對他的好印象是飛速往上漲。

「哈哈哈，周珀！你現在是在雷戰旗下任錢糧千戶是吧？那職位是個識數的就能幹，朕看你也別在那兒待了，太屈才，就跟著朕吧，先從翰林院編修開始做起。」

翰林院編修嗎？他記得他祖父入仕後的第一個官職也是翰林院編修，他們周家還真是兜兜轉轉，又回到原點了啊……

眾大臣頓時氣得肝疼。合著他們跟著捐這麼多銀子，卻成全了這小子！

最終，胡相的兒子胡毅雖然被赦免了死罪，但還是被承乾帝定了個發配惠州三年的判罰，傷養好後就得出發。

胡相對此判罰沒有絲毫異議，等承乾帝宣判後，就帶著哭得死去活來的田氏母子告退了，其餘跟來的還有公務的大臣們見了，也都各自告退回去辦公。

而周珀、周瑾安頓好周珞等傷員後，也忙回了軍營。

就算周珀已經被承乾帝調任，但還是有許多事務需要交接。

但承乾帝卻沒有離開，自胡相等人走後，承乾帝臉上的笑容就沒有停過，心情大好的他，極有興致的帶著一塊兒留下來的鎮國公一幫人參觀起溫泉山莊來。

「阿瑜，妳有沒有什麼保心丸之類的丸藥？」

朱熙本來是陪在承乾帝身邊，同他介紹他們山莊景致的，後來發現捧他祖父臭腳的人太多了，他根本就擠不過。在兩次被他二哥踩了腳後，朱熙乾脆退了出來，悄悄來尋周瑜說話了。

周瑜因為周珞傷了，就留下來幫著朱熙一起招待承乾帝一行。

「你要那個藥幹麼？」周瑜聞言納悶的問道。

「我怕我祖父待會兒樂極生悲，得笑死！」朱熙無奈的回答，擔憂道：「我覺得還是備著點安心。」

今兒老頭子一口氣得了幾百萬兩，樂得都快找不到北了。

「那個我這兒有得是。」周瑜點點頭，人家的荷包裡是裝香囊，她的荷包裡向來是裝著速效救心丸還有各種丸藥的。

「有我在這兒，這個你就不用擔心了，我看你有功夫，還是趕緊去問問你祖父他老人家留不留飯吧？」周瑜撓頭道。

這都幾點了，也不說走，按說這種最高領導人，不應該十分謹慎嗎？一般情況下是不會在外面吃東西的吧？

周瑜覺得承乾帝應該不會留下，結果……

「祖父說我們廚房隨意做點就行，他向來不挑食，什麼都吃。」朱熙跑了一趟回來道。「對了，祖父聽鎮國公說咱家的辣椒菜做得好吃，順便做幾道也給他嚐嚐。」

「那辣椒第一次吃，腸胃弱的十有八九是要拉肚子的，你確定要做給他老人家吃？」周瑜猶豫道：「要不還是做點清淡的吧，別到時候吃壞肚子了，便說我們山莊給他下毒？」

「哈哈，阿瑜，妳這是話本看多了吧？妳真不用這麼緊張，想給我祖父下毒，哪有那麼容易啊？」朱熙聽了就笑道：「妳放心吧，我祖父的腸胃比我都好，不會有事的。何況有我在呢，就是真拉肚子也沒事。妳只管讓廚房將我們家的招牌菜都端上來，也讓我祖父見識見識。」

好吧！既然他孫子都這麼說了，她還有什麼可說的？
但為了謹慎起見，周瑜還是親自去了廚房，親自去盯著。
走到半路才後知後覺想到，怎麼感覺朱熙的那句「我們家的」那麼曖昧呢？

第四十七章

等到了廚房，周瑜才知道朱熙那句想給他祖父下毒哪有那麼容易啊，是什麼意思。

他們的廚房不但已經被御林軍圍了，食材也都已經被檢查了一遍，每個廚師也都被詢問完祖宗八代，但凡有一點報不清楚，就被排除出去。即便這樣，還不放心，盛飯的食具也已經被他們換成了銀製食具，且有十來個試菜太監也已經準備好。

周瑜已經問過朱熙，知道承乾帝身為一個草根出身的帝王，可能因為小時候挨過太多餓，所以即使成了皇帝，還是極愛吃肉。除了這點，別的還真跟他自己說的那樣，沒有什麼特別愛吃或者忌諱的。

因此周瑜思索過後，就擬了個十二道菜的菜單，分別是：黃豆燜豬蹄、辣子雞、茄汁蝦、回鍋肉、炭烤鱸魚、過橋排骨、毛血旺、番茄炒蛋、炒合菜、涼拌藕片、大拌菜、冬瓜丸子湯。

其中的番茄炒蛋、茄汁大蝦、辣子雞、過橋排骨、毛血旺、回鍋肉，都是他們山莊的招牌菜。因為留下來陪承乾帝的大多是武將，開宴前，朱熙還將自己私藏在山莊的美酒拿了幾罈出來。

宴席一共擺了三桌，承乾帝與鎮國公、康王爺、沐風、夏侯勇等人坐了一桌，朱熙作為山莊主人，坐在了下首作陪。剩下的十二皇子朱杉、二皇子朱熾、鎮國公的孫子夏侯軒等人坐了一桌。

因為女眷裡只有長公主和沐青霓，周瑜就在偏廳單給兩人擺了一桌，結果她過去招待的時候，被沐青霓一把拉住，非讓她留下來作陪不可。

周瑜推辭不過，也就大大方方的跟長公主見了禮，在下首入座。

長公主見了就暗自點了點頭。這周家丫頭單看長相，跟青霓丫頭一點也不一樣，一個甜美、一個冷豔，身分也是天差地別，但骨子裡倒是一路人。都天不怕地不怕的，見什麼人都不怯場，還各自有各自的本事，都不是依賴男人的性子。

長公主本身也是個敢愛敢恨、潑辣爽利的，因此對這性子倒是很喜歡。

所以，三人這頓飯吃得倒是賓主盡歡。

但男賓這邊氣氛就有點不一樣了，吃飯的時候倒還好，但吃完飯正喝著茶，承乾帝不知怎的就板起了臉。眾人見了都面面相覷，大家都想不透承乾帝為何生氣，因此都有些不知所措起來。

承乾帝確實是不高興了。吃飯的時候，因為大家在他面前都講究食不言、寢不語那套，說的話都少，他本來還沒覺出什麼，只覺得鎮國公推薦的那幾道叫什麼辣椒的，做出的辣菜還挺好吃，尤其那道毛血旺，他吃著是真過癮。

但飯後跟大家聊著聊著，承乾帝突然發現，飯桌上的那些新鮮菜式，原來只有他是第一次吃，不管是鎮國公、康親王或是他閨女乃至小十二，都已經在山莊開業的時候吃過了！尤其是鎮國公和小十二，幾乎天天來吃！

而自己身為一國之君，他五孫子的親祖父，竟然被剩下了。

直到今天他才第一次聽說朱熙開了個泡溫泉的山莊，也是第一次吃到那些菜！

承乾帝倒不是怪他孫子，覺得他孫子之所以沒跟他提這山莊的事，可能就是跟他說的那樣，覺得他整天日理萬機的，有那麼多大事需要管，不願拿這些小事煩他。

可承乾帝還真想聽他的兒孫們，時常跟他說說心裡話，或者拿些微不足道的小事來煩煩他。然而，在皇家，這種平常老百姓家普通得不能再普通的天倫之樂，卻往往是最難實現的。

因為，他們不僅是父子、爺孫，也是君臣。

「唉！」承乾帝突然就感到有些淒涼。

或許這就是身為帝王的悲哀吧？所謂孤家寡人，所謂高處不勝寒。

因為心情低落，承乾帝就有些悶悶的，吃完飯就板著張臉在一旁喝茶，整個人都散發著一種生人勿近的氣場。他這般表現，就連鎮國公幾個都有些不敢上前了。

只有朱熙是個沒眼色的，顛顛的跑進來後，就朝承乾帝道：「皇祖父，飯後也歇了有一會兒了，孫兒已經讓人將湯池給您備好，您帶著您這老哥兒幾個去泡泡吧！孫兒跟這兒的推拿師傅也學了幾招，等您泡完，我給您再按按，也能解解乏。剛孫兒見您愛吃那道毛血旺，已經讓這兒的廚師將做法教給跟來的御廚了，那些調料也給他都備了些，您以後若是想吃，就算沒空來山莊，在宮裡也能吃到。不過阿瑜說，這菜偶爾吃吃就好，總吃容易上火。而且她說，剛觀您面色，有些肝火旺盛，讓我叮囑您以後少喝酒，也別總喝濃茶了，多喝點菊花枸杞泡的茶……」

承乾帝看著眼前孫子叨叨說個沒完，剛才鬱悶的心情，突然就好了起來。

他說剛才怎麼只有他的茶是菊花枸杞茶呢？原來是那個周家丫頭讓人特意安排的啊！呵呵，倒是細心，難怪他孫子那麼惦記她，那丫頭還真是有些與眾不同呢！還有眼前這個孫子，雖然頑劣且沒有大志向，有時也會騙他，比如這次山莊的事，就沒跟他說，但對他倒是真心真意，毫無所求的孝敬……

呃，好像也不是毫無所求！這小子一直想要塊大封地，好帶著他的阿瑜去逍遙快活。

哼，想要甩開他祖父去過小日子，想得美！

承乾帝在心裡冷哼，他已經可以預見這個孫子，將來有了媳婦就會忘了娘，若真給了他大封地，他肯定一天也不想在京都待了。立刻就會扔下祖父，帶著他的阿瑜跑去封地，到時候三年、五年的都未必會回來看他一眼。

承乾帝現在都已經習慣了有這個孫子陪著，他眾多兒孫中，也只有這個孫子沒拿他當帝王，而是只把他當成祖父。所以，關於給這小子封地的問題，他決定再想想。

「好！那朕就沾沾我孫兒的光，也去享受享受！哈哈，老哥哥、二弟，我們一起唄？我們老哥兒幾個都多少年沒有袒裎相見過了。」

承乾帝心情好了，當即就高興的同意了朱熙的邀請，笑著朝鎮國公和康王爺道。

這話一出，鎮國公和康王爺立刻表示同意，鎮國公還笑著指了指這些天一直陪他住在山莊的自己大孫子，跟著逗趣道：「哈哈，正好，我孫子也在。你有你孫子給你推拿，我也有我孫子，我們正好比比，看誰的孫子按得好！」

「可我兒子、孫子都不在啊！誰給我按啊？」康王爺聽了就故意苦著一張臉道。

惹得承乾帝和鎮國公都哈哈大笑起來。

「二伯父！我給您按！」一直在角落坐著當個老實孩子的朱杉聽見就蹦了出來，笑道：「我這些日子也學了幾招，我伺候您老！」

一旁晚了一步的朱熾鬱悶了。

娘的！自己不過就猶豫了一下，覺得那推拿的活計是奴才幹的，不符合自己形象，沒想到就被這廝搶先了……

承乾帝一行都跑去泡溫泉了，長公主這邊也撤了宴席。因為已經泡過溫泉，長公主就不想再泡了，但她父王在這兒，她又不好告辭先走，就又回了一開始自己包的溫泉園子，決定去邊歇著邊等著承乾帝泡完溫泉要走了，她再跟著一起走。

周瑜和沐青霓都不累，就坐在一起聊天。

周瑜見這會兒就她和沐青霓兩個，便笑嘻嘻的讓沐青霓稍等她一會兒。自己則出去了一趟，轉身就進入空間，拿了一個精緻盒子出來，盒子裡放的是一把匕首。

今兒她哥臨走前，特意將她叫過去，讓她若是有機會，就將這柄匕首送給沐青霓。這把匕首是以前她哥在末世時蒐集的眾多武器之一，也是她哥最心愛的那幾件武器之一。匕首上的塑膠刀柄已經被她哥特意換成了木質的，還特意給這匕首訂製了個木質盒子，都一同放在空間裡的桌上。

「青霓姊，這是我大哥讓我轉交給妳的賠禮。他說以前在複州城時就和妳約定過，若是到了京都，一定要請妳喝葡萄美酒，但他入了虎賁營後一直不得空，就還沒能踐約。前些日子，他特意託人尋了這把匕首，一直帶在身邊，本想著等有機會同妳喝酒時再送妳當賠禮，但沒想到今兒竟然在這兒遇到了，可惜沒有能跟妳單獨聊幾句的機會。所以，臨走前就託付我，先將這把匕首送給妳，說讓妳千萬別生他的氣，等他有了空閒，一定第一時間請妳喝酒。」

周瑜一邊將裝匕首的盒子推到沐青霓的面前，一邊笑道。

原來，他並沒有忘記啊……

沐青霓聽了就想，覺得只要周瑾沒忘了那約定，那時間早晚她倒是也不介意，此時見周瑾因為抱歉還特意給她尋了禮物，就更不生氣了。

她見周瑜推過來的那盒子精緻非常，立刻來了興趣，打開盒子看。

然後，她眼就亮了，興奮的將裡面的匕首拿了出來。

這柄匕首也太漂亮、太鋒利了吧？

也不知是用什麼材質做的，整體呈烏黑色，但又不是她見過的顏色，這烏黑色讓整個匕首都顯得冷冽起來。匕首的兩邊都刻有鋸齒紋路，不但讓匕首更漂亮，還更有殺傷力。

匕首的刀柄用的木質也極好，打磨得光滑，握在手裡極舒適。

沐青霓翻看著手中匕首，心裡喜歡得不行。然後，就看見刀柄後面的角落裡，用刀刻的一個「霓」字，一時間愣了。

承乾帝正一邊愜意的躺在軟榻上，一邊享受他孫子給他推拿，還不時的跟一旁的鎮國公幾個說笑幾句。

雖然他孫子的手法也就普通，但承乾帝還是覺得很舒服。

「嘿嘿，祖父！看在孫兒這麼孝敬您，您能不能……」

朱熙一邊給他祖父賣力的按著肩膀，一邊輕聲的說道。

「打住！」承乾帝聽了立刻覺得不舒服了，他不用想都知道朱熙想說什麼，於是就直接打斷了他的話。「你小子現在就想要封地，門兒都沒有！」

一旁的朱熾詫異地看向滿臉委屈的朱熙。

他有沒有聽錯，朱熙竟然想要封地？他竟然想就藩？難道他不想……

從溫泉山莊回宮後，承乾帝就煩惱著。

胡相決定捐一半身家保他兒子一命，就代表以他為首的權貴派在同承乾帝的較量中暫時敗下陣來。雖然這次依然不能讓胡相傷筋動骨，但能給他個警告承乾帝還是很高興的。

為免胡相有時間轉移財產，承乾帝決定第二天就派戶部的官員去胡相府裡同他的帳房交接。但如今戶部那群人，也不知有多少是胡相安插在裡面的，承乾帝覺得派誰去他都不是特別放心，還是得派一個他信得過的人代表他去看著戶部那些人才行。

但派誰去又成了難題……

按說，派他二孫子去最合適，朱熾這半年多都在戶部歷練，於帳目上已經是一把好手，戶部那些人應該是忽悠不了他。

但他太溫和了，這次去勢必得跟胡相府那群帳房管事掰扯，若是他去，那些藏在背後的銀子怕是他一文也拿不回來。

不行，承乾帝覺得，還是得派個混不吝的人去，才能鬥得過那幫人，這點他五孫子倒是合適，小十二也湊合。但讓這兩個貨算數還行，算帳？怕是到時候那些帳房都不用跟他們掰扯，直接聯合戶部的人忽悠他們就成……

承乾帝也想過不派戶部的人去，但不派戶部的人，派軍方的人去，又搞得跟抄家似的。

唉！真是麻煩！

「祖父，您是不是為了派誰去胡相府收銀子發愁呢？」剛從溫泉山莊跟承乾帝一塊兒回來的朱熙，看他祖父打量他好幾眼了，忍不住問道。

「你怎麼知道？」承乾帝聽了面上一喜，覺得他孫子這不挺聰明的嗎？

「嗨！您老那麼缺銀子，能忍住不今天派人過去就不錯了，怎麼可能忍得過明天？」朱熙嬉皮笑臉的回道。

……好吧，能想到這一點也挺聰明的！

「那你覺得誰去收這銀子合適？」承乾帝問道。

「我啊！」朱熙聽了立刻毛遂自薦道：「祖父，派我去吧！哈哈，孫兒特別想去看胡相那張臭臉！」

承乾帝揚起案桌上的摺子就啪一聲給了他一下，朝他吹鬍子瞪眼睛道：「你小子還是先看看你祖父這張臭臉吧！都什麼時候了還鬧著玩？」

朱熙被打了也不惱，依舊笑嘻嘻道：「哈哈，祖父您放心，孫兒雖確實是奔著看熱鬧去的，但您交代的差事孫兒也一定會幹得漂漂亮亮。」

承乾帝沒好氣地道：「就你？那帳本怕是它認得你，你不認得它吧？戶部的帳房倒是不少，但你拿得住他們嗎？」

「幹麼非用戶部那幫人？咱可以自己找人啊！」朱熙聞言立刻道：「而且，咱收回那銀子後，也不必入戶部，反正胡相花錢買兒子的命這事也不能放到明面上來說，那幹麼還給戶部？倒不如將銀子放到您私庫裡，到時候您想怎麼用就怎麼用。」

……這倒是個好主意，但這主意他孫子想得出來？他怎麼那麼不信呢？

承乾帝忍不住問道：「這都是你想出來的？」

朱熙老實道：「不是，是周瑾給我出的主意，昨兒找那些婦人膩歪胡相也是他出的主意。」

果然！

「他昨兒就已經告訴你，將胡相那些銀子入朕的私庫了？」承乾帝又問。

「嗯，瑾哥說，這叫以彼之道還施彼身，胡相不要臉，我們可以比他還不要臉！」

朱熙興奮道，但瞬間又覺得自己剛說的這句話有點像周瑾罵他祖父不要臉的意思，忙又解釋。「呃……祖父，不要臉這句不是瑾哥說的，是孫兒自己加的！呃，孫子的意思可不是說您不要臉，孫兒主要是說胡相不要臉……呃，好像也不對。」

朱熙生怕他祖父怪罪周瑾，急忙解釋道，結果越解釋越亂。

「行了行了！別解釋了！」

承乾帝不耐煩的打斷了他，想了想，才朝他正色道：「熙兒，你沒發現嗎？周家那些孩子都太聰明了，不管是昨天那個周珀，還是周瑜那丫頭，抑或是周瑾！同他們交往甚密，你……就不怕他們利用你嗎？」

現在或許還好，但若是有一天他孫子成了親王，有了自己的封地，娶了周家那丫頭，那日後這群周家人會不會把持住他孫子啊？畢竟他孫子這麼傻。

承乾帝看著自己孫子想，若那周家只是想靠著他孫子獲取些錢財的碌碌之輩也就罷了，但明顯那幾個孩子都不是等閒之輩……若是有一天他們的野心變大，會不會唆使他孫子造反呢？當年周里安不就是處心積慮多年，想替他孫子爭一爭他這個位置嗎？他們也都是周家人啊！

「熙兒，你要知道，防人之心不可無啊！尤其是你身在皇家，稍微踏錯一步，可能就是萬劫不復啊！」承乾帝看著孫子語重心長。

朱熙看著自己祖父因為操心國事越發蒼老的面容，想起祖父在他父王去世後一夜白頭的模樣，思索了片刻後，撲通一聲跪倒在地，拉著承乾帝的手坦承。

「祖父，孫兒知道您在擔心什麼！但也請您相信孫兒，孫兒或許沒有一些人聰明，但誰對我好、誰對我壞，如今的我還是能分辨出來的。以前小時候我或許不懂，能由著人將我養廢，但這幾年我經歷的事、開的眼界，早就讓我跟以前不一樣了。孫兒知道您生周閣老的氣，所以對周家諸多防備，但在孫兒這兒，周閣老或許有錯，他對孫兒卻沒有絲毫私心。他當年想方設法巴上父王，確實是想扶我上位，但他做這一切都不是為了自己，他只是擔心以我的出身，若是不能坐上……您的位置，那我注定不能善終！」

朱熙抬起臉，接著道：「但這一切，都因為父王的薨逝結束了，周閣老亦因此而死了……在遼東時，孫兒知道周閣老是因為我而死時，本以為澤林叔會怪我，但澤林叔卻跟我說，現在我想要的偏安一隅的願望或許可以實現了。只要我一生平安，將來子孫滿堂，他們周家也算對得起外祖父對周家全族的救命之恩了。所以，祖父，周家自始至終也只是因為我是外祖父留在這世上的唯一血脈，才幫我助我，若是真論起來，不是周家欠我，而是我欠周家的……」

他垂下腦袋。「您說怕周家利用我，但在遼東時，周家多難啊！澤林叔明明就可以借助我對周家的愧疚，讓我幫助他們向您求情好讓他們回京，但是他並沒有，甚至他們種出洋芋後，寧願轉著彎的找別人都沒有找我。明明他們屢次對我有大恩，但我回京的那幾年，他們甚至都沒有聯繫過我，若是對我有所圖，又怎會如此？」

朱熙哽咽著跟承乾帝將心中存著的話都說了，這麼多年以來，他早就想跟他祖父說說周家的事了。若是解不開他祖父對周家的防備，他怕萬一有一天，他祖父再一氣之下對周家做點什麼。

他欠周家的實在太多了，不能再讓周家失去什麼了！

第四十八章

承乾帝聽了他孫子的話，心裡確實有些動容。

他雖然知道當年常颯對周家有恩，才讓周閣老為了他寧願背叛自己，卻並不知道這恩情是拯救了周家全族的大恩。而且，他也不知道原來周澤林已經跟他孫子達成共識，也贊同他孫子偏安一隅的想法。

他一直以為周家人會對他孫子挾恩以報，但現在想想，也確實如他孫子所說，這些年，周家是靠著自己那些出色的兒孫起來的，從未靠過他孫子。

而他孫子這幾年在他身邊，除了時常提起那個阿瑜，確實一句也沒提過別的周家人。

承乾帝自認為對自己這個孫子還是瞭解的，他說的是實話還是假話，是不是別人教他說的，他還是看得出來。因此，難得的陷入了自我懷疑中。

難道周家真的只是為了報恩？真的只是為了護著他孫子安穩？

若真是如此，那他們的想法跟他倒是一致的！

他身為帝王，也知道在帝王之家是沒有什麼骨肉親情的，更知道自他大兒子死後，有不少人惦記上了他大兒子的儲君之位想要爭一爭。但他還是盼望，哪怕他的兒孫們去爭去鬥，也別鬥得太你死我活，起碼留彼此一條性命。

畢竟都是他的兒孫，身為他們的祖父、父親，失去他們哪一個，他都會心疼……所以，這幾年他一直在觀察，想要從自己的兒孫中選出一位既能擔得起大燕國主之位，又心存仁善，容得下這些兄弟子姪的。

無奈到現在，他還沒發現有哪一個能兼顧這兩點。

承乾帝感慨著，但帝王生性多疑，轉過來又覺得周家沒準兒是另闢蹊徑呢？比如通過周瑜那丫頭達到控制他孫子的目的。

「哼！若是他們對你無所求，周家那小丫頭為什麼整日勾搭得你魂都沒了？讓你一心只惦記著她！」

這都哪兒跟哪兒啊？他祖父未免也太看得起他了，還阿瑜勾搭他？

「祖父，您老是不是有什麼誤解？孫兒承認喜歡阿瑜，但您說阿瑜勾搭孫兒？孫兒倒是想呢！卻是想得美！唉……」朱熙忍不住哀嘆道。

「難道是你倒貼？」承乾帝驚道，又一次問出了一直以來疑惑的問題。「你這般上趕著，到底喜歡那丫頭哪兒啊？」

再次見到那丫頭，承乾帝也承認，比起在複州城時的狼狽模樣，那丫頭確實好看了不少，但也不至於到傾國傾城的地步吧？

「喜歡她哪兒嗎？」朱熙喃喃道：「孫兒也說不上來，反正她幹麼我都喜歡！看她哪兒我都覺得好看！當年在遼東時，我們就特別聊得來，她喜歡的我都喜歡；我喜歡的，她也喜歡。跟她一塊兒待著，孫兒整日都能很痛快，怕是那會兒，孫兒就喜歡上她了……」

朱熙有些悵然。

「當時她還不知道我的身分，卻只因為把我當成她的朋友，就屢次拚死護我救我，若沒有她，孫兒早就死好幾回了。後來她知道了我的身分，卻因為我騙了她，還想要讓她當我小妾，就不再理我，跟我徹底決裂了。祖父，我這個皇孫，或許在別人看來是個寶，但阿瑜根本不在乎，甚至十分嫌棄。所以，您老根本就是弄反了，其實一直是您孫子在追著、巴著人家，人家一家子，不管是她娘還是她哥，都看不上您孫子。」

朱熙朝他祖父說道，試圖讓他祖父明白，一直是他巴著阿瑜，阿瑜根本就沒有想勾引他的意思。但這話聽在承乾帝耳朵裡，卻成了那周家看不上他孫子，即使他孫子應了讓那丫頭當側妃，那家人都不幹。

因此承乾帝頓時暴怒道：「他們怎麼敢？我孫子哪點配不上她！竟敢如此對你？難道她還敢妄想正妃之位嗎？」

合著他說了半天都白說了？

朱熙看他祖父那樣，就知道祖父又生阿瑜家的氣了，立刻也怒道：「祖父，咱先說好啊，你要是因此對付阿瑜家，別怪你孫子跟你翻臉！」

朱熙覺得自己配不上周瑜，但又捨不得撒手，就想著用行動慢慢的感化她，好讓她也喜歡自己。現在他連娶她為正妃都不敢提，可他祖父卻說什麼給她側妃之位都是抬舉？

朱熙深怕他祖父在他這事上插一腳，導致周瑜從此再也不理他，因此極力要求承乾帝給他婚姻自主權，不要管他跟阿瑜的事。

承乾帝覺得他孫子簡直在放屁，他就沒聽說過當爺爺的不能管孫子婚事的。更覺得他孫子太沒有出息，整天為了個女人患得患失，既然喜歡那丫頭，娶回來就是！

實在不行，他下道旨意，直接封那丫頭為側妃，那周瑾還敢抗旨不成？真是的，一家子破落戶，還敢挑揀他孫子！要不是看他孫子實在喜歡，那周瑾他也想再看看，要不然，就憑周家敢嫌棄他孫子，他都想弄死他們。

朱熙聽了他祖父的話，差點嚇死。他可是知道周瑾兄妹倆有多大本事的，何況他們還能直接變到那個神秘房子裡。他祖父若是下旨逼婚，他們要是不願意，隨時都能變不見。若是逼急了他們，他祖父都未必能落著好。

最重要的是，若是那樣，他恐怕就永遠見不到他的阿瑜了。

所以，朱熙自然不能讓承乾帝那麼幹，苦勸他祖父也不聽，就直接撒潑，表示要是承乾帝敢逼迫他的阿瑜，他就敢不當這個皇孫，誰愛給他當孫子誰就當去！

這話直接將承乾帝氣了個倒仰。

然後，祖孫倆就又大吵了一架，鬧了個不歡而散。

承乾帝跟孫子折騰了一場，也是又氣又累，坐在大案後的椅子上直喘氣。雲公公見了，急忙讓小內侍換了盞新茶來，親自端給承乾帝。

承乾帝接過茶碗一看，見果然是菊花枸杞茶，渾身的氣才又消了些。

自打昨天那周家丫頭囑咐他的五孫子，讓他提醒他要多喝菊花枸杞茶後，他五孫子回來就將他別的茶葉全藏了，都換上了菊花枸杞茶。

唉！那小子雖然一天的氣他，但比起別的兒子、孫子的心機算計，還是那小子更至情至性一些啊……

承乾帝邊喝著菊花茶，邊後悔起來。

自己何必整日跟自己孫子對著幹呢？好不容易那小子肯跟他說點心裡話。說起來他五孫子也怪可憐的，從小就沒了娘，爹和大哥也死了，那個韓氏對他也不好，自己這個當爺爺的再不多疼他，誰還疼他呢？

既然他那麼喜歡那周家丫頭，要不就成全他？省得他一輩子都過得不痛快。

他不肯讓那丫頭做妾，那他就讓她做個親王妃又如何？什麼家世身分的有什麼要緊，真論起來，他們家祖上不也是泥腿子出身？

「明天你帶人去將那個叫周瑜的丫頭接進宮來，朕要親自再看看她。」承乾帝想了想，又加了一句。「別讓別人知道。」

「是！」雲公公恭敬的應了一聲。

朱熙此時並不知道在他跟承乾帝大鬧一場後，承乾帝還是想插手他的婚事，他還以為承乾帝對他妥協了呢。

朱熙之所以會這麼認為，是因為第二天，他祖父就同意讓他帶人去胡相府上收那一半家產，還聽從了他的建議，並沒有驚動戶部。除了派幾個擅長帳目的太監跟著他外，還讓周瑾帶幾個手下過來，輔助他行事。

這一切都表明他祖父聽進去了他的抗爭，因此，朱熙就高興的帶著承乾帝給他安排的人和周瑾一起去了胡相府上。

周瑾這會兒能從軍營裡出來透透氣，也覺得挺好的。自打回了京都，他都一直在軍營裡打拚，如今的他已經是正五品的守備了。雖然對他來說，這個職位還不足以讓他能護住家人，但對旁人來說，只用了四年就爬到這個位置，簡直太出類拔萃了！

胡相府的產業龐大，有當年承乾帝封賞的，但更多的是他們府裡這些年置辦甚至侵占的。那些見不得光的，胡相府上的管事們自然早就做好了暗帳，篤定他們不會被查出來，就連那些明面上的，也是能藏的都儘量藏了起來。

因此朱熙一行不但要核對帳目，還得去胡府帳目上的那些鋪子、莊子等處調查，還要想法子證明那些被他們換了皮的產業其實就是他們自己的。

總之得一整天的扯皮，且沒有一個月，根本弄不完。為免得來回跑，周瑾一行就都在胡相府裡住了下來。

朱熙自然對查帳這事沒什麼耐心，也不太懂，因此就將所有的事都扔給周瑾去煩，他只在跟對方扯皮的時候才蹦出來撐場。

比如胡相質疑，為何派來查帳的不是戶部的官員，難道承乾帝想將這些產業收入私庫，中飽私囊嗎？身為大燕的皇帝怎麼能這麼幹？

朱熙就答道：「我祖父還不是為了給你留面子，你要是不滿意，我們收完你的產業銀子後，立刻就交到戶部去，登帳上名目的時候，就填『胡相兒子買命錢』如何？」

又比如胡相府裡的總管事問，既然只是上交一半產業，又不是他們老爺犯了事，派帳房來還不行，為何帶軍方的人？

朱熙便答道：「小爺來你們家沒有安全感不行嗎？找幾個軍中朋友保護我，關你屁事！」

除了偶爾應付這些破事外，朱熙就沒什麼用了，但他又不能走，於是總拉著周瑾說些有的沒的。

周瑾一整天忙於帳務清點，哪有空應付他？

這天，就因為嫌他煩，將他趕了出去。於是，朱熙只能百無聊賴的在胡府的外院晃蕩，因為他的身分，倒是也沒人敢管他。

結果，朱熙正無聊的揪院牆旁一棵矮樹上的葉子玩時，突然就見通往內院的院牆上露出一個披頭散髮的婦人腦袋來。朱熙差點沒嚇死，頓時大叫起來。

結果還沒叫完，就聽那披頭散髮的婦人朝他喊起了救命，邊喊還邊往牆外爬了過來。

朱熙雖然不知道這婦人是何人，但本著胡相府裡出事就一定是好事的原則，急忙一邊去扶那要跳牆的婦人，一邊大聲呼喊起周瑾。

結果周瑾沒來，內院裡呼啦啦先跑出了一群人來，其中帶頭的就是胡相的小妾田氏，緊接著幾個胡相府上的護衛也跑了過來。

「快將這賤婢給我捉回去！」

田氏臉上的傷還沒消，此時頂著一張腫臉，也不管朱熙還在，就指使護衛去捉人。

朱熙見是田氏要打的人，本能的將跳下牆的婦人護了起來，大喝道：「我看誰敢動！」

但並沒有什麼用，田氏身後的護衛直接就要越過他去捉人。

朱熙急忙下，直接伸手將其中一個護衛攔了下來。

這幾年他一直在練武，雖功夫比不得周瑾、沐青霓，但在沐青霓手裡走上幾十招已經不成問題。不過與這名護衛一交手，朱熙就感到了巨大的壓力，才三十來招就敗下陣來。

那護衛倒也沒敢傷他，冷笑一聲後，就一掌將他推開了。

可這聲冷笑卻讓朱熙心裡一凜，似乎在哪裡聽過……但現在可不是想這些的時候，因為那些護衛已經撲向了那婦人。

「啊！田氏要……」

婦人嚇得驚呼一聲，就向著朱熙喊了起來，但只喊出半句，就被那些護衛用手刀砍暈了過去，扛起她就要走。
朱熙要去攔，立時就被幾個護衛圍了起來，正好這時，周瑾帶著韓千戶幾人到了。
朱熙看見周瑾，急忙喊道：「快救下那個女人！」
周瑾就朝身邊的周玳囑咐一句，然後一個箭步上去，將那個扛著女人的護衛攔下了。
那護衛畢竟扛著一個人，打起來就有些不順手，幾下就被周瑾將人奪了過去。旁邊的一個護衛急忙來救，周瑾順手就將那暈了的女人扔到一旁不遠的朱熙懷裡，又接住了那個護衛攻來的招式。
與此同時，韓千戶幾個也已經按周瑾的吩咐將朱熙圍在中間，同其餘護衛鬥起來。
「五殿下！你什麼意思？我們府裡的事你也想插手嗎？」田氏見婦人又落到了朱熙手裡，頓時著急起來，朝朱熙怒道。
「田氏，妳是個什麼東西，有什麼資格跟本皇孫說話！」朱熙立刻冷下臉。
「啊！不要管他！趕緊將人給我搶回來！」田氏歇斯底里的朝護衛們喊道。
幾個護衛聽了，攻勢越發強勁起來。
周瑾這邊也是打得甚是激烈，跟他對戰的正是前幾日跟沐青霓鬥過一場的阮二的哥哥阮大，其武功比阮二更勝一籌。
周瑾經過這幾年的鍛鍊後，整體的體術水平甚至比前世還要高，但即便這樣，跟眼前這個高手比起來也有些吃力，不過是仗著自己兩世的實戰經驗，才能暫時跟這位打個平手罷了，若是時間長了，肯定會落敗。

而且，這麼一會兒功夫，他們幾人已經被胡府的護衛們團團包圍了起來。

此時，周瑾也沒有別的辦法了，唯有盼著去請沐青霓幫忙的周玳能快點回來。剛才事情緊急，周瑾能想起的敢跑來胡相府幫他們的只有沐青霓了，因此就讓周玳趕緊去找她求救。

此時的周玳已經狂奔在去往西平侯府的路上，剛才周瑾在他耳邊吩咐，讓他快去找沐將軍，周玳就趁小廝護衛們正忙亂的搶奪那個婦人之際，先悄然退到了角落裡。然後趁著沒人注意到他，就迅速的朝胡府的門口退去。

彼時的胡府門口還未曾聽到院裡的動靜，周玳就急忙趁此機會跟那些門房說，他要外出辦事。這幾天他們在胡府和管事對帳，常有需要外出核對的時候，胡府的門房就放了行。

等出了胡相府的那條胡同，周玳就撒丫子跑了起來，朝著西平侯府跑去。周玳的腳程又快，片刻就到了。

沐青霓從府中出來，見是周玳，便立刻想到了周瑾，急忙問道：「出什麼事了？」

周玳忙上前一步，輕聲將來龍去脈跟沐青霓講了。

沐青霓聽了沈默一下，就朝周玳道：「你跟我來！」

胡相府周瑾一群還在苦苦支撐，而侍衛越來越多，韓千戶幾個心裡也是叫苦不迭，本來以為這次跟著周瑾出來會是個美差，沒想到卻是如此……

韓千戶自打調來了京都，官職就停滯不前了。本來周瑾和他並未分到一處，但幾個月前，韓千戶覺得自己實在混不下去了，又不想被調走，就求到了周瑾這個昔日下屬面前，希望他能拉自己一把。

於是周瑾又動用自己的人脈，還私下添了幾百兩，想方設法的將韓千戶調到自己旗下，於是韓千戶也從昔日的周瑾上峰，變成了周瑾的下屬。

不過韓千戶一點也不介意這點，下屬怎麼了？若是周瑾照如今這個勢頭一年跳兩級，那只要他好好幹，不也得跟著步步高陞？

所以，接到調令後，韓千戶屁顛屁顛的就拿著行李物品來找周瑾報到了，看到周瑾時還一副諂媚的樣子，那油滑樣氣得周瑾夠嗆！

韓千戶本來以為這次跟著周瑾過來純粹是吃香喝辣的呢，結果誰知剛才還好好的，如今就打了起來……

那群護衛他娘的不敢打五皇孫，卻直往他們身上招呼，眼看著自己這邊的兩個弟兄都已經被他們打傷撂倒，韓千戶只得一邊心裡罵娘，一邊將自己上陣殺敵的本事都使了出來。

他們相府既然敢先傷人，那他們這邊還猶豫什麼？

相府的護衛雖多，但真正的高手如今在府裡的也就阮大一個。其餘的護衛武功雖也不弱，但跟征戰沙場多年的韓千戶比起來，實戰經驗還是差很多。加上跟周瑾過來的其餘幾位也都不是吃素的，見韓千戶一玩命，幾人也都狠命拚殺起來。

幾人這一折騰，一時間倒把局勢反轉了過來，變成相府護衛這邊開始敗退。任憑田氏在旁邊如何叫囂，那群護衛也突破不了韓千戶幾個，更別說搶朱熙懷裡的婦人了。

第四十九章

此時朱熙正躲在韓千戶幾人身後，使盡渾身解數的想辦法將懷裡的婦人弄醒。終於，在他憑著記憶裡周瑜救人的方法，一番照貓畫虎的胡亂操作下，掐人中、掐虎口，婦人終於悠悠醒轉了過來。

朱熙心中大呼萬幸。

再不醒，他都想學著周瑜給她按胸口了。可雖然這婦人看著都快五十，但到底也是個女的啊！若是給她按了胸口，朱熙還真怕她因為失了名節訛上自己，讓自己負責。好在，他還沒按，這婦人就先醒了過來。

見婦人醒了，朱熙急忙將頭探了過去，問道：「妳為何從內院逃出來？田氏為何要捉妳？快說啊！」

婦人愣怔了一下，才反應過來，見面前的是剛才護著自己的小哥，急忙拚盡渾身力氣，喊了一句。「田氏要害夫人！快去救夫人！」然後就又暈了過去。

夫人？胡相的夫人？田氏要害胡相的正房夫人！那可真是太好了！

「田氏要殺胡相夫人！胡相要寵妾滅妻啊！」

朱熙眼睛一亮，立刻張開嗓門喊了起來。

廝殺成一團的眾人頓時停下動作，田氏則嚇得渾身一僵。

其實田氏再蠢，也沒蠢到會在五皇孫幾個住在府裡的時候，對胡相的正房夫人盧氏下手。只是自去年她想方設法讓胡相將盧氏的兒子，也就是胡相的嫡子調出京都出任外官後，這胡相府裡就是他們母子獨大了。

之後又見自己幾次欺辱盧氏後，胡相都睜一隻閉一隻眼，田氏的野心就越發的大了！漸漸的就生出取盧氏而代之的心思來。

雖然胡相暫時還不能將她扶正，但田氏覺得那都是早晚的事，就想著先不聲不響的除掉盧氏，也省得她被扶正的時候擋她的道、礙她的眼！

所以，這一年來，田氏仗著胡相嬌寵，一直在苛待盧氏。先是在飲食上待之若奴僕，一段時間後，見盧氏在京都的娘家畏於胡相的權勢也敢怒不敢言，田氏就更變本加厲起來。不但對盧氏時常打罵欺辱，飯食也是三、四天才給一次，甚至在她的飲食中加了慢性毒藥，就想著盡快將她弄死。

多虧了盧氏在府裡也算有幾個忠僕，常常偷偷送些飯食給盧氏和幾個丫鬟，才讓盧氏活到了今日。

但是，盧氏整個人已經被田氏折磨得奄奄一息，昏昏傻傻，離死也不遠了。

這幾日，因為五皇孫要帶人入府對帳，田氏只能暫時歇了對盧氏的折磨，讓人將她的院子看起來。

看著已經昏昏傻傻的盧氏，田氏也放鬆了警惕，覺得就讓她再活幾天，等五皇孫一行一走，就是她的死期！

卻沒想到盧氏的昏傻其實一直是裝的，她被折磨得快死了確實是真的，但她並沒有真傻。

因為裝傻，院子裡看守她的奴僕也放鬆了警惕，所以盧氏也從他們的口中知道了五皇孫一行如今就在府上，而能不能自救，她就只有這一次機會了。

所以趁著那些僕婦不備的時候，盧氏就偷偷讓自己的貼身嬤嬤鄧氏，順著她屋子裡的後窗戶，爬到她們院子裡的甬道。那條甬道的盡頭，就是內院連接外院的院牆。

如今她們院裡能爬得了牆的，就只剩鄧嬤嬤一個了。

鄧嬤嬤一開始是盧氏的陪嫁大丫鬟，盧氏成親後不久，就遵從鄧嬤嬤的意願，給她作主，嫁給鄧氏青梅竹馬的表兄，出嫁時還賞了她不菲的嫁妝。

因此，鄧嬤嬤著實過了幾年好日子。但後來一場風寒，她的丈夫、兒子都死了，婆家又不容她，說她剋夫剋子，將她趕了出來。

盧氏聽說後就又將她接了回來，做了自己屋裡的管事嬤嬤。

鄧嬤嬤如今孑然一身，最在意的就是自己的小姐盧氏了。這一年來，看著盧氏被田氏欺負得都沒有人樣了，鄧嬤嬤雖然氣憤得不行，但也沒有絲毫辦法。如今聽盧氏說前院來了貴人，如果能找到這個貴人求助，那她們或許還有條活路。

鄧嬤嬤在沒被賣身為奴前就是個鄉下丫頭，不是嬌養大的，爬樹、爬牆這些也都幹過，為了救盧氏，今兒就想方設法的順著院牆爬到了前院來。但她快要從後院院牆爬到前院院牆的時候，那些內院把守的婆子們就發現了她，朝她追了過來。

所以，才有了鄧嬤嬤剛從前院院牆露出頭，就朝朱熙呼救的一幕。

田氏見朱熙將她害盧氏的事當眾喊了出來，也是慌亂得不行，她也知道，若是此事事發了，就算胡相也未必保得住她。因此，就想著一不做二不休，今兒無論如何也得將鄧嬤嬤和盧氏都滅了口，到時候即使五皇孫想替盧氏出頭，她也能來個死無對證，說成是五皇孫因為山莊之事對她懷恨在心，故意誣陷她。

「付嬤嬤，去通知所有護衛小廝，將前後院的門都給我關了，不許任何人進出！」田氏先吩咐身邊的心腹嬤嬤道。

又朝阮大喊道：「阮護衛，別拖拖拉拉了，趕緊將他們都給我拿下！除了五皇孫，別人若是反抗，都生死勿論！」

阮大聽了就在心裡罵道：妳當老子不想速戰速決啊？哪有妳想的那麼簡單！一個蠢婦！成事不足，敗事有餘的東西，還敢在這兒命令老子？要不是妳連個僕婦都看不住，又哪來這檔子事！

阮大實在鬧不明白，為何他主子那麼精明有城府的一個人，卻被田氏這麼個蠢婦給迷得神智不清，由著她對自己的正房妻子百般折磨也不管，任他們怎麼勸也不當回事。

但這會兒田氏已經惹出了事，為了胡相的名聲，阮大也不能坐視不理。因此，到了這會兒，他想的也跟田氏差不多，就想先殺了鄧嬤嬤滅口。

奈何眼前的小子太難纏，知道不是他的對手，就想盡辦法跟他周旋起來，說什麼也不肯實打實的跟他鬥，但阮大想要突破他去幫其餘護衛，或者去殺了鄧嬤嬤，也是不行。

這將阮大氣得都要一飛沖天了！

胡相府這邊還在鬥個不休，沐青霓這邊則帶著周玳直接去了長公主府。

在大燕，除了藩王就只有長公主府是有私兵的。

跟寧國長公主說明情況後，寧國長公主聽說自己姪兒為了救一個婦人又跟胡府的護衛鬥起來了，雖然不知什麼緣由，還是借給了沐青霓三百私兵，讓她帶著去幫自己姪兒。

於是沐青霓迅速點了三百兵卒，就帶著周玳等人朝胡相府趕了過去。

到了胡府後才發現，胡相府的大小府門都已經關了，而胡府的大管事胡葵見狀忙迎了出來。

見來的是沐青霓，還帶著兵馬，胡葵心中大驚，知道沐青霓這時候帶兵過來，肯定是為了府中的事。只是讓胡葵感到驚訝的是，沐青霓是如何這麼快就收到消息的？明明他在收到消息的同時就將整個相府圍了起來，只許進不許出了啊！

「沐將軍，請問您帶兵前來所為何事？」胡葵只能硬著頭皮問道。

「有人跟本將軍說你胡府膽大包天，竟敢軟禁五皇孫，本將軍就來看看。」

「沐將軍慎言！五皇孫奉命在我們府上核對帳目，我們待為上賓還來不及，哪敢軟禁堂堂皇孫？這罪名可太大了，哪容得妳說扣就扣？」胡葵聽了隨即反駁道。

「敢不敢的，你打開門讓我們進去看看不就行了？要不然，你讓朱熙出來也行。」沐青霓淡淡的說道。

裡面這會兒還打著呢，胡葵哪敢放人進去啊？更沒法子讓朱熙出來，只能想辦法拖延時間，希望阮大盡快將麻煩給解決了。

「哈哈，真是不巧，五皇孫剛帶著他手下幾個人走了，說是去我們府裡城外的莊子核對帳目，要不老奴讓人帶您去那兒找找？」

胡葵滿臉堆笑道，想著先將沐青霓騙走再說。

「那倒不用。」沐青霓哪會上他的當，立刻也笑道：「他們總不可能都走了一個也不留吧？你讓我進去問問他們留下的人，若是他們也說朱熙好好的，那本將軍就放心了。你放心，本將軍是不會帶兵進去的，就我自己進去看看，胡總管不會也不肯吧？」

胡葵哪敢讓沐青霓進去，只能強硬的拒絕道：「沐將軍，妳就憑一句莫須有的罪名就帶兵圍了相府，老奴怎敢給妳開門？若是給妳開了門，妳直接帶兵衝進去怎麼辦？還請沐將軍讓老奴請示了家主，或者請了諭令再來吧！」

「哼哼！我看你就是心虛！既然你不肯交出五皇孫，就別怪本將軍不客氣了。」沐青霓也立刻怒了，一把將胡葵扯開來，直接命令道：「弟兄們，給我攻進去！」

胡葵被沐青霓扯了個倒仰，一時也起不來，見狀只能扯著嗓子喊：「妳敢！帶兵私闖相府，妳可知何罪？」

沐青霓聞言就朝胡葵冷笑道：「膽敢軟禁皇孫，你胡府又可知何罪？若今天裡面沒有朱熙，那私闖相府的罪名我沐青霓一力承擔！但若是五皇孫在裡面，胡相如何我不知？你！必死無疑！」

說完，就率先接過手下手裡的爬牆繩，連門都不打算撞開，直接就要攀上去。

沒想到這時那胡葵卻大喊一聲。

「慢著！我給你們開門！」

這態度轉得，讓沐青霓一行都愣了。

胡葵也是沒有辦法了，如今沐青霓明顯一副要魚死網破的架勢，就憑他們府裡那幾十個護衛，哪裡抵擋得住沐青霓帶的幾百兵士啊？

何況，那些護衛大部分還被五皇孫一行纏著呢！若是讓她攻進去，五皇孫就在裡面被圍著，到時候更說不清了……要是真讓她給府裡扣個軟禁皇孫的罪名，恐怕連他們相爺都要受連累了。

胡葵覺得為今之計，只有將一切罪責都推到田氏身上了。反正都是後院之事，到時候最多也就是罰他們相爺一個失察之罪，別的都能讓田氏擔了。

在胡葵看來，這事就是都讓田氏擔了她也不冤，本來就是她搞出來的！

不過想歸那麼想，胡葵心裡也知道憑他們相爺寵愛田氏的程度，這次要是把田氏陷進去，恐怕他們都落不著好。因此，為免胡相事後遷怒，胡葵一邊讓看門的門房趕緊給沐青霓開了大門，一邊就急忙派人去給胡相送信了。

因為沐青霓的到來，府裡的爭鬥立刻形勢逆轉，阮大見沐青霓帶兵來了，也是驚得不行。與跟進來的胡葵對視一眼後，就知道這次的事恐怕瞞不住，田氏應該也保不住了，於是就丟了手中兵器束手就擒。

拿下府裡護衛後，緊接著沐青霓就親自去了內宅，片刻後就將奄奄一息、昏迷不醒的盧氏給抱了出來，身後還跟著幾個互相攙扶的丫鬟。

等在外院的朱熙等人一見盧氏的慘樣，紛紛倒抽一口涼氣，頓時氣得連話都說不出來。大家都沒想到堂堂的丞相夫人，一品誥命，竟然被個小妾折磨成這個樣子！

就連一旁被捆住的阮大和胡葵都震驚不已，他們本以為田氏再過分也就是將盧氏囚禁起來，在飲食起居方面虐待她，都沒想到田氏會這般狠。

曾經高大豐滿的盧氏，如今渾身上下瘦得只剩下個骷髏架子，滿頭長髮已經不見了，頭髮被剪得凹一塊凸一塊的，只剩下一寸長短。裸露在外的手上、脖子上全都是傷痕或針孔，可想而知，身上應該更多……

「田氏！妳怎麼敢?!」朱熙忍不住率先咬牙憤怒道。

本來他還開心能抓胡相的小辮子，如今一見盧氏慘狀，即使他不認得盧氏，此時也想上前給田氏幾個巴掌，好替盧氏出氣，覺得像田氏這般的蛇蠍心腸，就是將她千刀萬剮了都不解氣。

「現在不是說話的時候，我先帶盧夫人和她的幾個丫鬟、嬤嬤去長公主府。周瑾，你趕快去接你妹妹，長公主府雖有太醫，但盧夫人幾個畢竟是女眷，還是讓阿瑜醫治更方便些。五殿下，你將田氏一應人等都押到大理寺去！如此駭人聽聞的小妾虐待誥命夫人的案件，我倒要看看胡相還怎麼說？」

沐青霓滿臉鐵青的說完，就抱著盧氏出了大門，渾身的殺氣讓人望而生畏。

胡葵雖然明知道讓她帶走盧夫人對自己這邊不利，但硬生生讓她嚇得沒敢阻攔。

當晚，在宮裡被承乾帝扣了七天的周瑜剛回到鄭家，周瑾就騎馬到了。

周瑜剛想跟她哥說說她被承乾帝逼婚的事，就先一步被她哥給打斷了。一聽她哥說了田氏虐待盧氏的事，還說盧夫人命在旦夕，急需救命，她哪還有空說自己的事？急忙回屋拿了藥箱，就跟著她哥騎馬去了長公主府。

兄妹倆到的時候，長公主府的程老太醫已經給盧氏把完了脈，並診出盧氏中了毒。

程老太醫覺得此毒並不難解，但盧夫人如今太虛弱了，解此毒的藥材又有幾分毒性，怕是盧夫人會承受不住。但若不先解毒，盧夫人如今中毒已深，又怕她堅持不住……正在左右為難，周瑜就到了。

周瑜到了之後也沒空多說什麼，就先去看了盧夫人的情況，出來後她的診斷跟程老太醫的一模一樣。

程老太醫聽了就是一驚，要知道盧夫人體內的毒可是極難診斷出來的，他也是憑著從醫多年的經驗才確定，沒想到眼前這個十幾歲的小姑娘竟然也能診出來。

於是程老太醫不敢輕視，在周瑜跟他商量病情的時候也是客客氣氣的。

周瑜的為難處跟程老太醫也一樣，思索一陣後，就跟程老太醫商量，看能不能先用普通的解毒丸給盧夫人服用，先將她體內的毒性穩住，等盧夫人調養幾日後再用對症的解毒藥繼續解毒。

程老太醫聽了眼睛一亮，覺得或許可行。於是，兩人就邊商量著怎麼用藥、食補，邊小心翼翼的給盧氏診治。經歷半個月的調養後，才將盧夫人徹底從鬼門關拉了回來。

第五十章

承乾二十一年七月十五，胡相府小妾田氏謀害胡相夫人盧氏案，在京都大理寺正式開堂審理。

胡相夫人盧氏被從任上趕回的嫡子胡彥親自從長公主府揹到了大理寺，當堂控訴胡相寵妾滅妻，縱容小妾田氏對她百般虐待，甚至下毒毒害，並當堂要求與胡相和離。

同時，胡相嫡子胡彥也要求與胡相斷絕父子關係，改為母姓。

這場官司在京都的轟動程度，甚至超過了當年西平侯夫人放著侯夫人不當，將府邸直接讓給西平侯和他的外室，自己住進了庵堂。

案子立刻就傳遍了京都的大街小巷，成為京中百姓茶餘飯後又一大談資。

盧氏被殘害的慘樣在胡彥揹著她去大理寺的路途中，大家都有目共睹。又有周瑜和程太醫的證詞證明，盧氏不光受到了身體的傷害，還被下了慢性毒，若是再晚幾日救出，必將毒發身亡。

此時不管是京中百姓或是那些官員的家眷們，都對盧氏的遭遇深深同情，同時對田氏的惡行深惡痛絕。尤其是那些跟盧氏一樣被丈夫的三妻四妾氣得夠嗆的當家夫人，更是對盧氏的遭遇感同身受，也不知是誰牽的頭，這些夫人竟然自發的團結起來，給大理寺上了一封由百十位誥命夫人摁了手印、簽了姓名的手書，要求大理寺必須嚴懲田氏，要不然她們就直接鬧到御前去。

因此案影響太大，大理寺的官員們也不敢再包庇胡相，最終田氏被判斬立決，盧氏也被判與胡相和離。不過胡彥要求與胡相斷絕父子關係改姓的請求被駁回了，只同意胡彥搬出相府與母親同住的請求。

而胡相也因為縱容妾室欺辱正室，險些造成正室身亡，被承乾帝罰俸三年，閉門思過三月，一應事物交由蘇閣老同汪相代理。

田氏被押赴刑場的時候，大理寺到刑場的整條街道都擠滿了人，以至於大理寺要派人在前面開路，田氏的囚車才能通過。那些臭菜幫子與臭雞蛋更是如同不要錢一般往田氏身上扔，昔日明媚嬌美的美人，再沒有一點往日風采。

田氏行刑的時候，胡相府裡一個人都沒有來送，田氏親生兒子胡毅雖然還在府裡養傷，沒有去服刑，但也沒有來刑場。

反倒是盧氏在沐青霓與周瑜的陪伴下，給田氏送了杯斷頭酒，道了句。「天道有輪迴，蒼天饒過誰。」

送完這杯酒後，盧夫人就與眾人辭行，上了等在刑場外兒子、兒媳的馬車，同兒子、兒媳一起去了胡彥的任上。

這次與胡相和離後，盧氏不但被允許帶走自己被田氏搶奪的所有嫁妝，相府的十來處產業也都被判到了盧氏的名下。所以如今的盧氏在錢財上並不缺，身體也好了很多，只要再悉心調養個一年半載，也就與常人無異了。

至於被傷害了的感情，也只有在以後的日子裡靠時間慢慢弭平了。

好在盧氏有個好兒子，又娶了個好兒媳，並沒有因為他父親的權勢而忽視母親，而是在盧氏最需要他們的時候站了出來，不惜與父親決裂也要為母親討回公道。所以，在兒子兒媳的陪伴下，盧氏應該很快會好起來吧？

給盧氏送行的周瑜與沐青霓不約而同的想。

與此同時，被妻兒控告後丟盡臉面還失去愛妾的胡相，就坐在相府的內宅裡，呆呆的坐在田氏生前常坐的梳妝鏡前，手裡緊緊握著田氏慣常戴的一支簪子。一邊在鏡子裡看著顯得有些扭曲的自己，一邊越發握緊了那簪子，緊到那簪子扎破他的手心都沒有動過。

田氏行刑的當天，朱熙等人同胡府的帳務也剛好交接完畢。

救出盧氏後的第二天，幾人就回了胡相府繼續對帳了，到如今，胡相的半數家產才終於被完整的收到承乾帝的私庫裡。除了那些莊子、鋪子的產業，現銀也收了二十多萬兩，這裡面至少有十萬兩都曾被胡府的帳房給轉移走，又被周瑾細心的從胡府帳目的蛛絲馬跡中一點一點找出漏洞，最終又追了回來。

承乾帝又一次發了筆大財，看著自己已經爆滿的私庫，激動得不行，不但親自接見了周瑾，還意味深長的拍了他的肩膀好幾下，誇讚道：「不錯，有其兄必有其妹！哈哈，你們兄妹倆都很不錯！」

承乾帝這是什麼意思？這事與他妹又有什麼關係？

周瑾當時直納悶，後來一想，沒準兒是承乾帝想起他妹當時和沐青霓一起怒揍胡毅，並擋住胡府護衛的英姿了呢，所以才連他妹也一起稱讚，也就沒有太在意。反而是因為想起沐青霓，不禁又想起與她的那場葡萄酒之約來。

想著正好自己還在京都，乾脆擇日不如撞日，就今日把那頓酒請了吧！

於是，從承乾帝那裡離開後，周瑾就同朱熙一起徑直去了長公主府，當然朱熙這次又是自己硬跟過來的，周瑾根本不想要他來當電燈泡。

因為一直在胡府查帳，朱熙已經好久沒見過周瑜了，聽周瑾說周瑜還在長公主府住著，忙跟了過來。

周瑜這段時間要醫治盧氏，一直同沐青霓一起住在長公主府。後來兩人又自告奮勇，一起陪著盧氏同胡相打官司，加上長公主想聽官司的後續，也不讓她們走，所以兩人就一直沒有走。

周瑾過來說了來意，說想要踐約，請沐青霓喝酒。周瑜本來是想拉著朱熙躲開的，她已經隱隱感覺到她哥對沐青霓的不同，也收到了她哥暗示的眼神，因此就不想當電燈泡。

奈何沐青霓最近跟她玩得極好，根本不讓她走，還直言喝酒的話只有人多才熱鬧。

加上朱熙在一邊攛掇，說既然要熱鬧，那不如乾脆再熱鬧些，叫上周珀、周玳、韓千戶這些曾經一起經歷過複州保衛戰的朋友們，大家一起去溫泉山莊樂呵一晚上。反正周珞和周珙幾個如今也都在那兒，周珞的傷也已經養得差不多了，大家到時候可以來個不醉不歸，豈不痛快？

痛快你個頭呀痛快？你個超級大電燈泡！

無奈，周瑾剛要想辦法將這貨支開，就聽沐青霓笑道：「好啊！那可太好了！當年複州城保衛戰後，因為大家多少都有傷，都沒能聚過。正好今兒周瑾請客，大家好好聚聚，我們好好喝一場！」

於是，周瑾盼望許久的與沐青霓的兩人紅酒之約，莫名其妙就變成了N人行。

看著眼前一天得見八遍的韓千戶、周玳，還有聽說他們聚會跑來湊熱鬧的鄭家兩個小舅和兩個表哥，再看看賴在他妹身邊笑得見牙不見眼的朱熙……

周瑾覺得他好想揍人怎麼辦？

山莊的聚會好熱鬧，大家一起燒烤、喝酒，大聲說笑，彷彿又回到了軍營的時光。就連周瑜、周珞、鄭家叔姪等這些沒有當過兵的，也被這氣氛感染，跟著大口吃肉、大口喝酒起來。

只有周瑾拿著個酒罈，靠著院子裡的一棵杏花樹，有些悵然若失。

沐青霓見了，就拿著個巴掌大的酒罈子，走到一晚上都有些悶悶不樂的周瑾面前，朝他揚了揚手裡的酒罈，笑道：「說好的葡萄美酒呢？」

酒罈裡是山莊私藏的美酒，但可不是說好的葡萄酒。怎麼，幾罈子杜康酒就想打發她？

周瑾見她過來，亦揚了揚手中酒罈，同她碰了碰。然後就眨巴著一雙有些可憐兮兮的眼，藉著幾分酒意，將自己的腦袋靠了過去，輕聲在沐青霓耳邊同她商量。

「青霓，那葡萄美酒給這群大老粗喝了豈不暴殄天物，等只剩我們倆的時候再喝好不好？下次，我們不要這些人了好不好？」

一聲溫溫柔柔的青霓叫得她心兒微顫，含著微微酒氣的呼吸吐在她的耳邊，又讓她覺得微微的癢。

沐青霓心裡也鬧不清自己是什麼思緒，就覺得雖然知道周瑾這麼做有些越界了，但看著他有些微微醉意的臉，又不忍心苛責。

只是，這人這般言語又是什麼意思呢？

「上次你送我的匕首我很喜歡。」沐青霓輕輕避開些周瑾靠近的臉，朝他笑道。

周瑾低垂的眼神跟著閃了閃，才重新揚起一張笑臉，亦笑道：「我就知道妳會喜歡！」見眼前的沐青霓笑得眉眼彎彎，忍不住就伸手揉了揉她的腦袋，就跟他平時揉小周瓔一樣。然後就在沐青霓的瞠目結舌中，寵溺道：「妳還喜歡什麼？跟我說，我都給妳買！」

揉完後，覺得手感很好，又揉了揉。

沐青霓人都被摸傻了，而一旁看見的眾人，口中的酒差點噴出來。

老天爺！他們剛才看到了什麼？周瑾竟然敢摸沐將軍的腦袋！還不止一次！這不等同於摸老虎那什麼……啊呸！不對不對，沐將軍的腦袋怎麼能等同於那啥呢？

不過，這都不是關鍵，關鍵是沐將軍被摸完竟然只是愣了神？竟然沒有揍人？

幾個都還沒娶媳婦的男人或者少年，同時在瀰漫於二人之間的氣氛中，品出了點什麼，然後齊齊轉了眼，互相交換眼神。

周玳和周珞：我靠！他們頭兒好強，沐將軍都敢惦記！

鄭文、鄭武：瑾哥兒這是要娶媳婦了嗎？可他們這當小舅舅的還沒有著落呢！

鄭平、鄭安：同上。

韓德弓：他就說周瑾這小子非池中之物，看吧！連天上的鳳凰都敢惦記！

周珀：金風玉露一相逢，便勝卻人間無數。

朱熙：怎麼了？發生了什麼？怎麼他剛給阿瑜烤好幾串鮮嫩的鹿肉，一轉眼，所有人都變得怪怪的？

周瑜：你個傻子！

當晚，所有人都有些醉了。韓千戶幾個還有幾天才用回軍營，周珀過來前又特意告了假，因此大家的這場聚會折騰到很晚，然後都安心的在山莊住了下來。第二天，大家都不約而同的起晚了。

結果，眾人剛起來，就見周澤林倉皇的騎著馬趕了過來。

眾人齊齊大驚失色，能讓周澤林如此神色，肯定是出了大事，都急忙迎了過去。結果還沒開口詢問，就聽周澤林喊道：「快！阿瑜呢？快跟我走！聖旨到了！天使去了城西小院，聖上下旨給阿瑜和五皇孫賜婚了！」

眾人皆是面色恍惚、不敢置信，朱熙則因為自家祖父的這齣賜婚都想哭了。

唯有周瑜一拍額頭。

糟糕……都怪這些日子太忙亂，後來她又被盧夫人與田氏的八卦吸引，竟然將這事給忘到腦後了！

城西周家小院，宣旨的天使剛走，周家人臉上的表情簡直精彩紛呈，尤其是周瑾，一張臉陰得如同狂風暴雨就要來臨一般。

朱熙見了，嚇得直接躲到了周瑜的身後，朝著向他走來的周瑾求饒道：「瑾哥，這事我真不知道啊！你也知道，這些天我一直跟你一塊兒出任務來著，我哪知道祖父抽哪門子風，突然給我和阿瑜賜婚啊？」

明明前段時間，他才跟祖父大吵了一架，他還以為自己贏了，覺得祖父以後不會再插手他和阿瑜的事，誰知道他老人家竟然說都不說一聲就下旨賜婚啊！

不過，萬幸的是他老人家賜給阿瑜的是正妃，不是什麼他常說的側妃，要不然朱熙覺得周瑾剛剛當著宣旨太監的面前，就會直接滅了他了。

周瑾這會兒哪還聽得進他的解釋，就想直接將他從周瑜身後揪出來，先狠揍一頓再說。

這貨簡直太過分了，竟敢將以權壓人這套用在他妹身上？以前他由著這貨跟他妹獻殷勤，也是覺得他妹並不太排斥這傢伙，畢竟這貨別的優點雖然沒有，卻總能逗他妹高興。

加上周瑾覺得朱熙這幾年確實變了許多，雖也懂得為自己籌謀了，但對他妹的心思倒是一如既往的沒有變過。

因此，周瑾對於他和他妹的事也就睜一隻眼閉一隻眼，想著就由他妹自己決定好了，若是他妹自己喜歡，那他也就認了。誰知這貨竟然讓他爺爺直接賜婚？

周瑾覺得不管此次賜婚是不是這貨的主意，他都覺得這貨不能要了！一個連自己婚事都左右不了的人，以後又怎麼護得住他妹？所以，他決定將這貨狠揍一頓後就帶著一家子遠走，不管是去別的國家還是躲進空間，反正他不能由著他妹被巧取豪奪！

周瑾這邊聽了聖旨後氣得想揍人，周瑜見了她哥的樣子嚇得急忙將身後的朱熙護了護，朝周瑾解釋道：「哥，其實這事……」

「阿瑜，妳別說了！哥都知道，妳放心，哥絕不會讓妳受委屈的！」

周瑾以為周瑜開口是想自己承擔下這事，立刻打斷了她，將她扒拉到一邊，伸手就朝她身後的朱熙抓去。

周瑜被她哥扒拉得趔趄了兩下才站穩，見她哥這回真氣狠了，忙又開口想解釋。

「哥！其實這事我真……」

結果又被她娘的一聲驚呼打斷了。

「瑾哥兒！你不能衝動啊！」

鄭氏幾個聽完聖旨後也是驚得不行，不過在鄭氏看來，雖然她並不想讓她家阿瑜嫁入皇家，但她覺得既然如今承乾帝已經下了旨，那一切就已經改變不了了。若是反抗的話，頃刻間又是滔天巨禍。

何況，聖上這次賜給他們阿瑜的還是正妃之位，已經是高抬她家許多了，若是她家還反對，任誰聽了也會覺得是她家不知好歹。

因此，見周瑾要揍朱熙，鄭氏就急忙上前抱住了她兒子，哭求起來。

周澤林幾個見了，也忙跟著勸阻起來。

周瑜見有機會，又急忙開口道：「大夥兒聽我說，這事其實我是……」

結果說出的話，又被她哥的罵聲給淹沒了。

周瑾被他娘和他澤林叔幾個給團團圍住，因此就沒打著朱熙，更是氣得不行，就指著朱熙罵道：「你小子最好趕緊回去，讓你祖父收回成命，要不然你又不是不知道我的能力，你們家敢威逼我妹，我就敢弄死你小子！」

這話除了朱熙知道他說的是真話外，其餘人都以為他被氣得失心瘋了，嚇得周澤林直接用手去堵他的嘴。

這話要是傳到承乾帝耳朵裡，那瑾哥兒這條小命可就沒了！

跟過來的周珀、周珞幾個聽了，也都跟著勸阻起來。

亂哄哄的說話聲，將周瑜的話又一次給淹沒了。

大家都在勸周瑾冷靜，其實也都是想讓他接受現實。只有沐青霓在一旁不但沒勸，聽了還冷哼道：「若是一家子的安穩要拿自己妹子的一生去換，那這安穩不要也罷！」

說完，還朝朱熙喊道：「朱熙，既然阿瑜不喜歡嫁給你，你又何必強求？不如我陪你去面見聖上，你跟他老人家好好說說，沒準兒能讓聖上收回成命呢！」

朱熙覺得事到如今也只能如此了，於是就不情願的點點頭，打算跟著沐青霓回宮。

一旁已經喊得嗓子都啞了的周瑜，見場面總算平靜了些，就最後一次用盡全力喊。

「大家聽我說！賜婚這事是我同意的！」

這一嗓子差點喊破周瑜的喉嚨，喊完周瑜就劇烈的咳嗽起來，但終於讓眾人聽見了她的話。而周瑾揚著拳頭站在原地，滿腔怒火如同兜頭一盆冷水，嗞一聲滅了。

——未完，待續，請看文創風1150《天才醫女有點黑》3（完）

2023年2月出版

一勺獨秀

文創風 1137～1138

沒讓她穿成女主就算了，穿成一個人人喊打的女配，
老天為什麼要這樣捉弄她呀？
幸好現代的知識讓她穿來自帶技能，掌勺、擺攤都難不倒她，
希望她這個女配突然變得這麼能幹，不要被懷疑才好……

步步反轉，幸福璀璨／南小笙

如果喬月可以選擇，她絕不會想穿越成一本書的女配！
說起這個女配，因為出生時臉上有一塊胎記，被認定不祥而被拋棄，
剛巧蘇家人經過，把她救回去當作親生女兒養大，
誰知女配不知感恩，犯下一連串不可原諒的事，最後下場淒慘……
身為讀者的她當時看到這裡還覺得大快人心，現在簡直欲哭無淚，
她不能背負這些爛名聲，她要翻轉人生，改寫結局！
首先，蘇家人最重視的就是老三，也就是男主蘇彥之的身體，
蘇彥之滿腹才華，是做官的好苗子，卻因為身體不好沒少受折騰，
原書中女配屢次私吞他的救命藥錢，還為了貪圖榮華對他下藥，
如今若能醫好蘇彥之的病，是否就能翻轉整個蘇家對她的偏見？
可她記得，這個男主雖然個性溫和儒雅，對女配卻一直沒有好臉色，
看來她得想個法子，讓蘇彥之願意對她敞開心胸才成……

2023年1月出版

醫躍龍門

文創風 1134～1136

她的醫身好本事可是專治有緣人的，
他的疑難雜症，統統包在她身上啦！

初來妻到，福運成雙／丁湘

因修行岔氣而穿越到古代的海雲初很頭痛，眼下這是什麼爛劇本啊——
原身乃堂堂官家千金，無奈老爹捲進朝堂之爭，只得委身豫王世子營救入獄家人，
孰料那混蛋下了床就不認帳，竟將她賣進青樓，幸虧奶娘相助才逃出生天。
可隨奶娘避居鄉下的原身已珠胎暗結，又因洪水和奶娘一家失散，最後難產而亡，
若非她醫術高超施針自救，及時讓腹中的龍鳳胎平安出世，才不致釀成一屍三命！
如今有隨身空間的藥庫傍身，此地不宜久留，她決定帶娃上路尋找奶娘一家，
投宿破廟卻遇見突發急症的神秘公子，見死不救非醫者所為，遂自薦診治。
這公子的來頭肯定不簡單，但病殃身子實在太弱，底子差便罷，還有難纏痼疾，
醫病也須看醫緣，既然有緣相遇，他的頑疾就交給她這個中醫聖手對症下藥吧！

2023年1月出版

當個便宜娘

文創風 1129～1130

一串冰糖葫蘆抵得上兩碗麵條了，村裡的孩子幾乎很少人吃過，
兒子乖巧懂事，都沒敢多看它兩眼，可她這後娘不忍心啊，
不就是幾文錢罷了，她又不是沒有，買，兒子想吃她都買！

行過黃泉，情根深種／宋可喜

一塊紅布擋住了視線，嘴裡也堵著團布，手腳則被麻繩緊緊捆綁著，
莫非，她被人綁架了？但她不是已經死了嗎？怎麼又活過來了？
而且，白芸能感覺到自己的骨相發生了變化，這根本不是她的身體啊！
正想著，一個老婆子掀開紅布，警告她今日若敢出啥么蛾子就打斷她的腿！
她堂堂算盡人事的相神，別人向來對她恭敬有加，現在竟被人揪著耳朵罵？
但現在不是生氣的時候，看這陣勢，難不成她穿越了？還穿成個新嫁娘？
隨著原身的記憶漸漸湧現，她總算明白了眼前的情況——
她是父母雙亡、被奶奶綁到宋家嫁給病入膏肓的宋清沖喜抵債的小可憐！
雖説她一肚子火，但無奈被餓了兩天，渾身乏力，只得乖乖和大公雞拜堂，
好不容易進入洞房，眼前竟溜進個可愛的小男娃衝著她喊「阿娘」，
所以説，她的身分不僅是個隨時會當寡婦的新娘，還是個現成的便宜娘？

命可算不可認，情可愛不可怕／懿珊

2022年12月出版

算什麼大師

算卦事業步上軌道後，她的煩惱就少了八成，
唯一遺憾的是，原主的執念居然是要考大學?!
去烹飪學校學做美食不好嗎？不用寫作業、練習冊，更不用考英文！
幸好，這張考卷還有選擇題，能讓她卜卦算答案混分數……

文創風 1124 1

神算門掌門林清音因專注修煉，不知世事，最終渡劫失敗，
本該魂飛魄散，可她轉眼成了家貧、被霸凌自殺的高中資優生。
再活一回，她決定好好體驗普通人的生活，用心享受人生，
但在世俗中凡事都要錢，她便趁著暑假在公園算卦，一卦千元。
她從群眾中挑出一個霉運當頭的青年試算開啟生意，算不準退費！
這人叫姜維，家境優渥、課業優秀，天生的氣運也是上佳，
本該是幸運兒，卻被人搶走了運氣，導致全家倒楣。
知道幫了個學霸，她開心極了，她的暑假作業就全靠他了！

文創風 1125 2

缺錢的林清音熱愛學習，只因為原主成績優異才能免付學雜費！
免費的課，上一堂，賺一堂，而且在學校還能到食堂吃飯。
最初，她被親媽的地獄廚藝嚇怕了，搞不懂為何大家都愛吃三餐，
如今她什麼都愛吃，還吃得特多，真的是用身體實踐把錢吃光這件事。
所以除了讀書，算卦賺錢也不能停，幸好新學期重分班後環境單純，
大家都一心專注於課業，直到她發現同學太單「蠢」，居然搭了黑車要回家。
有她在，女同學安然無恙，但這也驗證人不能只專注一件事，必須通曉常識。
藉此，她也交到了朋友，一起讀書、吃飯、住宿舍，友情……挺不賴的嘛！

文創風 1126 3

福兮禍之所伏，算命算得準確，林清音也換來同行眼紅檢舉迷信，
她雖不懼，但避免擾民仍是租用一間卦室，營造出舒適的環境。
替人排憂解難，總會收到額外的謝禮，吃的、喝的都很常見，但一車習題？
她平常讀書考試已經寫夠了好嗎？這確定是好意？人心真是太複雜了！
就像同樣是親戚，她媽媽家的純樸善良，她爸爸家的卻吃人不吐骨，
平常總是想占她家便宜也罷，逛街遇到了還要過來說她家窮？
她記得姜維曾經說：「看到別人被打臉是很痛快的事，有益身心健康。」
今天她就要體驗親自打臉了，想來肯定更痛快、更有益身心健康囉？

文創風 1127 4

順利考上想要的學校，林清音得趁著暑假將累積的算卦預約結單，
這忙碌時刻，卦室的助理卻要去度假，生活白癡如她只得另找助理。
所幸同在放暑假的姜維有空，替她把庶務安排妥當，還懂得做點心孝敬！
投桃報李，她見他對修煉有興趣，便指點一二，順利獲得徒弟一枚，
這徒弟資質只比她差一些，氣運也不錯，重點是讀同一所大學使喚方便。
上大學後，她幸運的發現一塊風水寶地，在連假時進山閉關，築基突破，
可突破後還沒來得及開心，一張開眼卻發現跟來的徒弟身上都是龍氣！
看著一點湯都不剩的鍋，她不禁嫉妒他的好運，抓個魚吃還能吃到龍珠？

文創風 1128 5 完

姜維到處撿龍碎片讓林清音很是眼紅，不過在謝禮中獲得靈藥跟謎之琥珀後，
她便為此釋然了短暫的時光，畢竟這時代能得到這些東西極其難得。
至於為何說短暫呢？只因接下來她就慘遭網上爆紅，預約排滿了外國人。
別說她最頭痛的英文了，光是面相判斷標準她就沒經驗，八字也得考慮時差，
雖然生意興隆，對她來說卻也是一場心靈風暴……她、她需要度假！
因此她到長白山泡溫泉，順手收了人參娃娃當徒弟，讓父母享受了當爺奶的樂趣。
說來人類的親情、友情她都覺得很美好，唯獨愛情她一直不知該怎麼體驗，
不過她很忙，而實踐才是真理，等她有空閒再挑個品行好的人來試試戀愛！

文創風 1149

天才醫女有點黑 2

國家圖書館出版品預行編目資料

天才醫女有點黑 / 荔枝拿鐵著. --
初版. -- 臺北市 : 狗屋出版社有限公司, 2023.03
冊 ; 公分. --（文創風 ; 1148-1150）
ISBN 978-986-509-410-2（第2冊 : 平裝）. --

857.7 112001156

著作者 荔枝拿鐵
編輯 林俐君
校對 黃薇霓
發行所 狗屋出版社有限公司
地址 台北市104中山區龍江路71巷15號1樓
電話 02-2776-5889～0
發行字號 局版台業字845號
法律顧問 蕭雄淋律師
總經銷 知遠文化事業有限公司
電話 02-2664-8800
初版 2023年3月
國際書碼 ISBN-13 978-986-509-410-2

本著作物由北京晉江原創網絡科技有限公司授權出版

定價280元
狗屋劃撥帳號：19001626
網址：love.doghouse.com.tw E-mail：love@doghouse.com.tw